Z

Tirag offaut
My à C.B.N.

16854

# MÉMOIRES
## *SECRETS*
### POUR SERVIR A L'HISTOIRE
#### DE LA
## RÉPUBLIQUE DES LETTRES
## EN FRANCE,

DEPUIS MDCCLXII JUSQU'A NOS JOURS;
### OU
# JOURNAL
## D'UN OBSERVATEUR,

CONTENANT les Analyses des Pieces de Théâtre qui
ont paru durant cet intervalle ; les Relations des
Assemblées Littéraires ; les notices des Livres nouveaux, clandestins, prohibés ; les Pieces fugitives,
rares ou manuscrites, en prose ou en vers ; les Vau-
devilles sur la Cour ; les Anecdotes & Bons Mots ;
les Eloges des Savants, des Artistes, des Hommes de
lettres morts, &c. &c. &c.

## TOME TRENTIEME.

*. . huic propius me,*
*. . vos ordine adite,*
Hor. L. II. Sat. 3. ⱴ. 81 & 82.

## A LONDRES,
CHEZ JOHN ADAMSON.

### M. DCC. LXXXVI.

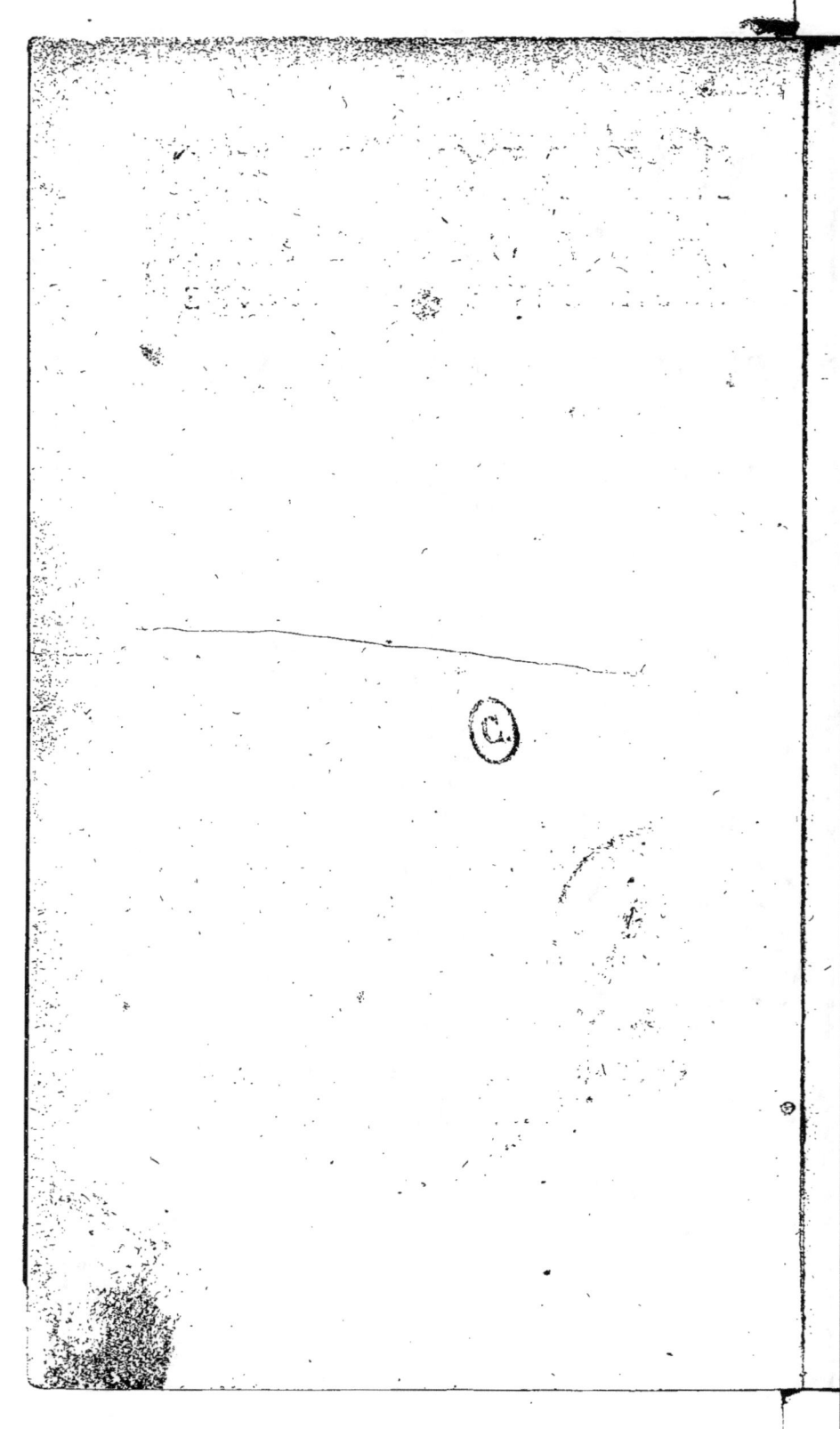

# MÉMOIRES
## *SECRETS*

POUR-SERVIR A L'HISTOIRE DE LA
RÉPUBLIQUE DES LETTRES EN
FRANCE , DEPUIS MDCCLXII,
JUSQU'A NOS JOURS.

## ANNÉE M. DCC. LXXXV.

7 *Octobre* 1785. LES égards que M. le contrôleur-général a montrés au corps des banquiers
en venant au secours des plus embarrassés, &
en écoutant enfin leurs représentations & mémoires sur l'arrêt du conseil du mois d'août
concernant l'agiotage , qui a porté le trouble &
le discrédit parmi eux, n'ont pas suffi. Les papiers royaux ont bien remonté un peu & la
stagnation a discontinué ; mais l'emprunt des
cent vingt-cinq millions est toujours en défa-
veur & en perte. Ce qui a provoqué un arrêt

A 2

du conseil du 2 octobre, où l'on voit que M. *de Calonne* a d'aussi bons faiseurs de préambules que MM. *Turgot* & *Necker*. On y lit ce paragraphe remarquable : « Sa majesté ne voulant
» pas borner ses vues bienfaisantes à ce que
» l'ordre public a exigé d'elle pour faire cesser
» l'agiotage effréné qui s'étoit introduit, &
» désirant faire disparoître le plutôt possible
» des embarras dont la prolongation seroit
» nuisible au commerce, elle a jugé convenable
» d'accélérer l'effet de la disposition de son arrêt
» du 7 août dernier, qui a eu pour but de dis-
» tinguer les contractants en état de remplir
» leurs engagements, d'avec ceux à qui la li-
» vraison de ce qu'ils ont vendu seroit dans
» tous les cas impossible ; & elle a pensé qu'il
» étoit de sa bonté autant que de sa justice,
» de mettre les vendeurs & les acheteurs éga-
» lement à portée de liquider sans délai leurs
» intérêts respectifs par une conciliation équi-
» table, à défaut de laquelle, elle s'est réservée
» d'y statuer elle-même en connoissance de
» cause, afin que bientôt il ne reste plus aucune
» trace de ce vertige de spéculation désordonnée,
» qui, n'ayant pas encore eu d'exemple dans le
» royaume, nécessitoit un remède extraordi-
» naire. »

*7 Octobre.* Un nouvel agréé, reçu après l'ouverture du salon, a exposé quelques morceaux de genre depuis le second arrangement. Il se nomme *Bilcocq* : il travaille dans le goût des Flamands. Son pinceau semble trop brillant pour ses sujets. Sa *Diseuse de bonne aventure* lui feroit beaucoup d'honneur, si ce n'étoit pas une copie.

*8 Octobre.* M. le cardinal *de Rohan* se promenoit

les après-dînées sur la plate-forme des tours de la Bastille, avec un officier qui l'escortoit. Il étoit en redingote brune, en chapeau rond & rabattu : cela faisoit spectacle pour le public qui se rendoit à l'extrémité des boulevards & le contemploit. Pour éviter ce concours on a supprimé ce genre de promenade, ou peut-être n'en a-t-on que changé l'heure.

8 *Octobre.* Par une lettre datée de Francfort le 17 septembre, M. *Blanchard* se plaignoit auprès des journalistes de Paris de l'acharnement avec lequel M. *Mallet du Pan*, le rédacteur de la partie politique du Mercure, affectoit de décrier & de tourner en ridicule ses voyages aériens. Cette lettre qui n'étoit point sans sel, a été imprimée dans la feuille du premier octobre.

M. *Mallet du Pan* a trouvé mauvais que les journalistes aient donné cours à cette diatribe; il y a répliqué & adressé sa réponse aux rédacteurs, qui vraisemblablement auront refusé de s'en charger; en conséquence il l'a insérée dans son Mercure d'aujourd'hui 8.

Cette réponse amere, pédantesque, digne des savants en *us* du quinzieme siecle, ne fait point honneur à l'écrivain politique, & les rieurs restent absolument du côté de l'aréonaute.

8 *Octobre.* Le projet de M. *de la Rocque* annoncé il y a quelque temps, a causé une grande sensation; la cupidité des manouvriers s'est évertuée, & beaucoup cherchent à se ménager des rentes pour leur vieillesse, suivant la méthode économique qu'il leur prescrit. Mais cette spéculation n'étoit point à son point de clarté & de maturité nécessaire; en conséquence il a reçu beaucoup de lettres & de demandes. Il est obligé

de donner un développement de son plan, qui n'est pas encore trop à la portée de tout le monde, & laisse beaucoup de choses à désirer. Quoi qu'il en soit, on le trouve aussi dans le Mercure d'aujourd'hui 8.

9 *Octobre.* L'abbé *Riballier* qui vient d'être remplacé dans sa dignité de syndic, est mort aux eaux il y a quelques mois, sans que personne même de son parti lui ait décerné le moindre honneur funebre dans aucun journal. C'étoit cependant un homme de mérite dans son genre, & sur-tout un zélé défenseur de la religion, un dénonciateur intrépide de tous les ouvrages tant soit peu suspects.

9 *Octobre.* On voit dans l'arrêt du conseil du 2 de ce mois, que les gagistes du ministere exaltent jusques aux nues, combien il a été agité du mécontentement général des banquiers & de l'inaction absolue à laquelle ils s'étoient condamnés depuis l'arrêt du 7 août dernier, qu'ils qualifioient d'acte d'un despotisme terrible, dont il n'y avoit point d'exemple dans leurs négociations, & qui attaquoit, suivant eux, les propriétés jusques dans les conventions les plus sacrées. Quoi qu'il en soit, sans en discuter le fond, il est certain que le préambule de cet arrêt est aux yeux des connoisseurs un chef-d'œuvre par la clarté, la noblesse, l'énergie & la justesse d'expression avec lesquelles les parties les plus difficiles à traiter y sont présentées ; mais surtout par les tournures artificieuses avec lesquelles on déguise les frayeurs du gouvernement, & l'on travestit ce coup d'autorité en un acte de législation salutaire & conservateur.

« Sa majesté, y dit-on, est informée que

» l'obligation de déposer les effets ( à livrer )
» dans le terme qu'elle a preſcrit, a déjà fait
» liquider une partie des compromis, qu'elle n'a
» embàrraſſé que ceux qui s'étoient engagés au
» delà de leurs moyens, & que cet embarras
» même n'a pu paroître aux yeux des gens inſ-
» truits qu'une leçon pour l'imprudence & une
» criſe ſalutaire qui, loin de porter la moindre
» atteinte au crédit du tréſor royal, a ſervi à
» démontrer qu'il eſt aſſis ſur des baſes inébran-
» lables & indépendantes de toute eſpece de
» négociation particuliere ; que néanmoins il en
» eſt réſulté une inquiétude vague parmi les
» capitaliſtes, qui, effrayés de cette foule exor-
» bitante d'engagements d'un genre inſolite,
» & ne ſachant pas juſqu'à quel point celles
» des maiſons de commerce & de banque qui
» s'y trouvoient compromiſes, pourroient influer
» par contre - coup ſur la ſituation de celles-
» mêmes qui n'y avoient aucune part, ont ſuſ-
» pendu à l'égard de toutes leur confiance,
» ont reſſerré leurs fonds & différé leurs pla-
» cements ; ce qui a produit au milieu de la
» plus grande abondance du numéraire, toutes
» les caiſſes publiques étant garnies, tous les
» paiements ſe faiſant avec la plus grande exac-
» titude, & pluſieurs même étant anticipés,
» un moment de langueur dans la circulation,
» une ſorte de ſtagnation ſur la place, & la
» dépreſſion inſtantanée de quelques effets. »

On continue, après avoir précédemment établi
que la maſſe des effets à livrer n'eſt pas auſſi
effrayante en réalité qu'elle l'eſt en apparence,
que les reventes du même objet font monter la
ſomme totale des marchés beaucoup au-deſſus

A 4

de celle defdits effets, on rend compte des moyens que la fageffe de fa majefté lui a fuggérés pour remédier à ce défordre, ainfi qu'on l'a vu; elle termine par répondre aux murmures des mécontents.

« Sa majefté a prévu que ceux qui ont in-
» térêt à foutenir les compromis, prétendroient
» qu'empêcher leur exécution ou y mettre des
» conditions, c'étoit porter atteinte à la pro-
» priété, & détruire par l'intervention de l'au-
» torité des engagements volontaires. Jamais
» les droits de la propriété & de la liberté fo-
» ciale ne furent plus en fureté que fous le regne
» de fa majefté; mais autant elle eft réfolue de
» les maintenir religieufement, autant elle eft
» éloignée d'admettre pour conféquence de ce
» principe inviolable, qu'il foit permis de tendre
» des pieges à la foi publique en vendant ce
» qu'on n'a pas, ce qu'on ne peut pas livrer,
» ce qui même n'exifte pas : il eft évident que
» fi pareilles ventes font nulles par elles-mêmes,
» elles font fur-tout intolérables, lorfqu'elles
» portent fur les effets publics, lorfqu'elles
» violent toutes les regles prefcrites pour leurs
» négociations, lorfque fur leurs bafes fictives
» s'accumule fucceffivement une foule d'enga-
» gements & de billets illufoires qui groffiffent
» exceffivement le volume apparent des papiers
» commerçables, alterent leur circulation par
» un mélange fufpect, & tendent à détruire
» toute confiance. Faire envifager ces marchés
» comme n'étant en dernier réfultat que des
» paris fur le cours actuel de la place, ce n'eft
» pas les légitimer : quand il feroit permis de
» fuppofer que la vigilance du fouverain, qui

» s'étend jusques fur la confervation des for-
» tunes de fes fujets, dût fermer les yeux fur
» toute efpece de jeux & de paris, pourroit-elle
» fouffrir que leur licence, fe déguifant fous un
» faux titre, prît le caractere des contrats de
» vente, en dénaturât les conditions, & portât
» le trouble & la confufion dans la négociation
» des effets royaux ? Sa majefté a donc acquis
» de nouveaux droits à la reconnoiffance de fes
» peuples par le foin qu'elle a pris de les pré-
» ferver d'un tel défordre, &c... »

10 *Octobre.* Ce n'eft que depuis peu qu'on
connoît dans ce pays ci la *Vie privée d'un prince
célebre*, ou *Détails des loifirs du prince* HENRI *de
Pruffe dans fa retraite de Reinsberg*. C'eft le pendant de *Frédéric le Grand*, excepté que celui-là
eft tout à la louange du héros. C'eft peu de
chofes au furplus; il n'y a que trois ou quatre
anecdotes vraiment curieufes. Du refte on y apprend que le prince eft poëte, ainfi que fon
frere ; qu'il fait des comédies, & en joue avec
fuccès. Le ftyle eft fans chaleur & fade comme
l'ouvrage.

10 *Octobre.* Les colporteurs annoncent les
tomes VIII, IX & X de l'*Efpion Anglois*, qui
ont eu beaucoup de peine à paffer, dont il y a
eu plufieurs ballots faifis, & qui percent diffici-
lement. Ces volumes embraffent les faits de
l'année 1778, & empiétent fur les commence-
ments de 1779 ; conféquemment la guerre allumée à cette époque eft la matiere qui y foit traitée
le plus abondamment.

11 *Octobre.* On a éclairci ce que c'étoit que
les prétendus mémoires de *Bohmer & Baffanges*.
Ils confiftent en trois pieces : 1. En un projet de

A 5

vente du collier , de la fomme principale , des
termes des paiements, intérêts , &c. 2. En une
lettre fort courte des joailliers à la Reine , lorfqu'ils apprirent que le marché étoit conclu pour
fa majefté, où ils finiffent par lui dire qu'ils
voient avec la plus vive fatisfaction qu'une auffi
riche , auffi belle parure foit deftinée à la plus
grande fouveraine du monde. 3. En un mémoire
vraiment détaillé & curieux fur la maniere dont
la négociation s'eft engrainée ; mémoire que la
Reine leur a vraifemblablement demandé dans
fon premier moment de furprife & d'indignation , de l'efcroquerie abominable pratiquée fous
fon nom.

11 *Octobre*. *Lettres à M. le comte de Mirabeau
fur la banque Saint-Charles & fur la caiffe d'efcompte*. Tel eft le titre de l'ouvrage attribué à
M. d'*Auberteuil*. On ne peut affurer s'il a raifon
au fond ; mais ce qu'on peut certifier , c'eft que,
quoique ces lettres foient très - courtes, elles
font fort ennuyeufes. L'auteur eft fur-tout déteftable quand il veut plaifanter & perfiffler ; ce
qu'on remarque dans fa feptieme & derniere
lettre fur le mérite littéraire de fon rival.

11 *Octobre*. Le *mefmérifme* qui depuis quelque-
temps ne faifoit plus le même bruit, occupe de
nouveau les converfations depuis les divifions
élevées dans fon fein. On apprend à cette occafion que le docteur *Varnier*, qui s'étoit dévoué
fi courageufement pour cette caufe, a fuccombé
au parlement , & que le décret de fa compagnie
prononcé contre lui refte dans toute fa force,
attendu qu'il profeffe une doctrine fecrete , contraire aux ftatuts de la faculté de médecine.

12 *Octobre*. Suivant le répertoire des fpectacles

de Fontainebleau, ils commenceront dès le mardi 11 octobre, & ne finiront que le vendredi 18 novembre.

Les opéra nouveaux font *Thémiftocle*, en trois actes de M. *Morel*, mufique de M. *Philidor* : *Pénélope*, de M. *Marmontel*, mufique de M. *Piccini*. Le premier fera repréfenté le jeudi 13 octobre, & le fecond le jeudi 10 novembre.

En outre M. *facchini* s'étant plaint que le défaut de fuccès de fon *Dardanus* provenoit du peu de foin avec lequel il avoit été mis au théâtre, cet opéra doit reparoître à Fontainebleau le jeudi 20 octobre, on fait que c'eft M. *Guillard* qui en a retouché le poëme anciennement, & dont on annonce d'autres changements.

La comédie françoife jouera pour nouveautés, le 11 octobre, le *Portrait*, comédie en un acte & en vers de M. *Desfaucherais*; le 21, le *Page fuppofé*, comédie en deux actes & en vers de M. le chevalier *de Chenier*; le famedi 29, *Virginie*, tragédie en cinq actes & en vers de M***; & le *Mariage Secret*, comédie en trois actes & en vers de M. *Desfaucherais*; le jeudi 17 novembre, *Athalie*, avec les chœurs de M. *Goffec*; & le vendredi 18, *l'Oncle & les deux Tantes*, comédie en trois actes & en vers de M. le marquis *de la Salle*.

La comédie italienne doit auffi exécuter plufieurs nouveautés : 1°. mardi 18 octobre, *l'Amitié au Village*, opéra comique en quatre actes, paroles de M. *Desforges*, mufique de M. *Philidor*; 2°. le mardi 8 novembre, *la Dot*, opéra comique en trois actes de M. *Desfontaines*, mufique du chevalier *d'Aleyrac*; 3°. le mardi 15, *Goradin*,

A 6

comédie en trois actes, en profe, mêlée d'ariettes, paroles de M. *de Maynaylot*, mufique de M. *Bruny*.

11 *Octobre*. Par lettre circulaire du 10 octobre, les foufcripteurs du mufée de feu *Pilâtre* font prévenus que *Monfieur* & M. le comte *d'Artois* veulent bien que leurs noms foient infcrits à la tête des nouveaux fondateurs ; ils font en outre avertis que le fieur *Bontems*, ci-devant fecretaire, vient d'être nommé directeur du mufée ; que les exercices recommenceront au mois de décembre, & s'étendront par le fecours de profeffeurs nouveaux ; enfin que la foufcription de trois louis eft portée à quatre.

13 *Octobre*. On renouvelle le bruit du mariage de la fille unique de M. *Necker* avec l'ambaffadeur de Suede actuel. Quoi qu'il en foit, on s'entretient à ce fujet de la jeune perfonne, & l'on cite d'elle, pour échantillon de fon efprit, une réponfe très-jolie. Quelqu'un lui avouoit qu'il trouvoit la maifon de fon pere fort ennuyeufe, qu'ils avoient tous l'air diftrait & rêvant à la Suiffe. « Vous » avez raifon, répliqua-t-elle : mon pere s'oc- » cupe du paffé, ma mere du préfent, & moi » de l'avenir. »

14 *Octobre*. Madame la comteffe *de Turpin* (*Lowendal* en fon nom ) vient de mourir. C'étoit une fuperbe femme, une virtuofe qui faifoit des vers, qui jouoit la comédie, & joignoit la galanterie à ces divers talents. Elle étoit liée avec plufieurs auteurs ; elle l'avoit fur-tout été avec l'abbé *de Voifenon*, qui lui avoit même légué ou confié fes manufcrits en mourant.

14 *Octobre*. Outre M. l'abbé de *Bourbon*, bâtard de *Louis* XV ; il s'éleve un nouvel afpirant aux dignités eccléfiaftiques en la même qualité,

qui, fans porter le nom de *Bourbon*, eft auffi reconnu, finon de droit, au moins de fait, & va à la cour, eft très-bien auprès de *Mefdames*, & fur-tout de madame *Louife* : c'eft M. l'abbé *le Duc*, le fils de Mlle. *Tiercelin*, dont on a dans le temps annoncé la mort. On affure qu'il y a plus de trente enfants de cette efpece, auxquels le feu roi par fon teftament a affigné des fonds. C'eft un M. *de Lage de Chaillon*, ancien notaire, aujourd'hui adminiftrateur général des poftes, qui eft chargé des penfions, entretien & éducation de cette nombreufe famille. Il étoit autrefois fous l'infpection de M. *Bertin* le miniftre; on ne fait fi c'eft encore celui-ci ou un autre qui fuit l'accompliffement des volontés du teftateur.

15 *Octobre*. Depuis environ dix-huit mois que M. *Allemand*, confervateur général de la Garonne, lutte contre les difficultés qu'il rencontre pour l'exécution de fon plan d'amélioration de la navigation intérieure du royaume, on juge qu'il n'a pu triompher des obftacles dont il fe plaignoit alors. Il a beau donner mémoire fur mémoire, l'intérêt particulier l'emporte encore fur le public. Il eft toujours révolté de voir fur le fleuve dont il a l'infpection, deux moulins terriers de Touloufe, chef-d'œuvre de barbarie, qui le barrent entièrement, & interceptent toute navigation entre la haute & baffe Garonne. Ces digues font la *Merveille des Touloufins*, & les moulins excitent leur enthoufiafme au point que lorfque les actionnaires de celui de Bazacle contractent pour quelque objet relatif à leur traité d'union, ils s'obligent fur *l'honneur du moulin*.

M. *Allemand* détruit fur-tout la prétention

des maîtres des eaux & forêts , & des ingénieurs des ponts & chauffées , qui ne doivent se mêler en rien de travaux dont ils ne sont point au fait ; il demande aujourd'hui la création d'un *intendant général de la navigation* , à qui ce département général seroit confié. Du reste, les dépenses seroient peu coûteuses , & l'emploi fait avec économie des huit cents mille livres que M. *Turgot* avoit destinées par an à cet objet , jointes à quelques autres secours, porteroit bientôt la navigation intérieure du royaume au plus haut point de perfection.

Au reste , c'est toujours sous le privilege de l'académie des sciences que M *Allemand* fait imprimer ses mémoires.

1.5 *Octobre*. La lettre annoncée de M. *Bergaffe* est sous le titre d'*Obfervations fur un écrit du docteur Mefmer* , &c. Elle est très-volumineuse , très-bien écrite , très-spécieuse ; mais cependant n'est pas sans réplique , sur tout relativement aux faits que chacun dénature & adapte à son avantage. Ce qui en résulte évidemment , c'est un schisme établi dans la société de l'harmonie. Ce schisme , suivant M. *Bergaffe* , est le fruit d'un complot de quelques personnages qu'il ne nomme point, mais qu'il peint sous les couleurs les plus noires, qui se sont emparé de l'esprit du docteur , & le dirigent à leur gré. Il finit par les menacer, s'ils continuent la diffamation qu'ils ont commencée contre lui , de les nommer , de les démasquer , de les traîner aux pieds des tribunaux, de les y poursuivre avec le plus grand éclat & la persévérance là plus opiniâtre.

A la suite de ces *observations* , M. *Bergaffe* a placé des pieces justificatives , entr'autres une

Lettre au docteur Mesmer, quelque temps avant le départ de celui-ci pour l'Angleterre, où il le prévient de l'explosion qu'il va faire à regret contre son maître. On y voit en outre qu'il ne se donne pas pour un simple éleve du docteur, qu'il prétend jouter contre lui, avoir ses idées propres sur le magnétisme animal, idées neuves, originales, qui ne se trouvent ni développées, ni en germe dans les *aphorismes* du docteur.

Dans un dernier *postscriptum*, M. *Bergasse* dit qu'il apprend dans le moment que le docteur *Mesmer*, toujours occupé de diffamer ses bienfaiteurs, vient de faire rédiger contre eux à Londres, par une plume très-connue, un nouveau libelle écrit avec plus d'art que le premier. Il en attend la publication, & n'usera plus des ménagements qu'il a gardés jusqu'à présent.

16 *Octobre*. Paris est regardé depuis longtemps comme la source & le modele du goût dans les arts d'agrément & d'utilité, ainsi que dans les productions de l'esprit. Les autres nations d'un pôle à l'autre s'empressent de payer un tribut journalier à nos inventions & à notre industrie. De-là la naissance d'un nouveau journal intitulé : *Le Cabinet des Modes*, ou *les Modes nouvelles*, décrites d'une maniere claire & précise, représentées par des planches en taille-douce enluminées.

On se propose dans cet ouvrage de donner une connoissance exacte & prompte, tant des habillements & parures nouvelles des personnes du sexe, que des nouveaux meubles de toute espece, des nouvelles décorations, embellissements d'appartements, nouvelles formes de voitures, bijoux, ouvrages d'orféverie, & généralement de tout ce que la mode offre de fingulier, d'agréable ou d'intéreffant dans les divers genres.

On voit que ceci eft un empiétement fur le *Journal de Paris*, qui, s'il étoit bien fait, auroit empêché la naiffance de celui-ci. Il commencera le 15 novembre, & fournira un cahier par quinzaine.

16 *Octobre. Les Amours & Aventures du lord Fox, traduites de l'Anglois*, forment une petite brochure qui peut être piquante dans l'original pour ceux qui en connoiffent le héros ; mais froide & infipide à l'égard des étrangers qui n'y rencontrent que des aventures communes, fans exciter aucun intérêt de cette curiofité qui fait le charme du roman. Du refte, l'ouvrage n'eft point mal écrit.

16 *Octobre.* Une anecdote à-peu-près femblable à celle de l'homme au mafque de fer, mais infiniment plus touchante, parce qu'elle concerne une jeune perfonne du fexe dont l'infortune, fans qu'elle l'ait méritée, femble pouffée à fon comble, eft la matiere d'un petit ouvrage nouveau, fous le titre de *l'Inconnue, hiftoire véritable.* On la doit croire authentique fuivant un *poftfcriptum*, où l'on annonce que toute la narration eft l'extrait fidele des vingt-quatre interrogatoires que, d'après l'ordre de l'impératrice - reine, a fubi l'héroïne à Bruxelles par M. le comte *de Cobenzel*, miniftre de fa majefté, & M. *de Neny*, chef-préfident. C'eft M. *Coroniny*, neveu de M. *de Cobenzel*, à qui fon oncle avoit permis d'affifter aux féances, qui depuis la mort de celui-ci a remis les matériaux à l'éditeur.

On ne peut guere douter à la lecture defdits

interrogatoires que l'inconnue ne fût une fille naturelle du feu empereur. Cependant, l'impératrice - reine n'étant pas satisfaite des preuves que l'inconnue adminiftroit, elle fut tirée des prifons, & conduite par la maréchauffée au-delà des frontieres, avec cinquante louis qu'on lui donna.

L'éditeur voudroit lier les aventures de l'inconnue avec celles d'une dont il avoit été fait mention plufieurs années auparavant dans les papiers anglois, & en effet il fe trouve beaucoup de rapport entre les deux : ce qui doit s'éclaircir aujourd'hui par la publicité de cette hiftoire.

*17 Octobre. Apologie de la Baftille , pour fervir de réponfe aux Mémoires de M. Linguet fur la Baftille.* Ce pamphlet qui n'a que quarante pages & dans le même format que l'ouvrage à réfuter, eft au contraire un perfifflage très - adroit des apologiftes de ce monument du defpotifme. Il eft aifé de le juger par les trois divifions : la Baftille eft de droit divin ; elle eft de droit pofitif ; elle eft de droit politique. Il regne dans toute cette plaifanterie une tournûre originale & piquante, qui ne fert qu'à rendre plus aimable la raifon folide & lumineufe de l'écrivain.

Cette raifon brille encore plus dans les *notes politiques , philofophiques & littéraires* qu'on trouve à la fuite , & que l'auteur , badinant fur le même ton , affure n'avoir avec le texte que le moindre rapport poffible. Elles font beaucoup plus étendues que le texte , & forment comme une digreffion fur les diverfes branches de notre légiflation. Il falloit fans doute un grand fond de gaieté pour foutenir pendant un auffi long-temps ce perfifflage auffi profond qu'ingénieux.

On lit au frontispice du livre *par M. de ✱✱✱*, ci-devant prisonnier ; mais on veut que ce ne soit qu'une fiction pour dépayser le lecteur. On attribue cet excellent traité anti-despotique à M. *servant*, ancien avocat-général au parlement de Grenoble, & il n'est guere qu'un homme très au fait des loix, qui ait pû le composer.

Le style est charmant ; l'auteur se sert souvent de métaphores, de comparaisons, de descriptions énigmatiques, & ce n'est pas sans dessein en parlant d'une matiere aussi dangereuse à traiter. On y remarque entr'autres un morceau concernant M. *de Sartines*, où cet ex-ministre est masqué & démasqué avec beaucoup de finesse & de vérité.

*17 Octobre.* M. *de Burigny* qui, depuis quelques années, étoit le doyen de la littérature, s'est éteint le 8 de ce mois à l'âge de quatre-vingt-treize ans ; il étoit né en 1692. Son genre principal étoit l'histoire savante & ancienne : son premier ouvrage qui est le traité *de l'autorité des papes*, parut dès 1720. Cependant il n'étoit membre de l'académie des belles-lettres que depuis 1756, c'est-à-dire, qu'il avoit déjà soixante-quatre ans, & que c'eût été presque pour un autre l'âge de la retraite. Il étoit très-laborieux & a laissé beaucoup d'ouvrages, mais la plupart ensevelis dans les mémoires de sa compagnie.

*18 Octobre.* M. l'abbé *de Lille* revient enfin de Constantinople ; il est à faire sa quarantaine ; ce qu'on apprend par une lettre qu'il date du lazaret de Marseille le 10 septembre. Cette lettre est adressée à M. le bailli de *Freslon*, pour se justifier de celle qui a couru sous son nom dans

le monde contre l'ordre de Malte ; il s'en tire
en homme d'esprit , mais en coupable.

18 *Octobre*. On vient de graver nouvellement le portrait de M. *Retif de la Bretonne* ,
cet inépuisable auteur dont les volumineux
ouvrages ne peuvent plus se calculer. Un M. *de
Marandon* y a mis cette inscription , qu'il faut
distinguer de la foule des autres.

Son esprit libre & fier , sans guide & sans modele,
Même alors qu'il s'égare , étonne ses rivaux ;
Amant de la nature , il lui dut ses pinceaux ,
Et fut simple , inégal & sublime comme elle.

19 *Octobre*. Malgré les voyages fréquens
de Fontainebleau , les comédiens italiens ont
donné hier une nouveauté , *Germance* ou
*l'excès de la Délicatesse* , drame en trois actes en
prose. Quoique l'intrigue en soit bizarre &
pleine d'invraisemblances, le parterre qui ce jour-
là étoit disposé à l'attendrissement & l'indulgence , a fort goûté cet ouvrage , production
d'un jeune homme & qui se ressent de son inexpérience. Il a demandé l'auteur, & l'on est venu
annoncer qu'il se nommoit M. *Misse : & habent
sua fata libelli.* On en pourroit dire autant des
pieces de théâtre : celle-ci dans un autre moment
eût peut-être été sifflée avec non moins de
justice.

19 *Octobre*. On continue à exécuter le plan
projeté pour l'embellissement de Paris & la
plus libre circulation du commerce & des denrées.
On travaille à force à la nouvelle halle destinée
à la marée en gros. On doit acquérir pour le

Roi vingt-neuf maifons ou terrains, afin de percer
de nouvelles rues, d'en élargir d'autres, de conftruire des fontaines; le tout tendant au dégage-
ment des halles, à y ouvrir des places de communication & à les nettoyer, laver & purifier journellement.

Tel eft l'objet d'un Arrêt du Confeil du
16 feptembre.

19 *Octobre*. Extrait d'une l'ettre de Francfort,
du 13 octobre 1785..... Le fieur *Blanchard* a
pris fa revanche : le trois de ce mois il s'eft
élevé dans un Ballon de 40 pieds de haut fur
24 de large, avec fon parachûte, fon chien,
&c. Il a pris terre trente-neuf minutes après à
Weilbourg, à quatorze lieues de notre ville,
où il eft revenu, & le lendemain il a été extraordinairement fêté.

20 *Octobre*. M. *Taraval*, peintre du roi,
profeffeur de fon académie de peinture & fculpture
& furinfpecteur de la manufacture royale des
Gobelins vient de mourir. Le chagrin qu'il a
éprouvé, de toutes les critiques de fon dernier
tableau, a pu y contribuer; il devoit cependant y
être accoutumé. Son *Sacrifice de Noé*, en 1783,
eft le feul de fes ouvrages qui lui ait mérité de
juftes applaudiffements.

20 *Octobre*. Extrait d'une lettre de Philadel-
phie, du 17 feptembre.... M. *Franklin* eft arrivé
ici avant-hier 15, mieux portant qu'à fon départ
de Paris. Il a été reçu comme un Dieu tutélaire;
ça a été un jour de fête générale; les vaiffeaux
du port fe font pavoifés, même les Anglois. Il
a mis quarante-huit jours dans fa traverfée.
M. *Houdon* eft arrivé avec lui.

M. *Franklin* a remis à fa fille fon fils déjà formé,

qui étoit encore enfant lorfqu'il l'emmena en 1776 à Paris.

20 *octobre*. Depuis long-temps on n'avoit parlé d'un duel auffi mémorable que celui qui vient de fe paffer entre deux officiers du régiment de Soiffonnois & un autre. Les deux premiers font meffieurs de *Saint-Mefme*, parent du colonel de ce nom, & M. *Barras*, parent de l'officier-général de la marine du même nom. Le dernier eft M. *Dumefnil Durand*. On ne fait fi c'eft celui connu par un fyftême de tactique particulier. Ce dernier faifoit la chouette au trictrac aux deux autres ; il s'élève entre eux une difpute, elle devient fi grave qu'ils fe battent d'abord à l'épée ; & fur ce que le régiment des deux premiers ne trouve point la rixe fuffi-famment vuidée, ils conviennent d'en venir à un combat plus régulier, au piftolet : les conventions faites, ils prennent des témoins & fe rendent à Luxembourg. M. *Dumefnil Durand* continue à leur faire la chouette en ce duel, comme au jeu. Il tue d'abord M. *de Saint-Mefme* ; le fecond fe préfente, il le bleffe à l'épaule ; M. *de Barras* n'en devient que plus ardent, il tire fon coup de piftolet & caffe la cuiffe de M. *Dumefnil Durand*, qui tombe fans défenfe. Ces féroces combattants, comme les juges du point d'honneur avoient décidé que la mort feule pouvoit laver ou éteindre la querelle, étoient convenus que l'on acheveroit à terre celui que le malheureux fort des armes y jetteroit ; M. *de Barras* s'approche de M. *Dumefnil*, lui dit qu'il eft maître de fa vie, mais la lui laiffe : les témoins décident la querelle vuidée abfolu-ment par ce beau trait, qui met M. *Dumefnil*

*Durand* dans l'impossibilité de se battre de nouveau contre un vainqueur aussi généreux. On les fait s'embrasser, & ils sont rentrés sur les terres de France.

On dit que le Roi est très-mécontent de ce duel.

21 *Octobre.* Un échantillon des plaisanteries de M. *Hilliard d'Auberteuil* contre M. le comte *de Mirabeau*, suffira pour en donner une idée ; c'est une épigramme soi-disant qu'on trouve en note dans sa lettre VII de son pamphlet intitulé : *sur son mérite littéraire & sur la caisse d'escompte.*

> *Mirabeau*, grand patriote,
> Fait la guerre à notre argent,
> Contre la banque il complote,
> Des banquiers il est l'agent.
> Tandis qu'un autre agiote,
> On l'inspire, il parle, écrit,
> Et met au rabais l'esprit.

21 *Octobre.* On est fort surpris que la gazette de France qui ne laisse passer sous silence rien de ce qui intéresse la marche de la cour & rend ordinairement dans le plus grand détail les circonstances de ces événements publics, n'ait fait aucune mention d'une espece de fète pour les Parisiens qui a eu lieu le dix de ce mois, jour du départ de leurs majestés pour Fontainebleau.

La Reine qui, à cause de sa grossesse, en 1783, s'étoit rendue à Fontainebleau par eau dans la gondole de M. le duc *d'Orléans*, a

été si satisfaite de ce genre de voiture & sans
doute du beau coup-d'œil de la route, que, sans
une pareille nécessité, elle s'est fait un plaisir de
voyager de même cette année. On lui a construit
un yacht extrêmement galant, riche & commode; on assure qu'on y a ménagé à sa majesté
un appartement composé de neuf pieces. On
en évalue la dépense à soixante mille livres.

On sut que sa majesté, pour éviter les ponts,
s'embarquoit à la Rapée, ce qui attira la foule
sur la rive & donna lieu à beaucoup de parties
de plaisir.

Le Roi qui avoit chassé du côté de Choisy,
voulut se trouver au château, ou plutôt dans
les jardins pour voir passer la Reine, & toute
la route fut bordée de monde, sorti des villages
& maisons de campagnes des environs, curieux
du même spectacle : sans doute beaucoup de
*vive la Reine !* répétés de temps en temps,
ont flatté agréablement les oreilles de sa majesté.

*22 Octobre.* Depuis qu'on sait que l'instruction à faire par le rapporteur dans l'affaire du
cardinal *de Rohan* est terminée, l'on raisonne
différemment sur ce qui en transpire. Les uns
prétendent tenir du greffier *Fremin* qu'il n'y
a nulle charge contre son éminence : les autres
concluent qu'il faut au contraire qu'on le juge
dans le cas de la sévérité des loix. Ils disent que
ce prélat n'étant encore frappé d'aucun décret,
étant simplement sous la main du Roi, on n'auroit
pas manqué de l'élargir provisoirement jusqu'à
ce que son innocence éclatât en justice ; d'autant que dans la circonstance de l'état de mauvaise santé où il se trouve, ce seroit une sorte
de cruauté de le laisser en prison.

24 *Octobre*. Le peuple & beaucoup d'honnêtes
gens qui le font, tirent parti de tout pour leur
amusement ; c'est ainsi qu'une procession reli-
gieuse qui n'avoit pas eu lieu depuis plus de
vingt ans, a attiré la foule non-seulement des
Parisiens, mais de beaucoup d'habitants des
environs. Il s'agit de trois cents treize esclaves
françois, rachetés à Alger en 1785, par les
deux ordres de la Rédemption ; savoir, celui
des chanoines réguliers de la Sainte-Trinité,
dits *Mathurins*, & celui de la Mercy.

L'usage est de promener & de faire voir
ainsi ces esclaves pour exciter d'abord la curiosité & ensuite la charité du public. La procef-
sion a eu lieu pendant trois jours de la maniere
suivante : Le lundi dix-sept octobre 1785, en
l'église de l'abbaye royale Saint-Antoine ; le
mardi dix-huit en celle de l'ordre royal &
militaire de Notre-Dame de la Mercy, & le
mercredi dix-neuf en celle des Chanoines réguliers de la Sainte-Trinité.

On ne sait pourquoi le premier jour il a été
fait un compliment à madame l'abbesse de Saint-
Antoine au nom des deux ordres par *Thomas
le Bœuf*, âgé de quinze ans, qui n'est point
nommé parmi les esclaves ; pourquoi ledit jour
le même jeune homme a présenté au général de
l'ordre des Mathurins les captifs rachetés par
eux, sans qu'il soit fait mention d'aucune
harangue de cette espece à l'égard du chef des
Mercitains. Quoi qu'il en soit, par la distribution de la marche, de la réunion, de la séparation & des évolutions de chacun de ces ordres
& de leurs captifs respectifs, ils ont parcouru à-
peu-près toute l'étendue de la ville de Paris & il
n'est

n'eft en quelque forte aucun cœur dont ils n'aient follicité la pitié.

La proceffion fe faifoit en grande pompe, & l'on y avoit joint tout l'appareil qui peut en impofer ; du guet, les gardes de la ville, des inftruments militaires & religieux; des croix, des bannieres, des chérubins foutenant avec des cordons les étendards de la rédemption des deux ordres ; un grand cortege d'eccléfiaftiques, de muficiens, de fuiffes : en outre chaque captif portoit l'écuffon de celui des deux ordres auquel il appartenoit, & étoit fous la garde de deux Anges les enlaçant avec des rubans rouges & bleus; ces anges tenoient des banderoles aux armes refpectives defdits ordres : enfin les com-miffaires députés pour la rédemption formoient la marche avec des palmes à la main.

Une promenade auffi longue exigeoit nécef-fairement des paufes, conféquemment des raf-fraîchiffements, où le vin couloit en abondance, tellement qu'on a vu nombre de captifs & quel-ques religieux dans un état peu décent, & faifant dégénerer en farce cette cérémonie pieufe & charitable, qui fe terminoit chaque après-dînée par des antiennes & des bénédictions. Tel eft le fort des inftitutions humaines, où la profa-nation & le fcandale fe trouvent prefque tou-jours mêlés avec la charité & la dévotion.

22 Octobre. Depuis la mort M. *Thomas* beau-coup de concurrents s'étoient mis fur les rangs pour la place vacante à l'académie françoife; le fieur *Sedaine*, pour ne point manquer fon coup cette fois, avoit commencé par adreffer une fupplique touchante à la compagnie entiere, & il fe flattoit de réuffir par cette tournure

*Tome XXX.*          B

dont aucun candidat ne s'étoit encore avisé ;
mais on assure qu'aujourd'hui tous se sont
retirés en apprenant que M. *de Guibert* étoit sûr
d'avance des suffrages.

23 *Octobre.* Chaque jour il éclate des anecdotes concernant le cardinal & son aventure.
En voici une nouvelle, débitée par des gens
qui semblent faits pour être bien instruits. Ils
disent que madame *de la Motte*, quelques mois
avant sa catastrophe, vint trouver un sieur
*Regnier*, bijoutier - orfevre sur le pont Saint-
Michel, avec une boîte garnie de diamans &
un portrait : c'étoit celui de la Reine, mais
dans un état fort indécent & décolleté jusques
au nombril. Elle proposa à l'artiste d'enchâsser
cette miniature avec un secret, de façon à la
produire ou à la cacher comme l'on voudroit.
Le sieur *Regnier* témoigna sa surprise & son
indignation de ce qu'on le choisit pour une
pareille œuvre. Madame *de la Motte* le rassure
en lui ajoutant que c'étoit la Reine même qui
l'avoit chargée de cette commission. Alors l'artiste
se rendit à ces instances, & la boîte enrichie
du portrait, cette dame l'offrit au cardinal
comme une preuve de la satisfaction de sa
majesté.

23 *Octobre.* M. *Basset de la Marelle,* l'un des
présidents du grand-conseil, a été conduit pour
dettes à l'hôtel de la Force & est menacé d'y
rester long-temps. Son tribunal a cherché à tenir
le cas secret le plus qu'il a pu ; mais enfin la
chose est publique, & l'on se doute combien
de sarcasmes & de quolibets pleuvent sur ces
messieurs.

23 *Octobre.* On parle d'une facétie imprimée

au rouleau, qui court nouvellement fur le cardinal. C'eft une efpece d'*apologue oriental*, dans
lequel fous des noms allégoriques toute fon hiftoire
eft enchâffée.

24 *Octobre*. Les inquiétudes pour fe pourvoir
de bois, qui depuis deux ou trois ans avoient
commencé à fe faire fentir, mais fur la fin de
l'hiver feulement, ont lieu cette année même
ayant qu'il foit commencé : quoique la riviere
très-marchande en foit couverte, quoique les
chantiers en foient garnis, l'empreffement des
demandeurs eft fi exceffif qu'on n'en délivre que
par ordre de numéro & que voie à voie ;
précaution qui ne fait qu'augmenter les craintes
& exciter la cupidité des vendeurs & des accapareurs. Il en eft qui n'en font point myftere,
qui fe tiennent au coin des rues adjacentes des
chantiers avec des voitures remplies & offrent
de vous épargner la peine d'y aller moyennant
un bénéfice. De leur côté, les marchands fe
prévalent du concours des acheteurs pour éluder
le nouvel arrêt du confeil qui, en faifant ceffer
depuis le 15 de ce mois la permiffion de faire
venir, fous prétexte des eaux baffes, par train
de flottage le bois neuf deftiné à l'approvifion-
nement de cette capitale, leur ôte la liberté de
faire payer l'un auffi cher que l'autre; ils gliffent
toujours, comme denrée de premiere qualité,
en ce genre une denrée inférieure : on en a
déjà porté plufieurs plaintes & à la ville, & au
parlement, fans qu'on n'en ait encore vu réfulter
des effets falutaires.

24 *Octobre*. Extrait d'une lettre de la Déli-
vrance en baffe Normandie, le 15 octobre 1785....
Nous avons auffi une Rofiere dans nos cantons,

car quelle province n'a pas la sienne ? Dans
une paroisse voisine d'ici, nommée *Luc*, de
moins de cinq cents arpents, & dont la population monte à près de deux mille quatre cents
personnes ; le seigneur, M. *le Marchand de Caligny*,
pour mieux soutenir une manufacture de dentelles, servant en même temps d'école, y a
voulu perpétuer l'émulation par une récompense
à la fois honorifique & lucrative, pour la fille
qui chaque année sera jugée la plus vertueuse
& la meilleure ouvriere. C'est une médaille
d'argent avec la devise *Scientiæ & Virtutis præ-*
*mium*. J'ai été témoin de la fête qui a eu lieu
le 2 de ce mois avec le cérémonial usité
dans toutes ces sortes de fondations. Après que
la Rosiere a porté la médaille pendant un an,
elle reçoit une somme de cent vingt livres.

Le bien qu'a produit cette institution, à
laquelle le curé actuel, M. *Bonvoisin*, a sa part
aussi, est considérable ; il se remarque sur-tout,
en ce que dans le nombre d'habitants cité ci-
dessus, dont aucun n'a presque de propriété,
on ne voit point de mendiant ; en ce que le
travail y est en vigueur ; que l'union est telle
qu'ils s'allient rarement hors de la paroisse ;
que tous leurs procès très-rares sont bientôt
terminés par conciliation, & qu'on n'a connoissance d'aucun crime méritant la rigueur des
loix qui s'y soit commis depuis long-temps.....

25 *Octobre*. Un libraire, ces jours derniers
ayant reçu & payé comme bois neuf une voie
de bois mélangé, a fait venir un commissaire
pour en dresser procès-verbal & recevoir sa
plainte en conséquence, à telle fin que de raison.
Lorsqu'il a voulu en faire usage, il n'a pu

obtenir de l'officier de police la remise des papiers dont il avoit besoin : celui-ci a éludé pendant plusieurs jours, enfin lui a déclaré qu'il avoit déposé le tout entre les mains du procureur du roi de la ville. Le libraire a eu recours au magistrat, dont il n'a pu obtenir raison. Ce fait a été dénoncé par un de messieurs à la chambre des vacations, qui a ordonné que le procès-verbal & la plainte seroient déposés au greffe du parlement pour en être rendu compte aux chambres assemblées, à la rentrée.

25 *Octobre*. Suivant les lettres de Fontainebleau, les nouveautés qui y ont été jouées jusques à présent, n'y ont point eu de succès en aucun genre. La cour est devenue très-difficile & même *Richard Cœur de Lion*, qui a eu & a encore un succès soutenu aux italiens, a été mal reçu, non-seulement quant aux innovations que le sieur *Sedaine* a jugé à propos d'y faire, mais quant aux deux premiers actes qui produisent tant d'effet à Paris.

26 *Octobre*. Le changement de lieutenant de police a été favorable au sieur *Audinot*, & le bruit général est qu'il reprend demain son service auprès du public dans la salle de l'Ambigu, sur les boulevards, ce qui s'accorde avec l'annonce d'une nouveauté ayant pour titre *l'Impromptu du moment*, prologue ; & de la pantomime *les Bons & les Méchants*, pièce de son répertoire qui a eu tant de vogue que l'opéra en avoit été jaloux & en avoit sollicité la suppression.

On assure que c'est M. le comte *d'Artois* qui le couvre de sa protection & a menacé, si l'on refusoit de rendre justice à ce directeur en le rétablissant, de faire bâtir pour lui une loge dans le Temple.

26 *Octobre.* On voit ici des lettres - patentes concernant la démolition du château Trompette à Bordeaux, & l'exécution du plan du sieur *Louis* annoncé depuis long-temps. Elles n'y ont été enrégistrées que le 9 de ce mois, encore avec ce *retentum : sauf le droit d'un chacun ;* ce qui est relatif aux prétentions de la ville sur ce terrain, prétentions reconnues indirectement du gouvernement, qui remet en conséquence un droit *de huitain,* c'est-à-dire du huitieme du prix de tout le poisson qui se vendoit dans Bordeaux.

Comme ce terrain est très - étendu, puisque la superficie mesurée est de soixante-dix-neuf mille cent soixante & quelques toises carrées, & que la population de Bordeaux ne sauroit suffire à l'habiter ; par un article de ces lettres-patentes sa majesté, afin d'exciter les étrangers à venir s'y fixer, déclare que tout propriétaire, de quelque pays qu'il soit, qui achetera trente toises de ce terrain, sera sur le champ par cette acqui-sition même réputé regnicole & jouira des divers privileges qui en sont la suite.

Quant au plan, il est le même dont on a fait la description, & il est certain que s'il s'exécute dans toute son étendue & dans toute sa perfection, Bordeaux deviendra la plus belle & la plus floris-sante ville du monde.

26 *Octobre.* Le matin du départ de la Reine pour Fontainebleau, M. le duc *d'Orléans* reçut à Sainte-Assise une caisse, sans savoir de qui. La curiosité l'excita à la faire ouvrir en sa présence ; il s'y trouva un filet tissu avec

beaucoup d'élégance & très-riche ; il étoit d'or
& d'argent & d'une étendue immense, car il
avoit, à ce qu'on rapporte, cent quatre-vingts
aunes. Le prince ne fachant ce que cela vouloit
dire, ordonna de renfermer la caisse & la fit
remettre de fa part à M. *de Crofne*, en le priant
d'en rechercher l'auteur & de la lui rendre.
Cette anecdote qui s'est racontée dans le temps
fembloit assez apocryphe en ce qu'on n'en voyoit
pas trop le but, qu'on ne découvroit dans cet
envoi allégorique ni finesse, ni méchanceté ; on
fait aujourd'hui qu'elle est certaine, on en connoît l'auteur & l'objet.

M. le duc *d'Orléans* & madame *de Monteffon*,
instruits du projet de la Reine de se rendre par
eau à Fontainebleau & conféquemment de passer
fous les fenêtres de leur château, avoient fait
tous leurs efforts pour engager sa majesté à
s'y repofer. Elle s'y étoit refusée & l'on en
conçoit aisément la raifon. *Monfieur*, qui aime
ces fortes de plaifanteries ingénieufes & galantes,
avoit imaginé ce filet dont le spectacle auroit
frappé la Reine : tournure d'ailleurs acroire pour
l'arrêter refpectueufement, & lui fournir un prétexte de defcendre. Par malheur M. le duc *d'Orléans*, madame *de Monteffon* & perfonne de leur
cour n'a fenti l'épigramme, n'a conçu qu'un
cadeau femblable ne pouvoit partir que d'une
main augufte ; & *Monfieur* piqué en l'apprenant,
n'a pu s'empêcher de s'écrier dans fon premier
mouvement involontaire : *Avec tout leur efprit,
qu'ils font bêtes à fainte-Affife !*

27 *Octobre*. Le falon ayant donné lieu de parler
beaucoup de peinture, l'attention du public s'est
fixée fur un artifte qu'on ne connoissoit pas, &

travaillant dans un genre presqu'abandonné en France. Il s'agit d'un M. *Gibelin* & de la peinture à fresque. Il est auteur de morceaux considérables de cette espece, exécutés aux nouvelles écoles de chirurgie & à l'école royale militaire. Son dernier ouvrage, & tout frais, se voit aux capucins de la Chaussée-d'Antin. Un amateur a réveillé l'attention générale sur cette peinture à fresque, & la nouvelle capuciniere en est très-fréquentée. Quand on aura vu ce chef-d'œuvre, on en dira son avis.

*27 Octobre.* Dimanche dernier le sieur *Eustex* a donné au public le spectacle de deux bodruches lancées en liberté dans le jardin du sieur *Rug-gieri*. La premiere étoit une nymphe de huit pieds de proportion & ne pesant que dix onces ; elle étoit coëffée d'un ballon & portoit une robe transparente, couleur de feu. La seconde, le cheval ailé & transparent, monté par un guerrier richement armé, qu'on voit depuis long-temps au Palais-Royal.

Ces deux machines se sont élevées avec beaucoup de graces & de célérité ; elles ont monté très-haut ; on ne se flattoit plus de les revoir ; cependant l'une a été trouvée à Genevilliers, & l'autre près de Montmorency. Par les procès-verbaux du même jour, elles n'ont guere été qu'une heure en l'air chacune, & sans être endommagées ; elles ont été remises de même au propriétaire.

*28 Octobre.* Deux débuts très-intéressants ramenent aujourd'hui vers la scene françoise le public qui s'en étoit éloigné, & sur-tout le public galant ; car ce sont deux jeunes actrices.

L'une est Mlle. *Candeille*, fille du musicien de

ce nom, auteur de l'opéra d'*Alexandre*, & pro-
tégée par M. *de Breteuil*. Elle est très-jolie ; elle
avoit paru d'abord sur le théâtre lyrique, où
quelque petite incongruité qui lui échappa en
scène, soit par timidité, soit par incommodité
réelle, ne lui a jamais permis de remonter. Eleve
du sieur *Molé*, elle s'est retournée du côté du
théâtre françois, & s'est appliquée aux rôles
forts des jeunes princesses, tels que ceux d'*Her-
mione*, de *Roxelane*, d'*Aménaïde*, d'*Alzire* &
d'*Ariane* ; on lui a trouvé souvent de l'énergie,
de la sensibilité, des moments d'abandon intéressants, des intentions justes, mais des incor-
rections & des inégalités ; ce qui est la suite du
jeu d'une débutante qui n'est pas encore sûre
d'elle-même, qui se tâte & le parterre : comme
elle passe pour avoir beaucoup d'esprit, elle est
plus en état qu'une autre de faire valoir les heureuses dispositions qu'elle a reçues de la nature.

L'autre est Mlle. *Vanhove*, fille & éleve du
comédien de ce nom, ayant à peine quatorze
ans. Elle a paru pour la premiere fois dans le
rôle d'*Iphigénie* vis-à-vis de son pere représentant
*Agamemnon* ; elle a obtenu de nombreux & de vifs
applaudissements ce jour-là 10 octobre : un son
de voix intéressant, de l'intelligence, de la
sensibilité, la candeur la plus ingénue ; telles
sont les qualités qu'on lui a reconnues à cet
essai. Elle a joué depuis dans le comique les
rôles d'Amoureuses tendres, & semble réunir
déjà les plus heureuses dispositions pour les deux
genres. Son succès se soutient & s'accroît ; tout
Paris se porte en foule pour l'admirer.

29 *Octobre*. L'un des deux côtés intérieurs de
l'église de Sainte-Genevieve est entiérement

B 5

terminé ; il est débarrassé aujourd'hui de tous
les échafauds ; & l'on y entre. L'exécution de
ce bel édifice, son ordonnance majestueuse,
l'élégance de ses colonnes, la richesse des sculptures attirent le concours des amateurs, & les
applaudissements des spectateurs les plus grossiers.
On travaille actuellement au dôme ; voilà le
moment intéressant de la solution du problême
élevé par le sieur *Batte*. Comme il y a des fonds
affectés chaque année pour cet objet, on espere
toujours que dans sept ou huit ans ce monument sera terminé.

30 *Octobre*. M. le marquis *de Courtivron*,
mestre-de-camp, chevalier de l'ordre royal &
militaire de St. Louis, commissaire perpétuel
pour l'imposition de la province de Bourgogne,
& membre de l'académie des sciences, est mort
le 5 de ce mois dans son château. Il étoit pen-
sionnaire vétéran. On ne sait trop ce qu'il a
fait, & il faut attendre l'éloge qu'en fera M. le
marquis *de Condorcet*.

30 *Octobre*. Comme tout ce qui concerne la
marche de M. *de la Pérouse* est intéressant, voici
des particularités extraites d'une lettre de Sainte-
Croix de Ténériffe, datée le 27 août.

Les navires la *Boussole* & l'*Astrolabe* ayant fait
voile le premier août, arriverent le 13 suivant
à l'isle de Madere.

Les personnes embarquées sur la *Boussole* sont
le comte *de la Pérouse*, capitaine de vaisseau,
chef de l'expédition ; les chevaliers *de Clônard*
& *de l'Escars*, lieutenants de vaisseau ; M. *Botin*,
& le chevalier *de Pierrevert*, enseignes ; M. *Co-
linet*, lieutenant de frégate ; MM. *Ceran de
Montarnel* & *d'Arbaut*, gardes de la marine ;

M. *Broudac*, volontaire ; MM. *de Meneron*, capitaines au corps de génie ; *Bernicet*, ingénieur-géographe ; *d'Ageles*, de l'académie des sciences de Paris, comme astronome ; le chevalier *de Linsanon*, de l'académie de Turin, & correspondant de celle de Paris, comme physicien-naturaliste ; l'abbé *Monges*, un des auteurs du journal de physique, comme chymiste & aumônier ; *Roulin*, chirurgien-major ; *le Cor* en qualité d'adjudant ; *Duché de Vency*, comme peintre ; *Prevot*, peintre d'histoire naturelle ; *Colimon*, jardinier-botaniste, & quatre-vingt-neuf hommes d'équipages.

Sur l'*Astrolabe* se trouvent le vicomte *de l'Angle*, capitaine de vaisseau ; M. *de Monty*, lieutenant ; MM. *de la Borde*, *Marchainville de Vaugeois* & *d'Aigremont*, enseignes ; *Blondelau*, lieutenant de frégate ; *de la Borde de Bouteroillen*, *de Flasson* & *de Lauriston*, gardes de la marine ; *Monge*, astronome ; *de la Martiniere*, botaniste-naturaliste ; l'abbé *Receveur*, aumônier & naturaliste ; *Dufresne*, naturaliste ; *Prevot*, peintre ; *Lesseps*, vice consul de France à Cronstadt, comme interprete ; *Lavau*, chirurgien, & quatre-vingt-quatorze hommes d'équipage.

3.1 *Octobre*. C'est le sieur *le Doux*, architecte, sur les plans & sous l'inspection duquel se construit & s'éleve la grande muraille qui doit enceindre Paris. A toutes les ouvertures qui dorénavant seront les seules portes & les seules barrieres de la capitale, on bâtit des logements pour les commis des fermes ; ils ressemblent à des citadelles par leur solidité, & en outre comme le sieur *le Doux* aime beaucoup les colonnes & en met par-tout, il n'a pas manqué de

B 6

les y prodiguer ; ce qui ajoute un air de luxe &
de magnificence à ces repaires de maltôtiers.

Les Parifiens, qui devroient s'indigner de fe
voir ainfi conftitués infenfiblement prifonniers,
& renverfer cette muraille extravagante, ne font
qu'en rire ; elle leur fert de fpectacle, & ils
s'amufent à voir croître par degrés ce monument
d'efclavage & de defpotifme.

31 *Octobre*. Un fieur *de Rudder* annonce que
le dimanche, 6 novembre à midi, il fera fur la
Seine, en face du quai des Théatins, l'expérience
d'une nouvelle machine appliquée à des fabots de
fon invention, au moyen defquels il prétend
traverfer la Seine à pied fec.

31 *Octobre*. Si l'on en croit une lettre particuliere du fieur *Blanchard*, fon quinzieme voyage
aérien lui a procuré encore plus d'honneurs
qu'il n'en avoit reçus & de très-extraordinaires.
Son bufte a été couronné à la falle du fpectacle
de Francfort fur le Mein : le comte *de Roman-
zow*, l'ambaffadeur de Ruffie, chez lequel il
foupoit, ne pouvant réfifter aux acclamations
du public, le conduifit fur fon balcon, deux
bougies à la main, & le préfenta de la forte au
peuple : des hommes s'attelerent à fon carroffe,
& voulurent lui fervir de chevaux pour le conduire à la comédie, où on fe le paffoit de loge
en loge : enfin l'avant-veille de fon départ,
comme il étoit au fpectacle, le théâtre fe changea
en un fuperbe palais ; fon bufte s'éleva fur un
trône magnifique dans le temple de mémoire,
dont Apollon & les neuf fœurs gardoient l'entrée, & les trois graces avec de petits amours,
lui chanterent des couplets, & vinrent le cou-
ronner en perfonne dans fa loge. Les récompenfes

lucratives ne lui ont pas manqué ; il a reçu des
boîtes d'or , des montres , des médailles & de
l'argent, fans doute qu'il appelle *un très-honnête
cadeau*.

Du refte , tous les princes & princeffes de
l'Allemagne qui étoient alors à Francfort au
nombre de cent vingt-deux , ont foufcrit pour
une machine aéroftatique capable d'enlever cinquante perfonnes. Le fieur *Blanchard* eft choifi
pour le conftructeur & le pilote , & elle doit être
prête pour le couronnement du roi des Romains ,
s'il a lieu : on fait que la cérémonie s'en fait
dans cette ville.

En attendant , M. *Blanchard* va tenter des
moyens de direction dans les Pays-Bas où il eft
à préfent , à Hambourg , à Vienne , à Varfovie ,
à Saint-Pétersbourg , à Rome , à Milan , à Naples , en Efpagne & dans plufieurs autres royaumes , où il eft demandé.

1 *Novembre* 1785. « J. Philippe *Fyot de la*
» *Marche* , feigneur de Neuilly en Bourgogne ,
» à l'imitation de la rofe de Salency par Saint
» Médard en 530 , accorda chaque année un
» prix d'une médaille d'argent , au garçon jugé
» par les peres de famille le plus fage & le plus
» laborieux du village. Un jeune homme
» eftimé dans le pays , eut le malheur de fe
» noyer dans l'Ouche en 1769 , en conduifant
» un chariot de foin , quelque temps avant la
» diftribution de la médaille. Celui qui l'obtint ,
» jugeant le défunt plus digne de la recevoir ,
» l'attacha à un rameau orné de rubans , qu'il
» alla placer fur la tombe de fon ami , au grand
» étonnement des affiftants , en difant : *Je te la
» rends , mon cher ami ; tu la mérites mieux que
» moi.* »

Tel est le trait historique, consigné dans l'Encyclopédie, sur lequel M. *Desforges* s'est échauffé, & a bâti sa piece de *l'Amitié au village*, opéra comique très-mal reçu à Fontaine-bleau, & qui, malgré les changements, ne méritoit pas d'être mieux accueilli à Paris, où il a été joué hier. Ce sujet est triste, froid, ennuyeux & fade ; il a été soutenu par la musique de M. *Philidor*, savante, riche & brillante, sur-tout dans les accompagnements, mais peu analogue au sujet qui exigeoit plus de naturel & de chant. Quoi qu'il en soit, au moyen des billets répandus en grand nombre dans le parterre, la piece a été jusqu'au bout, a même reçu des applaudissements, & l'auteur a été demandé à la fin. Quoi qu'on ne s'expliquât pas sur celui qu'on désiroit, le sieur *Philidor* seul s'est laissé traîner sur le théâtre. Malgré ce succès apparent, il semble impossible que l'ouvrage aille bien loin.

2 *Novembre*. La nuit du 31 octobre il s'est trouvé beaucoup de monde dans les galeries formant le pourtour du jardin du Palais-Royal, qui est aujourd'hui la promenade des filles du plus mauvais ton de ce quartier, des crocs & des souteneurs dont il abonde. Au moment d'un engorgement, un officier de dragons, donnant le bras à sa maîtresse, est porté par la foule sur le pied de M. l'abbé *de Luberzac* ; celui-ci crie, jure ; il en survient une querelle entre les deux personnages ; la courtisane dit à son amant : *Après tout, ce n'est qu'un abbé qui ne vaut pas la peine qu'on s'arrête*, & elle l'emmene en même temps. L'homme d'église piqué les suit & donne un coup de pied dans le cul de la courtisane ; le militaire prend fait & cause pour elle, & n'ayant

point d'armes , faisit l'abbé au collet : celui-ci trouve des amis & des partisans qui le défendent ; l'autre a les siens aussi : il en survient une bagarre si considérable que tous les Suisses accourent , mais en trop petit nombre pour pouvoir en imposer & arrêter le tumulte. M. le duc *de Chartres* , qui , pendant que son palais est sans dessus dessous , a pris un appartement sous les galeries , étoit chez lui en ce moment , mais n'ose se montrer de peur de se compromettre ; seulement il donne ordre qu'on aille chercher main-forte : il arrive cinq escouades de guet qui calment enfin les mutins , mais non sans coup férir : on parle de plusieurs blessés , d'un chevalier de St. Louis éventré, de mutins arrêtés : quant à l'abbé de *Luberzac* , on le dit mandé à la police , comme le moteur du désordre. Il faut se rappeller que c'est l'auteur de plusieurs projets de places & de monuments ; du reste de mœurs peu ecclésiastiques & de très-mauvaise réputation.

Depuis ce temps, on dit que les Suisses ont ordre d'empêcher d'entrer le soir dans le jardin les filles seules ; ce qui désole les amateurs.

2 *Novembre*. Extrait d'une lettre de Perpignan, du 10 octobre..... Notre intendant qui voudroit que tous les travaux de la campagne se fissent par une louable émulation ; après avoir encouragé l'agriculture en célébrant l'année derniere une fête , dont M. *d'Arnaud* a grossi son *Recueil des Délassements de l'Homme sensible* , vient d'en donner une autre le 2 octobre dernier en l'honneur des vignerons de Rivezaltes , canton dont le vin est renommé ; il a même accordé un prix & des gratifications aux meilleurs vendangeurs. Il espere que le vin de la récolte prochaine en sera meilleur.

*5 Novembre.* Il ne paroît que depuis peu un arrêt du conseil daté de Saint-Cloud le 23 septembre, où sa majesté, sur l'avis de M. le garde-des-sceaux, ordonne la suppression d'un ouvrage en trois volumes, ayant pour titre : *Aventures & plaisante éducation du courtois chevalier Charles le Bon, sir d'Armagnac.* Il est qualifié de contraire à la religion, aux mœurs, à l'honnêteté publique & au respect dû aux souverains ; & dans le préambule il est dit qu'il contient des leçons & des exemples également dangereux pour la jeunesse, qu'on y parle d'une maniere peu convenable des pratiques pieuses, de l'autorité & des chefs de nations ; enfin que le style & les situations en sont tout-à-fait licencieux. On conçoit que cela ne peut qu'exciter la curiosité à l'égard d'un livre peu connu jusqu'à présent, & dont on ne parloit point.

3 *Novembre.* Outre le filet, on prétend qu'il y avoit dans la caisse le madrigal suivant :

A vous, savante enchanteresse,
O *Montesson,* l'envoi s'adresse !
Docile à mon avis follet,
Avec confiance osez tendre
Sur le champ ce galant filet ;
Et quelque grace va s'y prendre.

4 *Novembre.* Au défaut de grandes nouvelles politiques, on s'occupe des tracasseries intérieures de la comédie françoise, occasionnées par le début de Mlle. *Vanhove* ; on en jugera mieux par la lecture de la lettre suivante, qui court les sociétés, qu'on croit factice, mais qui n'en

eft pas moins piquante, & fondée d'ailleurs fur des faits connus.

### Lettre de Mlle. Contat à Mde. Vanhove, datée de Paris le 25 Octobre 1785.

COMMENT, Madame, fi j'en crois ce qu'on me rapporte, vous m'accufez d'être jaloufe des fuccès de Mlle. *Vanhove*, de chercher à les croifer, de defcendre jufqu'à la manœuvre vile & odieufe d'avoir dans le parquet des fuppôts gagés pour l'intimider par des fifflets & la décourager? On ne foupçonne guere de pareils procédés qu'on ne foit capable d'en ufer ; mais fans fouiller dans vos intentions, j'ai des reproches plus réels à vous faire : expliquons-nous & répondez.

Pouviez-vous ignorer, Madame, le début antérieur de ma fœur, quoique fans annonce, fans prétentions, fans tout l'appareil & le fracas de celui de Mlle. votre fille? Pouviez-vous ignorer que fa jeuneffe, fes graces, fes talents naiffants lui avoient valu l'indulgence du public? Pouviez-vous ignorer que, deftinée dès-lors à remplir les emplois de jeunes amoureufes dans le comique, elle n'étoit rentrée dans la retraite que pour fe rendre, par de nouvelles études, plus dignes d'éloges & d'encouragement? Non, fans doute, & c'eft prefqu'au même inftant que peu fatisfaite de voir triompher votre fille dans le tragique, vous l'incitez à marcher fur les brifées de ma fœur, & à lui ravir fes emplois dans l'autre genre. Je veux que vous ne duffiez aucun égard à ma fœur, à moi qui depuis quelques années soutiens tout le poids des rôles comiques, qui ai fait réussir les seules comédies nouvelles restées au théâtre, qui ramene sans cesse vers la scene françoise la foule qui s'en écarte dès que je disparois ; je ne me compte pour rien. Mais dépouiller un enfant sans défense & l'écraser, c'est une cruauté, une barbarie. Tout ce qui me révolte sur-tout, c'est l'hypocrisie que vous y avez mise. Vous paroissiez ne songer qu'à faire par quelque bon mariage de Mlle. *Vanhove* une bourgoise bien cossue, bien étoffée de la rue Saint-Denis ou de la rue Saint-Honoré ; & pendant que vous vous exprimiez ainsi, vous lui faisiez naître le goût du théâtre ; vous allumiez dans son cœur la soif de la gloire ; à l'insu de tout le monde & même de son pere, vous lui faisiez répéter des rôles, vous la formiez, vous sollicitiez son début. Voilà ce que je ne vous pardonnerai jamais. Oui, Madame, incapable de tracasseries sourdes & basses, je vous déclare une guerre ouverte ; si votre fille persiste à devenir rivale de ma sœur, je l'attaquerai non-seulement dans nos comités, je souleverai contre elle les gens honnêtes de notre société ; mais je la poursuivrai jusqu'au tribunal de nos supérieurs ; j'irai, s'il le faut, me jeter aux pieds de notre auguste souveraine, encore plus la protectrice des opprimés que des talents ; & vous pouvez regarder d'avance cette lettre comme un manifeste : afin qu'elle ne reste point secrete dans votre porte-feuille, & que tout le monde soit instruit de votre conduite perfide, j'en fais délivrer des copies à tous mes amis : dans la crainte de ne pouvoir la faire imprimer ici, je l'envoie à tous les journaux étrangers, & j'espere que le public instruit de la sorte, nous jugera & détestera cette abominable trahison. Paris, ce 25 octobre 1785.

5 *Novembre.* L'avocat *Marchand*, auteur facétieux, connu par plusieurs bagatelles littéraires, s'éteint de vieillesse ; le Curé de Saint-Nicolas-des-Champs, sur la paroisse duquel il est, le visite souvent & ne se rebute point de la porte fermée ; comme le malade tombe dans une espece d'enfance, le zele du Pasteur espere enfin en venir à bout & le faire mourir très-chrétiennement.

6 *Novembre.* On ne voit encore d'autre réponse à la lettre vraie ou fictive de Mlle. *Contat* à madame *Vanhove* que le madrigal suivant, que font courir les partisans de la nouvelle actrice, à laquelle il est adressé :

Que *Contat*, nouvelle *Eriphile*,
Contre toi de l'envie épuise tous les traits,
Paris répond avec *Achille*,
*Vous m'envoyez encor plus épris que jamais.*

Ce vers tiré de l'*Iphigénie* de *Racine* est d'autant plus heureusement appliqué ici, qu'en effet toutes les fois qu'*Achille* le disoit durant les débuts de Mlle. *Vanhove* qui faisoit, comme l'on fait, le rôle de la fille d'*Agamemnon*, le parterre saisissoit l'allusion & applaudissoit à tout rompre. Ce madrigal, attribué à un jeune homme de beaucoup d'esprit, nommé M. *Salior*, a été fait par *impromptu* dans un souper où ils se rencontroit pour la premiere fois avec la famille des *Vanhove.*

*6 Novembre.* L'apologue oriental où l'on a
raconté dans le plus grand détail toute l'affaire
du collier est inséré dans une *lettre de la C. de
M. à l'abbé G.* C'est une réponse fictive de la
comtesse de *Marfan* à la lettre de l'abbé *Georgel*,
qu'on a rapportée dans le temps. On a affecté
de faire tomber dans les mains du roi ce pamphlet imprimé au rouleau. La Reine y est désignée sous le nom de *Myria*, & comme il est
tout entier à la gloire de la souveraine, son
auguste époux l'a goûté, a même adopté ce
nom & depuis ce temps-là a appellé plusieurs
fois la Reine, *sa chere Myria* : outre l'anecdote
du jour, ce conte allégorique rappelle d'autres
faits & gestes qui ne font pas plus d'honneur
au héros. Ce sont sa vie & ses mœurs, présentées
sous le point de vue le plus honteux.

*7 Novembre.* Depuis plusieurs jours on parle
d'une cession de tous ses biens, faite par *Monsieur* au duc de *Normandie.* On tient la chose
pour sûre aujourd'hui. Elle est d'autant plus
extraordinaire qu'elle semblerait annoncer quelque inimitié secrete entre ce prince & le comte
*d'Artois*, son frere, dont il frustre ainsi cruelle-
ment les enfants ; cependant comme on ne sache
rien qui puisse autoriser ce soupçon, on regarde
cette conduite simplement comme un coup de
politique, & l'on croit que c'est le fruit des
conseils de M. *Cromo.* En effet suivant cette
combinaison, de cet événement il résulterait
une coalition entre la Reine & *Monsieur*, qui,
pour condition secrete, entrerait au conseil.
De son côté sa majesté tiendrait à une distance
convenable ceux qui ont aujourd'hui sa confiance
& la donnerait toute entiere à cette altesse

royale. Ils aideroient ainſi le Roi à ſoutenir le
poids des affaires, & les choſes n'en iroient que
mieux, avec le ſecours d'un prince inſtruit,
ſage, appliqué, économe, peu livré au plaiſir,
& intéreſſé perſonnellement à la conſervation
& à la proſpérité du royaume. Le temps ſeul
dévoilera tous ces myſteres.

*7 Novembre.* Un nouveau *ſupplément au
Journal de Paris*, en date du 11 octobre, paroît
encore imprimé au rouleau. Il eſt toujours
principalement dirigé contre M. *de Calonne* &
révele pluſieurs anecdotes qui ne lui feroient
point honneur, ſi elles étoient vraies. Ce qui
décrédite fort l'écrivain, c'eſt d'impliquer dans
tout cela le comte *de Vergennes*, dont les mœurs,
le caractere & la réputation ne paroiſſent guere
compatir avec une pareille aſſociation.

*8 Novembre.* M. le contrôleur-général voulant
ſans doute donner un dernier coup de collier
en faveur de ſon emprunt, avoit chargé le
comte *de Mirabeau* d'écrire contre les *Actions
des eaux*, montées comme certains effets particuliers ou étrangers à un prix fou. L'auteur
dans ſa brochure pleine de logique & écrite avec
le feu & l'éloquence qu'il répand juſques dans
les matieres les plus abſtraites, découvre d'une
façon bien ſenſible l'extravagance de cet agiotage.
Meſſieurs *Perrier* en ont été furieux : ils ont ſenti
le danger de laiſſer s'accréditer une pareille
diatribe : en conſéquence ils ont eu recours au
ſieur *de Beaumarchais* ; ils lui ont remis leurs
papiers & l'ont chargé de répondre.

*8 Novembre.* Extrait d'une lettre de Fontainebleau, du 7 novembre.... Il y a une rivalité
de goût abſolument ouverte entre la cour &

la ville. *Themiſtocle* eſt tout-à-fait tombé ici,
& *Penelope*, dont les répétitions avoient tant enchanté les Pariſiens, n'a guere mieux réuſſi.
*Dardanus*, au contraire, dont ils étoient dégoûtés,
a joui d'un plein ſuccès. M. *Sacchini* dans l'excès
de ſa joie s'eſt écrié qu'il avoit fait cet opéra
pour la cour, que ſon ſuffrage lui ſuffiſoit &
qu'il ſe f . . . . . de ceux de la ville. Quant au
ſieur *Morel*, ayant refuſé de mettre en muſique
un de ſes ouvrages, il lui avoit juré une haine
immortelle, l'avoit menacé par ſes manœuvres
& par ſon crédit dans la troupe lyrique de faire
tomber tous ſes opéra. M. *Sacchini* n'avoit pas
manqué d'en inſtruire la Reine, & ſa majeſté s'eſt
fait un plaiſir de venger ſon protégé.

Du reſte *Dardanus*, dans le principe en quatre
actes, n'eſt plus qu'en trois.

*9 Novembre.* On aſſure que la Reine s'eſt ſi
bien trouvée dans ſon yacht, qu'elle a réſolu
de s'en ſervir pour revenir de Fontainebleau.
Comme il y a une cheminée dans ſon appartement, la rigueur de la ſaiſon n'y fait point
obſtacle ; il y a une autre cheminée dans la
cuiſine, en cas que ſa majeſté veuille manger
un poulet.

*9 Novembre.* Autre *Supplément au Journal de
Paris* du 27 octobre 1785. C'eſt un acharnement affreux contre M. *de Calonne.* Dans
celui-ci on tient note jour par jour de tout ce
qu'il a fait depuis le commencement du voyage,
ou plutôt de ce qu'il n'a pas fait ; car, à en
croire ce journal, il n'auroit vaqué qu'à ſes plaiſirs,
& n'auroit trouvé aucun moment pour le travail.

En outre, on trouve dans ce pamphlet une
lettre fictive de ce miniſtre, où l'on lui fait de-

mander à M. *d'Autun* pour son frere, l'évêché de Saint-Malo, vacant. Cette lettre est plaisante relativement à l'abbé *de Calonne*, qui passe pour un assez mauvais sujet comme ecclésiastique.

10 *Novembre.* M. *Pierre Rousseau de Toulouse*, conseiller aulique de l'électeur Palatin, vient de succomber enfin à de longues & cruelles souf-frances. On ne sait encore à qui le journal encyclopédique sera confié. Outre la manufacture qui lui appartenoit en propriété, cet homme de lettres travailloit depuis long-temps avec beaucoup de succès à cet ouvrage périodique né sous sa plume. Il paroît qu'il a très-bien soute-nu son rôle d'encyclopédiste, & qu'il est mort philosophiquement. M. le curé de Saint-Roch étoit venu le voir une fois & il avoit été admis depuis cette premiere visite, le malade reposoit toujours, lorsque le pasteur se présentoit.

10 *Novembre.* Ces *suppléments au journal de Paris*, qui prennent le train de se succéder périodi-quement & fréquemment, ne laissent pas que d'intriguer la police ; on les attribue à la société d'un ex-ministre, qui se venge ainsi du tour qu'on lui a joué en l'expulsant peu après son exaltation. Quoi qu'il soit doux & honnête, on le soupçonne rancunier. En tout cas ces pamphlets ne peuvent s'attribuer qu'à des gens bien instruits des opérations & des marches de M. *de Calonne* : en outre, il faut qu'ils aient de certains entours & des facilités peu commu-nes pour l'impression de ces feuilles & pour se soustraire pendant un si long espace de temps à la vigilance des espions & aux recherches des préposés à cette inquisition ; il faut encore qu'ils soient en état de faire des sacrifices pécuniaires

confidérables, d'autant que la diftribution s'en
fait par amis & gratuitement; enfin ce ne peut
être qu'animé de quelque paffion violente, qu'on
fe livre aux embarras, aux inquiétudes qu'en-
traîne ce genre de manœuvres clandeftines &
multipliées.

10 *Novembre.* La Reine eft fi contente de fon
yacht qu'elle veut faire avoir un bon de fermier-
général au fieur *Leleu*, l'un des entrepreneurs de
la conftruction.

11 *Novembre.* On a annoncé que le fieur *Audinot* avoit repris la direction de fon fpectacle,
à la grande fatisfaction du public; il s'eft affocié
un fieur *Arnould*, & tous deux cherchent à foutenir leur entreprife en raffemblant les circonftances
les plus propres à piquer la curiofité. Depuis
long-temps le premier avoit donné une pantomime, où eft repréfentée l'aventure du fieur
*Gilet*, qu'on a vu récemment expofée au falon
dans un tableau de M. *Ville*. A cette occafion
on a découvert que ce brave maréchal-des-logis
étoit à l'hôtel des Invalides. Le fieur *Audinot*
a imaginé de l'inviter d'affifter à une repréfen-
tation de la pantomime le lundi quatorze de
ce mois, avec un grouppe de fes camarades,
auxquels on réfervera la premiere banquette. Il
s'eft flatté avec raifon que chacun s'emprefferoit
de voir ce perfonnage vénérable qui a foixante-
feize ans aujourd'hui & en avoit déjà foixante-
treize lors de fon combat généreux.

11 *Novembre.* Il paroît des exemplaires d'un
mémoire de vingt pages d'impreffion, in quarto,
fervant de réponfe à la derniere déclaration de
la cour de Berlin. Il a pour titre : *Examen des
motifs d'une affociation pour la confervation de
la*

la conftitution de l'empire, expofés par la majefté
le roi de Pruffe , & adreffés de fa part à fes co-
états de l'empire & à d'autres cours de l'Europe.

11 *Novembre.* Mlle. *Funier* a peine à revenir
du coup que lui a porté la mort de M. de Lar-
boulerie, fon ancien ami, arrivée fubitement
chez elle en jouant. Ce capitaine aux gardes vivoit
depuis vingt ans chez cette actrice & lui étoit fi fort
attaché, qu'en fe mariant il avoit mis pour
condition que fa femme refteroit dans fes terres
en Auvergne, autant par économie cu'afin que
rien ne pût troubler fon union avec la cour-
tifane en queftion. Il y tenoit bureau d'efprit
avec le préfident *d'Héricourt* & d'autres commenfaux de Mlle. *Funier*, & s'étoit ainfi formé un
peu à la littérature. Il y a environ quinze jours
qu'elle eft dans le deuil & la douleur de cette
perte irréparable. D'un autre côté, la famille
fe plaint du défordre énorme qui a réfulté de
ce commerce dans la fortune de M. *de Larbou-
lerie*, qui fe trouve, fans aucune dépenfe apparente, endetté de cinquante mille écus.

12 *Novembre.* On a diftribué depuis peu anony-
mement chez les banquiers & dans le public,
fans favoir ni comment ni pourquoi, trois tableaux
concernant les forces & les finances du royaume.
C'eft un beau jeune homme qui vient les offrir
moyennant finance, mais fans vous taxer. Ces
tableaux font de la plus grande beauté, mais
exagérés dans leurs calculs ; on préfume avec raifon
que l'auteur eft autorifé par le miniftere à fe préfenter ainfi dans les maifons, autrement il auroit
été déjà arrêté.

**11 Novembre.** *Relation de la séance publique de l'académie royale des sciences pour sa rentrée d'après la St. Martin.*

Les prix sont aujourd'hui si multipliés, qu'il est à craindre qu'ils ne deviennent trops communs, & que le vrai mérite ne les dédaigne. Les annonces seules ont tenu un temps considérable ; c'est, suivant l'usage, le secretaire de la compagnie qui les a promulguées.

1°. Conformément aux intentions du roi, l'académie avoit proposé pour 1783, un prix de deux mille quatre cents livres, dont le sujet étoit *de trouver le procédé le plus simple & le plus économique pour décomposer en grand le sel de la mer, en extraire l'alkali qui lui sert de base dans son état de pureté, dégagé de toute combinaison acide ou autre, sans que la valeur de cet alkali minéral excede le prix de celui que l'on tire des meilleures soudes étrangeres.*

Les mémoires envoyés n'ayant pas, au jugement de l'académie, suffisamment rempli le but du gouvernement en 1783, elle a remis le prix pour 1785 ; elle n'a pas été encore entiérement satisfaite à ce concours, & propose pour la troisieme fois la même question. L'académie s'expliquera définitivement dans l'assemblée publique de Pâques 1788.

2°. L'académie se trouvant à portée de disposer d'un fonds propre à donner un prix tous les deux ans, depuis 1777 a joint un prix de physique au prix de mathématiques, qu'elle est dans l'usage de proposer annuellement. Le sujet pour la prochaine proclamation est la question fuivante : *Expofer les principes de la meilleure méthode, d'après laquelle les obfervateurs devroient étudier & décrire l'hiftoire minéralegique d'un canton ou d'une province; l'académie exige que l'auteur faffe l'application de fa méthode à un canton, même d'une petite étendue.*

Le prix de quinze cents livres fera décerné dans l'affemblée publique de Pâques 1787.

3°. Un amateur éclairé des fciences a propofé à l'académie de fe charger du jugement d'un prix fur la queftion fuivante: *On fuppofe 1°. qu'un vaiffeau connu de poids, de forme, de pofition, fe meuve fur la furface de la mer, fuppofée plane & horizontale, avec une viteffe donnée & parallélement à fa quille : 2°. Qu'une caufe quelconque faffe naître, fur la furface de la mer, une onde ou lame circulaire unique, dont le centre foit placé fur le prolongement de la quille, & dont on connoiffe la forme, ou à l'origine, ou dans un certain inftant de fa durée : 3°. Que cette lame, en vertu de fa viteffe, atteigne le vaiffeau; cela pofé, on demande les changements que la lame fera naître dans les mouvements du vaiffeau, foit par le choc, foit par la différence des preffions.* Cette propofition a été acceptée par l'académie, & elle décernera le prix dans fon affemblée publique d'après Pâques 1787. Malheureufement ce prix n'eft que de deux cents quarante livres & plufieurs auditeurs ont obfervé que c'étoit bien peu d'argent pour tant de chofes.

4°. Un citoyen anonyme a fondé un prix de mille quatre-vingts livres, en faveur *d'un mémoire foutenu d'expériences, qui tendra à fimplifier les procédés de quelque art méchanique.* L'académie entrant dans les vues du fondateur, avoit propofé pour le premier prix en ce genre le fujet fuivant : *de perfectionner la conftruction des moulins à eau, fur-tout de leurs parties intérieures, &c.* Il devoit être adjugé à Pâques 1784, & il avoit été remis pour cette féance actuelle. C'eft un M. *Dranfy*, ingénieur du Roi, qui l'a obtenu. Quelques obfervateurs dans la féance ont prétendu qu'il étoit abfolument incapable d'avoir compofé fon mémoire, que c'étoit un homme des plus ineptes.

Cependant le fecretaire a ajouté, que l'académie en couronnant M. *Dranfy*, l'invitoit à continuer fes recherches fur un art dont il s'eft beaucoup occupé, & fi digne par fon objet de toute l'application d'un homme inftruit.

5°. Le fujet du prix à décerner à Pâques 1787 eft : *la meilleure maniere de diftribuer, fuivant des rapports donnés, un volume déterminé d'eau entre les différents quartiers d'une ville, en ayant égard aux divers accidents du terrain, c'eft-à-dire, aux inégalités des hauteurs des lieux, où les eaux doivent être envoyées, aux pentes & aux finuofités du terrain.*

6°. L'académie avoit propofé encore pour un prix qu'elle devoit adjuger en 1784, & dû également au zele du même citoyen anonyme, le fujet fuivant : *Déterminer la nature & les caufes des maladies des ouvriers employés dans la fabrique des chapeaux, particuliérement ceux qui fecrettent, & la meilleure maniere de les préferver de ces maladies :* n'ayant pas été pleinement fatisfaite des mémoires envoyés à cette époque, elle remit le prix pour cette féance-ci, & c'eft M. *Henri-Albert Goffe* de Geneve qui l'a mérité ; il avoit déjà remporté le prix de 1783, fur un fujet du même genre.

Le secretaire en conséquence en nommant le *Laureat*, y à joint le compliment suivant :

L'académie, en couronnant deux fois les travaux de M. *Gosse*, voit avec beaucoup d'intérêt, que la classe des hommes qui, par leur état, sont exposés à des accidents graves, attire constamment l'attention de ce chymiste estimable; que ses regards se portent naturellement sur cette multitude d'ouvriers si dignes qu'on veille pour eux, & qu'il trouve une véritable gloire à leur vouer ses talents.

7°. M. *de Condorcet* a ajoûté : Le public voit avec reconnoissance combien le fondateur de ces prix désire de contribuer au progrès des arts par de tels encouragements : un sentiment bien capable de remuer les hommes a déjà porté, comme on a vu, ce vertueux citoyen à exciter l'émulation parmi les savants, pour qu'ils s'occupent en particulier de la conservation d'un très-grand nombre d'artisans, dont la santé est souvent altérée par la nature même du travail qui les fait subsister.

L'académie, toujours empressée d'entrer dans des vues qui vont directement au bien de l'humanité, propose, pour le sujet d'un second prix : *La recherche des moyens par lesquels on pourroit garantir les broyeurs de couleurs des maladies qui les attaquent fréquemment, & qui sont la suite de leur travail.* Quoique le métier qu'ils exercent soit simple en lui-même, n'exigeant de leur part qu'un peu d'habitude, & sur-tout de la propreté, cependant l'académie invite les auteurs qui travailleront sur ce sujet, à donner une description exacte de ce métier : elle attend d'eux encore qu'ils entreront dans un détail circonsrancié des différentes matieres qu'employent les broyeurs de couleurs, des mélanges qu'ils sont obligés de faire, & des effets dangereux qui en résultent assez souvent. L'académie désire principalement que les auteurs tournent toute leur application du côté des moyens par lesquels il sera possible de mettre ces ouvriers à l'abri de tout accident, sans nuire à l'exactitude de leur travail, & au broiement complet des couleurs, qui en est le véritable but.

On remarque avec peine que les atteliers de ces artisans sont, pour l'ordinaire, très-resserrés ; qu'en général ils servent de dépôt pour les matieres, nuisibles par elles mêmes, dont on y fait usage, & qu'ils sont privés de courants d'air qui en diminueroient le danger.

L'académie ne doute point que les auteurs qui lui présenteront des mémoires sur ce sujet intéressant, ne soient frappés de ce dernier inconvénient que l'artisan, ou néglige par un défaut de réflexion, ou n'évite point par un défaut d'aisance ; & qu'ils n'insistent sur les avantages d'un attelier un peu vaste, séparé du dépôt des matieres dont les couleurs sont composées, & dans l'étendue duquel l'air soit sans cesse renouvellé.

Trois éloges & six mémoires ont partagé le reste de la séance.

M. le marquis *de Condorcet* a payé d'abord le tribut aux manes de M. *Wargentin*, astronome célebre, & secretaire de l'académie de Stockholm. Cet éloge a été très-court. Le défunt n'étoit que depuis peu associé étranger ; il a été sur-tout question de la maniere dont il remplissoit ses fonctions dans sa dignité. Il a vraisemblablement écrit en fuédois les mémoires de fa compagnie, car c'eft fur parole feulement que le panégyrifte a vanté fon ftyle fimple, clair, méthodique & très-adapté au genre : l'académie des fciences de Suede lui a fait frapper une médaille, honneur qu'elle ne rend qu'à fes membres les plus diftingués, & qu'il méritoit d'autant mieux, que la gloire feule l'animoir : ainfi que différents de nos favants les plus renommés, il ne s'étoit nullement occupé de fa fortune ; il auroit péri dans la détreffe, fi fa compagnie ne lui eût accordé au lit de la mort en quelque forte, une gratification fur les fonds dont elle difpofe, & n'eût obtenu du gouvernement pour fes enfants une penfion; nouvelle qui raffura fa tendreffe & le fit expirer tranquillement.

Le premier mémoire lu étoit de M. d'*Aubenton*, *fur l'amélioration des laines en* France. Comme il rentre dans ce qu'on a dit déjà fur cette matiere, il feroit fuperflu de s'y étendre davantage.

Le fecond de M. *Gentil*, rouloit *fur l'origine du zodiaque*; mémoire trop fcientifique pour être fufceptible d'analyfe : le galant académicien a trouvé cependant le fecret d'y faire venir l'éloge de la femme à l'occafion du figne de la vierge, fous l'emblême duquel il a prétendu qu'on vouloit défigner la fécondité de la terre; idée auffi bizarre qu'abfurde.

Pour dédommager de l'aridité de ces deux lectures, M. *de Condorcet* leur a fait fuccéder *l'éloge du comte de Milly*; après avoir vanté l'ancienneté de fa naiffance, rendu compte de fes fervices militaires, il eft convenu que fon héros n'avoit commencé à fe livrer aux fciences qu'à la paix de 1762, c'est-à-dire, trop tard pour avoir acquis des connoissances profondes. Il s'est étendu sur l'attrait du comte *de Milly* pour les secrets dont il étoit le protecteur, & est devenu la victime ; car, quoiqu'il fût d'une constitution très-robuste, à force de vouloir tâter de tous, il en a rencontré un qui l'a fait périr encore à la fleur de l'âge. Par ce goût pour les choses mystérieuses, le comte *de Milly* avoit donné avec enthousiasme dans la franc-maçonnerie, où il possédoit des dignités éminentes. Le secretaire a profité de cette circonstance pour se livrer à une digression intéressante sur cet ordre innocent, qu'il a vengé des calomnies du fanatisme & des persécutions de l'autorité alarmée mal-à-propos.

Troisieme mémoire de M. *de Fougeroux*, sur *l'utilité des étuves à dessécher les grains*. On peut les conserver un siecle avec un pareil secours.

M. *Duséjour* a lu ensuite la *préface d'un grand ouvrage qu'il se propose de publier sur l'astronomie*. Il y annonce les vues d'un homme de génie qui embrasse les choses en grand, & se fera un nom immortel parmi ses confreres, si l'exécution répond à l'ensemble de son plan. Il s'agit d'une méthode générale, directe & rigoureuse, pour résoudre les problêmes de cette science, principalement concernant les éclipses, résolus jusqu'à présent seulement par des méthodes indirectes & particulieres, souvent imparfaites.

Troisieme & dernier éloge : c'étoit celui de M. *de Cassini de Thury*. Il est fâcheux que cet académicien, très-vain de son naturel, n'ait pas pu avoir eu de son vivant un avant-goût de ce discours ; son amour-propre en auroit été infitiment flatté. M. *de Condorcet* a parlé fort au long, entr'autres chofes, du plus bel ouvrage de ce défunt, du plan topographique de la France, dont il lui attribue & l'idée & l'exécution. Il avoit d'abord été entrepris avec l'approbation particuliere de *Louis XV* & aux frais du gouvernement, qui lui retira fes fecours, & c'eft depuis devenu la fpéculation mercantille d'une compagnie.

Cependant le Roi continua de fournir des encouragements de fa caffette, mais fans contrarier fes miniftres pour le furplus.

M. le comte *de Caffini*, fils de M. *de Thury*, eft le quatrieme académicien en ligne directe de cette famille, qui depuis 1669 a conftamment & fans interruption fourni des aftronomes à cette favante compagnie.

Le cinquieme mémoire de M. *de Fourcroy*, rouloit *fur la maniere de féparer le gaz hépatique & le foufre des eaux minérales.*

M. *Brouffonnet* a terminé la féance par le fixieme mémoire *fur les dents de l'homme, comparées à celles des efpeces carnivores & frugivores.* Après avoir établi que la dentition parfaite eft compofée de trente-deux dents, dont vingt propres à l'efpece frugivores, & douze à l'efpece carnivore, il en a déduit un précepte d'hygiene qui paroîtra tiré de bien loin; c'eft que la nature nous indique par-là à mélanger dans la même proportion les aliments extraits du regne végétal & ceux du regne animal.

13 *Novembre.* On exalte beaucoup en ce moment un petit tableau d'une nouvelle artifte qui fe nomme Mlle. *Beaulieu*, éleve de M. *Greuze.* Cette jeune perfonne a repréfenté fur une fu-

perficie de trente-quatre pouces de hauteur fur vingt-fept de largeur, *la mufe de la poéfie livrée aux regrets que lui caufe la mort de Voltaire.* A en croire tous fes enthoufiaftes, la compofition, imaginée avec fageffe & exécutée avec intelligence, eft entiérement relative au fujet & dans le ton poétique qu'il exige. Le deffin en eft correct, la lumiere bien compofée, l'artifice du clair obfcur bien entendu, les objets exactement placés fur le plan, la draperie jetée avec grace & avec cette modeftie qui pare la nature; le coloris en eft vrai, les teintes parfaitement bien fondues. Mlle. de *Baulieu* n'a pas encore le faire affuré & la touche mâle qui caractérife les grands maîtres; mais elle s'attache tellement à l'imitation de la nature, elle en a tellement faifi le ton & les effets, qu'elle s'approchera, fi elle continue, de la maniere du *Correge*. On trouve encore dans fes têtes le ftyle de *Vandyck*. Il faut voir fes ouvrages pour juger fi, comme c'eft à préfumer, il n'y a pas beaucoup d'exagération dans ces louanges.

13 *Novembre.* Extrait d'une lettre de Troies, du 6 novembre..... Nous venons de perdre un de nos concitoyens qui mérite d'être regretté, c'eft M. *Grofley*, érudit, membre de l'académie royale des infcriptions & belles-lettres, de la fociété royale de Londres, &c. C'étoit en outre un obfervateur judicieux, de qui l'on a beaucoup d'ouvrages inftructifs: celui intitulé *Londres* a fait le plus de bruit. Il eft mort le 4 de ce mois, âgé de foixante fept ans.

14 *Novembre.* L'ouvrage fupprimé par l'arrêt du confeil dont on a parlé, eft de M. *Mayer,* & avoit été imprimé avec toutes les formalités

exigées ; c'eſt le nouveau chef de la librairie, M. *Vidaud de la Tour*, qui, plus ſcrupuleux que ſes prédéceſſeurs, en a requis la ſuppreſſion.

Le fond en eſt légérement hiſtorique, & du reſte ce n'eſt qu'un roman écrit en ſtyle un peu gaulois, pour ſe rapprocher mieux du temps du héros ; le coſtume y eſt parfaitement obſervé ; l'auteur pour rendre ſon ouvrage plus piquant, y a peint des perſonnages modernes très-connus, tels que le duc *de Choiſeul* : en tout beaucoup d'imagination, de galanterie, de licence, de philoſophie, de force & de hardieſſe caractériſent cette production, la rendent très-digne du ſort qu'elle a éprouvé & des anathêmes des deux puiſſances.

*14 Novembre.* Extrait d'une lettre de Moulins, du 8 novembre.......... En paſſant par cette ville j'apprends une anecdote que vous ne ſerez pas fâché de ſavoir, d'autant que je ne l'ai vu conſignée nulle part. M. *Necker*, revenant des pays méridionaux, il y a quelques mois, changeoit de chevaux à la poſte : dans l'intervalle il étoit allé viſiter aux urſelines le mauſolée du duc *de Montmorency*, que *Pigal* regardoit comme ſupérieur à celui du cardinal *de Richelieu* : le bruit cependant ſe répandoit de l'arrivée de M. *Necker*, & il s'amaſſoit beaucoup de monde dans l'égliſe. Un jeune homme préſent s'enthouſiaſme à l'inſtant ; il écrit avec un crayon le quatrain ſuivant :

*A* M. Necker, *ancien directeur-général des finances.*

D'un héros malheureux tu pleures ſur la tombe :
Tu nous fais, ô *Necker*, couler auſſi des pleurs ;
Toujours donc un grand homme a des perſécuteurs,
Et tôt ou tard, hélas ! ſous leurs coups il ſuccombe.

C 6

Ce quatrain tranfmis de main en main, parvient bientôt à l'ex-miniftre & à fa femme, qui veulent en connoître l'auteur; mais il avoit difparu.

L'anecdote eft d'autant plus précieufe, que M. *Guéau de Réverfeaux*, alors intendant de Moulins, a été un des agents principaux de la difgrace de M. *Necker*, qu'il n'en étoit devenu que plus odieux au peuple de cette ville, qui l'auroit écharpé, fi l'on n'eût retiré d'ici ce commiffaire départi pour l'envoyer à la Rochelle......

15 *Novembre*. Les craintes augmentent pour le bois, à caufe des précautions extrêmes du gouvernement, qui, fuivant les derniers ordres, ne laiffe diftribuer cette denrée fur le champ que par demi-voie; pour en avoir une, il faut une journée entiere. Les vexations des marchands s'accroiffent en proportion, & les légeres amendes qu'on prononce contre eux ne les corrigent pas, n'étant nullement proportionnées aux bénéfices énormes de leurs friponneries.

Le 24 du mois d'octobre le bureau de la ville, provoqué par la chambre des vacations à la veille de fe féparer, a rendu une ordonnance nouvelle pour arrêter un abus criant, par lequel ces marchands mêloient du *bois blanc*, c'eft-à-dire le plus mauvais bois, & le faifoient paffer pour bois de gravier ou bois de compte : il leur eft ordonné de le mettre abfolument à part pour ne le diftribuer qu'aux boulangers, auxquels il eft néceffaire, & l'on prend même des précautions, afin d'empêcher que d'autres, fous ce prétexte, de la fauffe qualité de boulangers, ne l'enlevent avant que les chantiers en foient garnis dans la quantité fuffifante; ce qui fem-

bleroit en annoncer une disette, & ne contribuera
pas à dissiper les frayeurs.

15 Novembre. *Relation de la séance publique de
l'académie royale des inscriptions & belles-lettres,
pour sa rentrée d'après la saint Martin.*

Les soins du nouveau secretaire, afin de garnir
d'auditeurs les assemblées publiques de sa compagnie, se soutiennent & ont quelque succès.

On a commencé par décerner le prix dont le
sujet étoit, *l'état de l'architecture chez les Egyptiens, & ce que les Grecs paroissent en avoir em-
prunté.* Il a été remporté par un M. *Quatremer
de Quincy.*

On a annoncé que le sujet proposé pour le
prix que l'académie devoit décerner à Pâques
1783, remis à Pâques 1785, l'étoit de nouveau
à Pâques 1787 : il consiste *à déterminer quelle
étoit l'étendue des domaines de la couronne, lors
de l'avénement de* Hugues Capet *au trône; quelles
possessions ce prince y ajouta; comment & par quel
moyen ces domaines s'accrurent jusqu'au regne de*
Philippe-Auguste *exclusivement ?*

L'académie observe qu'elle n'entend par domaine, 1. *Que les domaines proprement dits, ou
possessions territoriales; 2. les droits féodaux utiles;
représentant les domaines aliénés; les droits attachés à la souveraineté, tels que les droits de monnoie, de gîte, de riviere, de voirie, &c.*

On a distribué ensuite le programme d'un
prix extraordinaire en faveur du *meilleur éloge
historique de M. l'abbé de* Mably. On en a déjà
parlé. La médaille d'or de la valeur de douze

cents livres fera donnée dans l'affemblée publique
d'après la Saint-Martin 1786.

M. *Dacier*, après ces préliminaires, a ouvert
la féance par *l'éloge de M. Séguier* : c'étoit un
grand antiquaire, il aimoit fur-tout les médailles ; fon goût ou plutôt fa paffion pour ce
genre de monuments fe manifefta dès l'âge de
dix ans à l'occafion d'une médaille qu'il gagna
au jeu à l'un de fes camarades : depuis ayant
appris que des ouvriers avoient trouvé des médailles dans un puits, il s'y fit defcendre dans
la nuit de complot avec des écoliers de fon âge,
qui ne purent l'en retirer ; de forte qu'il fut
obligé d'y refter qu'au jour. Une autre fois,
n'ayant pu acquérir des médailles qui étoient
trop cheres pour fes médiocres revenus, il en
tomba férieufement malade, & penfa en mourir:
tout cela contrarioit fort les volontés de fes
parents qui auroient défiré le deftiner à la magiftrature, mais inutilement : entraîné par fon
penchant il voyagea en Italie, où il fe lia de
l'amitié la plus étroite avec le marquis de *Maffei*,
amitié qui a duré jufqu'à la mort.

M. *Séguier* avoit une fagacité merveilleufe
pour deviner les infcriptions effacées ; il en donna
une preuve à l'occafion d'une de Nîmes, fa
patrie, qui depuis long-temps étoit le défefpoir
de tous les antiquitaires.

Tels font les faits les plus frappants de cet
éloge bien digéré, rempli de vues fines & de
chofes ingénieufes, mais qui tenant à l'à-propos, perdroient tout leur mérite à être ifolées.

M. *Séguier*, réfidant en province, n'avoit pu
avoir qu'une place d'affocié-libre-regnicole ; il
eft mort très-âgé, membre d'une foule d'acadé-

mies, & protecteur de celle de Nîmes ; titre
fastueux que sa modestie auroit voulu refuser.

A cet éloge ont succédé quatre mémoires.

1. Un *sur le songe du vergier*, par M. *Camus*.
Ce vieux manuscrit est un des plus utiles à ceux
qui veulent défendre les libertés de l'église gallicane. On n'en connoît point l'auteur ; l'académicien ne fait que hasarder des conjectures à
cet égard. Il fut composé sous le regne de
*Charles V* ; il en donne l'analyse qui est une
fiction : les détails dans lesquels il entre, sont
très-propres à exciter l'envie de le lire ; il en cite
des morceaux satiriques qui doivent le rendre
tout-à-fait piquant : enfin le savant académicien
indique où l'on peut chercher les copies les plus
exactes & les plus completes d'un ouvrage aussi
capital, défiguré dans l'impression, & sur-tout
dans les especes de traductions plus françoises
qu'on en a voulu faire.

Cette notice n'est qu'une partie du travail
général de M. *Camus*, sur les monuments relatifs
aux libertés du royaume & de l'église Gallicane
depuis la fin du huitieme siecle jusqu'à la fin du
seizieme.

Ce début de M. *Camus*, un des nouveaux
associés, lui fait infiniment d'honneur ; il regne
dans son mémoire, la clarté, la méthode, la
précision, l'esprit de jugement & d'analyse de
l'académicien le plus consommé.

2. Dom *Clément*, bénédictin, autre nouvel
associé de l'académie, en vertu du changement
survenu dans la compagnie, n'a pas été aussi
heureux que son confrere dom *Poirier*, dans la
précédente séance. Celui-là s'est donné pour tâche
d'assigner *l'époque juste de la mort du roi Robert*;

*premier & de l'avénement de son fils Henri premier au trône.*

Il prouve par des monuments de toute espece que ce double événement appartient à l'an 1031, & non pas à l'année 1033, comme le prétend le célebre auteur de la cométographie, fondé sur une éclipse arrivée le vingt-neuf juin 1033, & donnée par *Helgaud* dans la vie de *Robert* pour une annonce de la mort de ce Prince. Il est entré là-dessus dans des détails très-savants sur la maniere de fixer la chronologie ; il a même prouvé assez invinciblement l'insuffisance de l'application de l'astronomie à cette science : mais on ne peut disconvenir que ce sujet ne fût trop ingrat pour une séance publique.

3°. Le mémoire de M. *de Sainte-Croix*, *sur les révolutions & la législation des anciennes républiques de la Sicile*, au contraire plus historique que savant, a obtenu l'attention des auditeurs, quoiqu'ils ne vissent aucune découverte nouvelle, aucune méthode particuliere, aucun système capable de fixer les regards des érudits.

Au surplus, c'est le quatrieme de l'auteur sur les loix & le gouvernement des colonies grecques. Il y offre le tableau des calamités que firent éprouver l'anarchie, la licence & la tyrannie. Il renferme des détails concernant la législation que *Diocles* donna aux Syracusains, & sur les réglements auxquels Rome soumit tous les Siciliens.

4°. M. l'abbé *Brothier* a parfaitement soutenu sa réputation dans sa dissertation *sur les Labyrinthes* : il s'est attaché spécialement à ceux d'Egypte. Il a parlé de trois principaux. L'objet de ces grands monuments destinés à servir de tombeaux

aux Rois, d'une étendue immense, & enrichis avec une profusion de magnificence incroyable, étoit très-moral. Les Egyptiens, le peuple le plus sage de l'antiquité, avoient pour maxime que l'homme ne commençoit à vivre qu'après sa mort ; & en conséquence ils lui fabriquoient des habitations proportionnées à sa durée. On voit que cette allégorie tient fort à nos idées religieuses.

15 *Novembre.* Les comédiens françois ont joué hier pour la premiere fois *le Roi Edgard*, Roi d'Angleterre, ou *le Page supposé* : cette comédie nouvelle étoit sur le répertoire de Fontainebleau & devoit y être représentée ; mais le séjour abrégé de la cour en ce lieu ayant forcé de retirer certaines nouveautés, celle-ci a été du nombre. C'est l'ouvrage d'un écolier, où il ne se trouve ni invention, ni dialogue, ni bienséance. Le poëte est M. le chevalier *de Chenier*, jeune militaire, qui auroit besoin de laisser mûrir ses ouvrages. On assure que les comédiens en ont reçu plusieurs autres, vraisemblablement de la même force.

Ce qui fait désespérer du débutant, c'est qu'il est très présomptueux & parle avec dédain non-seulement de ses contemporains, mais des meilleurs auteurs classiques. Il a fait présent de son ouvrage au pere *Vanhove*, qui l'avoit abandonné à sa fille ; mais les huées du public seront malheureusement la seule recette qu'ils laisseront à l'auteur.

16 *Novembre.* Il y a long-temps que les amateurs des beaux édifices voyoient avec peine l'état de dégradation du palais du Luxembourg, dont ils s'étoient flattés vainement que *Monsieur* le

retireroit depuis qu'il en a la poffeffion. Ce prince
s'eft contenté de faire réparer le petit palais où
il loge, ainfi que *Madame*, lorfqu'ils viennent
à Paris. Quant au jardin qui étoit affez bien
tenu, on a gémi du bouleverfement qu'il a
éprouvé par des fpéculations mal vues que des
artiftes cupides avoient imprudemment fuggérées
à fon alteffe royale.

Depuis peu l'on a été bien furpris de voir fortir
du milieu de ces ruines un pavillon qu'on arrange
avec autant de goût que de richeffe : c'eft celui
de la gauche en entrant, attenant à un jardin
dont on a abattu le mur & auquel on fubfti-
tuera une grille ; ce qui fera décoration en cette
partie. On efpere que c'eft le prélude d'une régéné-
ration générale de ce fuperbe monument.

Quoi qu'il en foit, on affure que ce pavillon
eft deftiné à madame la comteffe *de Balby*,
dame d'atours de *Madame*, & que la princeffe
& le prince affectionnent également.

*16 Novembre.* Le début du fieur *Volange* à la
comédie italienne fi bruyant, fi tumultueux en
1779, n'étoit rien auprès de l'arrivée du fieur
*Gillet* avant-hier à l'*ambigu comique*. C'eft que
non-feulement les amateurs s'empreffoient d'avoir
des billets pour entrer à ce fpectacle ; mais une
foule plus nombreufe encore s'étoit rendue afin
de voir paffer le perfonnage qu'il s'agiffoit de
célébrer : on eût cru que le Roi ou la Reine alloit
venir fur les boulevards : enfin il eft arrivé
précédé d'une trentaine d'invalides, fes camarades. Tout l'état-major de l'hôtel s'étoit fait
un devoir de s'y rendre, & M. *Gilibert* le major
avoit amené le fieur *Gillet* dans carroffe. Il a été
reçu aux acclamations de toute l'affemblée &

afin que perſonne ne pût le méconnoître, on étoit convenu qu'il reſteroit durant tout le ſpectacle, le chapeau ſur la tête avec une cocarde blanche. A la fin de la pantomime intitulée *le Maréchal-des-Logis*, qui n'eſt que la repréſentation de ſa glorieuſe aventure, on l'a fait monter & aſſeoir ſur le théâtre pour entendre deux couplets à ſa louange. C'eſt Mlle. *Julie*, actrice faiſant le rôle de la jeune fille qui, après l'avoir embraſſé, les lui a chantés. Voici ceux d'un anonyme bien préférables aux autres :

> Voilà ce maréchal illuſtre,
> Qui, dans ſon quinzieme luſtre,
> Des bras d'infames raviſſeurs
> A tiré par ſon ſeul courage
> Une beauté ſans défenſeurs :
> C'eſt que les héros n'ont point d'âge.

> Goûtant aujourd'hui ſa victoire,
> Qu'il jouiſſe enfin de ſa gloire,
> Au milieu de tous ces guerriers :
> A ſa valeur rendons hommage :
> Couronnons ſon front de lauriers :
> Chantons les héros n'ont point d'âge.

16 *Novembre.* M. le duc de *Praſlin* vient de mourir. Mlle. *Dangeville* eſt inconſolable de cette perte. Ils vivoient enſemble depuis près d'un demi-ſiecle. Il étoit honoraire de l'académie des ſciences. On ne ſait s'il laiſſe des monuments de ſon ſavoir ; mais on lui a trouvé un million cent mille livres en or : du moins c'eſt le bruit public.

17 *Novembre*. M. *de Crosne* vient d'ordonner quelque chose de très-utile & que sembloit exiger la sureté publique. On ne trouvoit pas facilement dans la nuit la maison des commissaires au Châtelet : afin que l'on n'éprouve aucun retard, lorsqu'on en aura besoin, leur demeure qui étoit déjà désignée par une lanterne particuliere, mais pas assez reconnoissable pour tout le monde & en tout temps, doit l'être désormais par une lanterne saillante de trois pieds sur la rue, de forme carrée & marquée de trois fleurs de lis en rouge sur le panneau de face. Ces lanternes seront éclairées pendant toute l'année, & les nuits entieres du jour au jour, sans aucune cessation.

17 *Novembre*. On sait aujourd'hui que *les Folies philosophiques* dont on a parlé déjà, sont de M. le marquis *de Luchet*.

18 *Novembre*. Le sieur *de Veimerange*, qui figure depuis quelque temps dans les pamphlets contre M. *de Calonne*, comme un de ceux qui participent le plus à la confiance & aux opérations secretes du contrôle-général, vient d'en obtenir la récompense, par la place d'*intendant des postes aux chevaux, relais & messageries de France*, créée pour travailler sous le duc *de Polignac*.

Ce *Veimerange* étoit un commissaire des guerres, gros joueur & si gros qu'on en porta des plaintes au duc *de Choiseul*, encore ministre de la guerre. M. *de Choiseul* lui ôta son département ; depuis il s'étoit raccroché, car il avoit été nommé en 1779 intendant de l'armée qui devoit passer en Angleterre.

18 *Novembre*. Le Journal de Paris a fait

mention, il y a quelque temps, de l'enterrement d'une demoiselle *Vérité*, fille majeure,
rue des Martyrs : un plaisant, en jouant sur
le mot a donné une *Relation véritable & remarquable de la vie & mort* de cette vieille fille,
dont tout le monde parle & que peu de gens
ont vue.

Cette bagatelle morale, courte & vive, est
remplie de naturel, de gaieté & de finesse; comme
il y a des sarcasmes contre des personnages connus & désignés assez clairement, elle ne laisse
pas que de faire bruit dans les sociétés. Il est
aisé d'en dévoiler l'auteur à certains passages qui
ne peuvent concerner que celui du *livre échappé
au Déluge*, & cette affectation de ramener à lui
l'aventuriere qu'il auroit dû généraliser davantage, est peut-être la seule tache qu'on puisse
reprocher à son ingénieuse & piquante allégorie.

18 *Novembre.* Depuis quelques jours on parloit
de M. le duc d'*Orléans*, comme tombé dangereusement malade à Sainte-Assise : on s'étoit flatté
un moment que cela n'auroit pas de suites;
mais elles sont devenues si graves qu'on vient
d'apprendre sa mort.

Ce prince est fort regretté des Parisiens à cause
de sa bonté, de sa popularité ; il leur étoit
devenu plus cher depuis que le duc de *Chartres*,
par sa conduite & ses propos avoit annoncé se peu
soucier de leur affection.

Le Roi aimoit beaucoup aussi le duc d'*Orléans*; il
envoyoit de quatre heures en quatre heures savoir
de ses nouvelles.

M. le duc de *Bourbon*, à cause de sa femme,
étoit brouillé avec son beau-pere; il n'alloit
point à Sainte-Assise : s'étant présenté devant

le Roi , pendant la maladie du duc *d'Orléans,* sa majesté lui a fait des reproches de cette indifférence , & lui a dit que c'étoit par lui qu'elle auroit dû en apprendre des nouvelles ; ce qui a forcé ce prince à se rendre à Sainte-Assise , & à donner au mourant une consolation à laquelle il ne s'attendoit plus.

L'on attribue la mort du duc *d'Orléans,* au docteur *Barthès,* son premier médecin, qui a mal vu la maladie. Au reste, ce prince avoit l'estomac usé ; il étoit gros mangeur, comme tous les *Bourbons* ; il faisoit des tours de force en ce genre, & l'on compte vingt-sept ailes de perdreaux qu'il avoit expédiées en un repas.

*19 Novembre.* Ceux qui se flattoient que l'esprit de bigotterie & de superstition alloit s'éteindre insensiblement depuis le regne de la philosophie , depuis qu'elle commence à inspirer le souverain & les ministres en France , sont fort désorientés par le résultat de la comparaison des professions religieuses des années 1783 & 1784, dans quinze généralités du royaume : suivant lequel malgré l'âge reculé pour l'émission des vœux, le nombre, loin de diminuer, est augmenté presque d'un cinquieme : en 1783 , il ne se montoit qu'à quatre cents soixante-deux votants, & en 1784 il est porté jusqu'à cinq cents trente-un.

*19 Novembre.* Les petits spectacles de l'intérieur du Palais-Royal ont vaqué depuis la nouvelle de la mort de M. le duc *d'Orléans.*

*20 Novembre.* Quoique depuis son incendie, l'hôtel-Dieu semble consolidé plus que jamais dans son ancien emplacement, & par sa restauration, & par les augmentations qu'on y a jointes

& par celles auxquelles on travaille en ce moment
sur le terrain du petit Châtelet démoli ; un société
de patriotes qu'on croit être la *Philantropique*,
fait un nouvel effort pour l'exécution du projet
de le transférer à l'isle des Cignes. A ce projet
du sieur *Poyet*, architecte & contrôleur des
bâtiments de la ville, qui a donné les plans
du nouvel hôtel-Dieu, ils ont joint un mémoire
où l'on s'efforce de démontrer que dans le local
actuel, l'hôtel-Dieu ne sera jamais ni salubre,
ni suffisant, ni commode ; mais qu'il s'opposera
encore à tous les projets généraux d'embellissement, de commodité, de salubrité même
que le gouvernement voudroit former pour la
capitale.

Cette société profite de la circonstance de la
démolition des maisons sur les ponts, pour
faire voir que ce simple projet de magnificence
ne peut bien s'exécuter qu'en y joignant l'exécution de celui-ci de nécessité première impé-
rieuse.

Suivant le devis du sieur *Poyet*, la dépense se
monteroit à douze millions, qu'on pourroit
obtenir, dans ce moment de générosité, de
bienfaisance, de patriotisme, où toutes les
bourses s'ouvrent au seul mot d'*humanité*, par
une souscription volontaire, dont la société
d'environ trois cents membres veut donner
l'exemple en offrant cent mille écus. M. le baron
*de Breteuil*, avide d'illustrer son ministere par
des monuments patriotiques, a ce projet fort à
cœur.

10 *Novembre.* On évalue à près de treize
millions le procès gagné par le prince *de Guimené*
au sujet du port de l'Orient, qu'on fait acheter

au Roi onze millions ; quoiqu'il n'en vaille
guere que quatre ou cinq. Indépendamment de
cette somme à payer en vingt-deux ans, à raison
de cinq cents mille livres par an, le Roi donne
encore pour une autre partie environ un million
cinq cents mille livres.

Au moyen de cet arrangement, le prince de
*Guimené* est sorti de sa retraite, & paroît ici
tout fier. Il est allé voir sa femme au *Bordeaux-
de-Vigny* près de Pontoise, où, comme on l'a
dit dans le temps, elle a fait construire un
théâtre & jouer la comédie dont elle régale
sans doute son mari ; ce qui est encore plus indécent ou plus affreux dans ce moment de l'affaire
du cardinal *de Rohan*, son frere.

20 *Novembre*. Un des pamphlets contre l'archevêque de Bordeaux actuel a été envoyé ici
par un membre du parlement. Il est sanglant
non-seulement contre le prélat, mais encore
contre ses commensaux, ses grands-vicaires, &
autres collaborateurs dans le saint ministere.

21 *Novembre*. Quoique dans la nouvelle
édition des Œuvres de Voltaire sortant des
presses de l'imprimerie de la société littéraire
typographique, on ait affecté de laisser des
lacunes dans la série des volumes livrés au
public, sans doute pour dérouter les contrefac-
teurs, le théâtre est complet en neuf volumes.
Comme on l'avoit prévu, il n'y a rien de nouveau que trois pieces insérées dans le neuvieme,
& qu'on auroit pu supprimer sans rien dérober
à la gloire de l'auteur ; savoir, *le Baron d'Otrante*,
*les deux Tonneaux*, & *Tanis & Zélide*, ou *les
Rois Pasteurs*.

La premiere est un opéra bouffon ; ce qui confirme
bien

bien la manie de *Voltaire* d'effayer de tous les genres, même de ceux qu'il décrioit : on ne le reconnoît abfolument pas dans cette bouffonne-rie groffiere & plate fans gaieté.

La feconde eft une efquiffe d'opéra comique, préfentant une idée plus ingénieufe & plus morale, mais très-médiocre dans l'exécution.

Quant à la troifieme, c'eft une tragédie pour être mife en mufique, c'eft-à-dire, un opéra de grande maniere à prétention, & l'on fait que *Voltaire* n'y a jamais réuffi.

Les éditeurs, très-circonftanciés fur les ou-vrages connus, & qui n'ont pas befoin de plus de détails, n'en donnent aucun fur ceux-ci. Ils ne difent pas fi ces morceaux lyriques ont jamais été mis en mufique, & joués quelque part. Cela feul prouve le peu de foin qu'ils ont apporté dans ce genre de recherches & d'anecdotes, qui en néceffitoit le plus, & la premiere chofe que le public avoit droit d'exiger d'eux.

*22 Novembre.* *La Dot*, comédie nouvelle en trois actes & en profe, mêlée d'ariettes, qui n'avoit pas eu de fuccès à la cour, a été mieux reçue hier à la ville au moyen de nombreux battoirs que les auteurs avoient répandus en profufion de tous les côtés ; car dans le fond le poëme n'eft qu'une niaiferie, une farce, & la mufique, très-agréable dans le premier acte, dégénere infiniment dans les deux autres. Au furplus, une anecdote de la vie du roi de Pruffe, racontée dans quelques papiers publics, a vrai-femblablement fait naître l'idée du fujet ; trait infiniment plus comique dans l'hiftoire que dans la piece.

*22 Novembre.* Dans fon nouveau *profpectus*
*Tome XXX.* D

intitulé : *Hommage à l'œuvre de la Rédemption des Captifs*, M. *Baftide*, très-fade de fon naturel, en parlant de la lettre par laquelle M. le contrôleur-général lui annonce que le Roi a daigné fouscrire pour cinquante exemplaires, qualifie ce miniftre de *Vertueux* interprete de fa majefté. Le paragraphe a été dans le temps copié mot pour mot par la gazette de France, & l'on en a bien ri, & fans doute M. *de Calonne* lui-même, qui ne fe pique pas d'une auftérité de mœurs à laquelle l'épithete puiffe convenir, qui fe pique au contraire d'être très-aimable, très-galant, d'accumuler conquêtes fur conquêtes, & d'être plutôt ce qu'on appelle *Roué de cour* dans l'acception gaie & agréable qu'on donne aujourd'hui à cette expreffion. Auffi tranfpire-t-il que *Louis XVI*, lorfqu'il a lu cette phrafe, a fouligné d'un crayon rouge le mot *Vertueux*, qui a plutôt l'air d'un perfifflage que d'un éloge décent & mérité.

22 *Novembre*. Il paroît conftaté qu'on impute au docteur *Barthès* la mort du duc *d'Orléans*; que ce prince ayant la plus grande confiance en lui, s'eft enfin apperçu qu'il étoit la victime de fa méprife & de fon entêtement, le lui a fait connoître, en ajoutant qu'il lui pardonnoit.

M. le curé de Saint-Euftache, dont le duc *d'Orléans* étoit paroiffien, s'eft tranfporté à Sainte-Affife le jeudi comme pour s'informer par lui-même de fon état & lui rendre fes devoirs. Le prince a fenti ce que cela vouloit dire, a fait écarter tout le monde, s'eft confeffé à fon pafteur, & a reçu les facrements avec une édification générale.

Les abbés *de Saint-Far* & *de Saint-Albin*, fes

enfants-naturels, n'ont pas quitté le prince, &
lui rendoient tous les offices d'une garde, ainsi
que madame de.-.... leur sœur.

Quand le prince a été passé, madame là duchesse de *Chartres* & madame la duchesse *de
Bourbon* ont pris avec elles madame de *Montef-
son*, & l'ont ramenée à Paris.

Le cœur de M. le duc *d'Orléans*, suivant ses
dernieres volontés, doit rester à Sainte-Assise,
& son corps être transféré ici au Val-de-Grace,
sépulture de sa maison. C'est aujourd'hui que
la cérémonie aura lieu.

23 *Novembre*. On ne voit point dans le public de réponse directe de madame *Vanhove* à
la lettre de Mlle. *Contat* qu'on a rapportée. Il
sembleroit même que la première se seroit mise
à la raison par la déclaration qu'elle a faite à
ses camarades de ne plus réserver la sœur pour
les rôles de soubrettes. Ceux qui vivent dans
ce tripot savent cependant que l'inimitié subsiste
entre les deux familles. M. *de Murville* s'est
rendu le défenseur des *Vanhove*, & ceux-ci répandent une fable de lui qu'on peut regarder
comme une vengeance de la lettre. La rose
orgueilleuse & le bouton sont Mlle. *Contat* & sa
petite sœur ; la rose nouvelle & modeste est
Mlle. *Vanhove* ; sans cette explication on ne
sentiroit pas trop le sel de l'allégorie.


Dans un jardin où l'art & la nature,
L'un de l'autre jaloux brilloient de toutes parts,
Une rose orgueilleuse étalant la parure
Sembloit sur elle seule attirer les regards ;
Mais ce qui la rendoit plus superbe & plus fiere,

C'étoit un jeune & foible rejeton ;
Elle avoit mis fur lui fon efpérance entiere :
( Rofe toujours fe plaît dans fon bouton. )
Un fol efpoir trop fouvent nous égare !
Le deftin autrement en avoit ordonné,
Et de fes dons pour lui nature trop avare
Sembloit l'avoir abandonné.
Pour fon malheur, une rofe nouvelle,
Non loin de là, s'élevoit chaque jour ;
Jamais rofe aux regards n'avoit paru plus belle,
Elle croiffoit fous les yeux de l'amour.
Les zéphyrs empreffés à lui faire la cour
Devenoient plus conftants, & fe fixoient près d'elle ;
Les graces, la beauté font toujours des jaloux ;
La jeune rofe en fut la preuve ;
Tout ce que peut un injufte courroux
Contre elle fut mis à l'épreuve ;
Mais l'envie à la fin vit fes traits épuifés ;
Elle ne perdit rien de tous fes avantages,
La rofe & fon bouton furent humiliés :
L'autre emporta tous les fuffrages.
N'envions pas les dons qui ne font pas chez nous ;
Se taire alors eft un parti fort fage :
On triomphe toujours des efforts du jaloux,
Et le jaloux fouvent n'emporte que la rage.

A cette fable allégorique, M. *de Murville*
avoit joint un *envoi à Mlle. Vanhove*, qui en
développe encore mieux l'objet ;

J'ai dit le bien tout haut, je dis le mal tout bas ;
On ne gagne rien à médire. . . .

On a beau chercher à leur nuite,
Les méchants ne se rendent pas.
Sous le voile de cette fable
Je n'ai jamais voulu les blesser aujourd'hui;
Ce n'est point aux dépens d'autrui
Qu'un éloge à vos yeux peut paroître agréable.
Sur celui-ci j'ai gardé le secret,
S'il s'éventoit pourtant, & si quelqu'indiscret
Venoit me reprocher une juste satire,
Je répondrois encore au censeur irrité,
Ce vers que j'aime tant à vous entendre dire :
« Ne faut-il pas toujours dire la vérité ! »

24 *Novembre.* Depuis la mort de M. le duc *d'Orléans*, on agitoit dans les sociétés si madame *de Montesson* draperoit. Le Roi a décidé la question ; il a déclaré qu'elle pourroit porter dans son intérieur le deuil, comme bon lui sembleroit, mais nullement en public. En conséquence elle va demeurer en couvent durant l'année de son veuvage. On croit que ce qui s'est passé à la mort de *Louis XIV* a réglé cette étiquette. Madame de *Maintenon* ne drapa point, elle habilla ses gens couleur de feuilles mortes, & se retira à Saint-Cyr.

24 *Novembre.* Le fameux *musæum* recule au lieu d'avancer ; on comptoit en jouir l'année prochaine, ou du moins en 1787, & l'on n'a rien fait celle-ci. Une nouvelle difficulté s'est élevée, ou plutôt s'est renouvellée ; c'est sur la maniere d'éclairer : quoique toutes les croisées fussent prêtes, on a senti que le jour venant par la voûte conviendroit infiniment mieux. La dé-

D 3

penſe avoit effrayé les autres contrôleurs-généraux : M. *de Calonne* a déclaré qu'il ne falloit rien épargner pour ce monument national. En conſéquence la déciſion eſt remiſe à l'académie royale d'architecture.

*24 Novembre.* Réponſe à l'ouvrage qui a pour titre : *Sur les Actions de la Compagnie des Eaux de Paris, par M. le comte de Mirabeau*, par les adminiſtrateurs de la compagnie des eaux de Paris. Tel eſt le titre du nouvel ouvrage du ſieur *de Beaumarchais*, de deux cents ſeize pages d'impreſſion *in-8°*. On dit que ſon adverſaire lui a déjà répliqué.

*25 Novembre.* On aſſure avoir vu mardi dernier à l'opéra M. le prince *de Conti*, pendant que l'on enterroit au Val-de-Grace M. le duc *d'Orléans*, & que tous les autres princes aſſiſtoient à cette cérémonie. On veut même qu'il ait affecté de ſe montrer en grande loge. Tout le monde en général s'eſt récrié contre l'indécence ; cependant les partiſans du prince le défendent, en diſant que c'eſt une revanche qu'il prend des autres qui l'ont laiſſé ſeul en 1771 lors du lit de juſtice, aliénés par l'exemple du défunt ; ils louent ſa fermeté, & diſent que c'eſt avoir du caractere.

*25 Novembre.* Les comédiens de M. le comte *de Beaujolois* ont repris le mercredi, le lendemain de l'enterrement du duc d'Orléans, & les *variétés* n'ont recommencé qu'un jour plus tard. On donne pour raiſon de cette différence que les premiers ne ſont pas cenſés dans l'enceinte du Palais, ainſi que les ſeconds.

*26 Novembre.* Mlle. *Vanhove* doit jouer demain dans *Eugénie* le rôle de l'héroïne. Le ſieur *de Beaumarchais* a promis d'y affifter. Ce fera la premiere fois qu'il reparoîtra à la comédie, depuis fa retraite à Saint-Lazare.

*26 Novembre.* On prétend qu'on a éventé la mine d'où fortoient les bulletins en forme de *Supplément au Journal de Paris*, dirigés principalement contre M. *de Calonne*, & l'on compte que le cours eft arrêté. Ainfi pour en compléter les notices, il fuffira de revenir fur deux qui nous avoient échappé.

L'un intitulé N°. 155, pag. 655, ce qui fe rapporte au 7 juin dernier, où, après avoir plaifanté fur le Journal de Paris & fa fuppreffion, l'on rend compte de la maniere dont le miniftre des finances a fait fes fonds pour deux ans d'avance, où l'on entre dans le détail des ornements de luxe & d'agrément dont il a enrichi l'hôtel du contrôle général, d'une fête qu'il y doit donner au clergé, de fes fpéculations fur fon projet de fe débarraffer d'une partie du fardeau de fa place en faveur de M. *le Noir*, qui plus exercé que lui au travail, ne lui laiffera aucune inquiétude fur les événements.

L'autre daté du 12 juillet, roule fur les brochures de M. le comte *de Mirabeau*, en faveur du contrôle contre la caiffe d'efcompte, la banque de Saint-Charles, &c. où l'on parle d'une chanfon prétendue, dans laquelle M. *de Calonne* fe feroit égayé fur M. *de Cipieres*, qu'on défignoit alors pour en faire un lieutenant de police; d'une autre chanfon au contraire où l'on perfiffle le rembourfement des refcriptions, où l'on annonce une brochure intitulée : *Vie & Mœurs de M. de Calonne*, &c.

Ces deux pamphlets dans le même genre des

autres , vrais fans doute fur quelques points
de faits fimples , font infiniment brodés dans
leurs circonftances , quelquefois avec gaieté ,
plus fouvent avec beaucoup d'amertume , de
dénigrement & de méchanceté.

26 *Novembre.* Extrait d'une lettre de Limoges,
du 15 novembre.... Tout ce qu'on vous a dit
& écrit des travaux faits dans cette ville par
M. *d'Aifne* , l'intendant prédéceffeur de celui
actuel , pour fon utilité & embelliffement , eft
fort exagéré. Ce commiffaire départi aimoit
beaucoup à fe vanter , à fe faire prôner dans les
papiers publics : en général les monuments qu'il
a élevés font de mauvais goût , fans nobleffe ,
& ne répondent point aux dépenfes qu'ils ont
caufées.

26 *Novembre.* La comédie de l'*Oncle & les
deux Tantes* , du marquis *de la Salle* , qui devoit
être jouée à Fontainebleau , n'y a point eu lieu
à caufe des changements furvenus dans le répertoire ; en forte qu'elle a paru toute neuve
hier à Paris , où elle a été repréfentée pour la
premiere fois par les comédiens françois. Quoiqu'elle reffemble à plufieurs autres du même
genre , & ne foit qu'un réchauffé d'une du même
auteur ( *chacun a fa folie.* ) jouée en 1781 fur le
théâtre italien fans fuccès ; le public n'a fait
attention qu'à la gaieté affez continue qui y
regne , & a beaucoup ri ; elle a eu un fuccès
complet , qu'elle n'auroit pas obtenu peut-être à
Fontainebleau à raifon des caricatures outrées
qui ne font pas faites pour plaire aux gens d'un
goût fin & délicat.

27 *Novembre.* M. *François de Neuf-Château* ,
procureur-général au confeil du Cap , y eft tombé

dangereusement malade, & a pensé y mourir. Voici
ce qu'il a écrit à un de ses amis de Bordeaux.

« Que sont devenus tous nos amis ? Je suis
» réduit pour entendre parler de ce qui m'in-
» téresse dans Bordeaux, à lire les lambeaux du
» Journal de Guienne. . . . . Je suis très-content
» de ce Journal. . . . . . Je sors d'une longue &
» cruelle maladie qui m'a duré sept à huit mois.
» Il y a très-peu de temps que je puis écrire ;
» on me gronde même de me remettre si-tôt aux
» affaires. Le travail du cabinet est peu assorti
» au climat de Saint-Domingue. »

Mais on me gronde vainement,
De bon gré je me sacrifie
A mon unique amusement,
Le travail est mon élément,
Et le bien public est ma vie.
Je sais que le Dieu du repos
Jadis aux *Chaulieux*, aux *Chapelles*,
Fit vanter ses tristes pavots.
J'aime leurs rimes immortelles ;
Mais, en dépit de leurs accents,
Leur indolente léthargie
N'obtiendra jamais mon encens.
C'est dans le travail que je sens
L'existence & son énergie ;
Et ce n'est que par sa magie
Que je retrouve encore mes sens.
L'ame oisive est un fumée
Dont la vapeur noircit les airs ;
Mais l'ame active est enflammée

D 5

D'un tiffu de brûlants éclairs,
Qui font briller dans l'univers
L'écharpe de la renommée.
Heureux trop heureux le mortel
Qui peut fans ceffe à fon autel
Porter l'offrande accoutumée ;
Quand même plus rapidement,
Ma lampe en feroit confumée,
Du moins jufqu'au dernier moment,
Je veux qu'elle refte allumée.

On obfervera peut-être à travers les fentiments
patriotiques dont ces vers font remplis, des
métaphores qui fe reffentent de la chaleur du
climat, & de la fievre ardente dont l'auteur étoit
dévoré.

27 *Novembre*. M. l'avocat *Marchand* eft mort
enfin il y a quelques jours ; il étoit tombé dans
une enfance abfolue, & M. le curé de Saint-
Nicolas a eu beau jeu.

28 *Novembre*. M. *de Calonne* s'eft rendu mercredi à l'hôtel des monnoies ; il y eft refté fort
long-temps relativement à la nouvelle opération.
Il a voulu voir des échantillons des quarante
mille nouveaux louis fabriqués pour commencer,
& en a été très-mécontent. Il a trouvé le type
vilain. En conféquence il a demandé M. *Duvivier*, le graveur général des monnoies & des
médailles du Roi, & lui a fait des reproches.
Cet artifte lui a d'abord répondu qu'il n'étoit
point attaché à la monnoie, & n'en avoit proprement que l'infpection ; cependant il eft convenu s'être mêlé des deffeins en cette occafion,
& a montré fon efquiffe au miniftre qui l'a trouvée

charmante ; la faute en eft reſtée aux ouvriers, & ſur-tout aux balanciers très-défecteux. En conſéquence M. *de Calonne* ayant beſoin de douze mille louis pour la cour qu'il devoit y porter le dimanche , il eſt convenu qu'on les fabriqueroit aux médailles , & que M. *Duvivier* préſideroit au travail.

28 *Novembre.* Depuis quelque temps on parloit de mémoires qui devoient ſe publier dans l'affaire du cardinal ; depuis deux jours on en voit un de madame *de la Motte.* Il eſt de Me. *Doillot,* ſon avocat. Tous les exemplaires , au nombre de deux mille , ont été enlevés avec une rapidité incroyable. On le dit très-mal fait , mais inculpant fortement ſon éminence.

28 *Novembre.* Extrait d'une lettre de Straſbourg, du 20 novembre.... Il eſt certain que M. le cardinal *de Rohan* étoit déteſté ici. Au lieu d'être le bienfaiteur du pays , comme il auroit dû , il en étoit le tyran. Au lieu de dépenſer ſes revenus en digne prélat , à faire des charités , il mangeoit en quatre mois de temps qu'il réſidoit , leur montant de 800,000 livres en repas , en fêtes , en galanteries.

Le chapitre trouvoit très-mauvais qu'il détournât auſſi les fonds affectés à la reconſtruction du palais de Saverne , pour faire des jardins à l'angloiſe, pour bâtir des kioskes , pour entourer de murs une enceinte immenſe , y mettre toutes ſortes de gibier, & s'en faire un parc uniquement propre à ſes chaſſes.

Depuis ſa détention on a repris les travaux du bâtiment, & le chapitre a fait ceſſer ceux de luxe & de frivolité ſeulement.

29 *Novembre.* Il eſt queſtion d'une dénon-

D 6

ciation de nouveaux faits concernant l'hôpital des Quinze-vingts, qui doit avoir lieu inceffamment aux chambres affemblées. Afin d'y mieux préparer les efprits, on a imprimé, fous le titre *de pieces importantes*, un petit pamphlet contenant la réponfe du Roi faite par M. le garde-des-fceaux au nom de fa majefté en feptembre 1784, aux fecondes remontrances du parlement de Paris, du mois de mai 1784, au fujet des défordres de la nouvelle adminiftration des Quinze-vingts, & *troifieme & itératives remontrances de la cour du parlement de Paris fur cette réponfe.* Elles ont été préfentées au mois de mars 1785, & l'on obferve que M. le garde-des-fceaux n'a point encore procuré de réponfe.

29 *Novembre.* Extrait d'une lettre de Troies, du 10 novembre 1785...... Une difpofition du teftament olographe de M. *Grofley* mérite d'être connue par fa fingularité ; il legue une fomme de fix cents livres pour contribution de fa part au monument à ériger au célebre *Antoine Arnaud,* foit à Paris, foit à Bruxelles ; il continue en ces termes : « L'étude fuivie que j'ai faite de fes » écrits m'a offert un homme, au milieu d'une » perfécution continue, fupérieur aux deux » grands mobiles des déterminations humaines, » la crainte & l'efpérance ; un homme détaché » comme le plus parfait anachorete de toutes » vues d'intérêt & d'ambition, de bien-être & » de fenfualité, qui, dans tous les temps, ont » formé les recrues de tous les partis. Ses écrits » font l'expreffion de l'éloquence du cœur, qui » n'appartient qu'aux ames fortes & libres. Il » n'a pas joui de fon triomphe. *Clément XIV* » lui en eût procuré les honneurs en faifant

» déposer sur son tombeau les clefs du *Grand*
» *Jesus*, comme celles de *Château - Neuf de*
» *Randans* furent déposées sur le cercueil de
» *Duguesclin.* »

Il est à observer que cette tournure est destinée sans doute à suggérer l'idée du prétendu monument dont personne n'a encore parlé. Il ne faut qu'une folie comme celle-là pour faire renaître le jansénisme presque éteint : elle ne manquera pas d'être prônée avec enthousiasme dans la gazette ecclésiastique.

*30 Novembre.* Ce n'est que depuis peu qu'il a paru ici une brochure intitulée : *Remarques historiques sur la Bastille.* On voit par une lettre adressée à l'auteur, datée de Londres du premier juillet 1783, que l'ouvrage a dû s'imprimer dans le courant de cette année-là. On peut le regarder comme un supplément aux mémoires de Me. *Linguet*, sur la même matiere; il est plus circonstancié dans les détails, dans les descriptions du château & contient plus de faits. Malheureusement la partialité a fait outrer les choses, & les faussetés qui sont jointes aux affreuses vérités que l'historien s'est permises, décréditent celle-ci. Quoi qu'il en soit on ne sauroit trop s'élever contre un pareil genre de despotisme, & l'heureux effet qu'ont produit plusieurs déclamations récentes du même genre doit encourager les patriotes zélés qui auroient des matériaux nouveaux & sûrs à les mettre en œuvre avec plus de confiance que jamais.

*30 Novembre.* Voici d'abord la réponse littérale du Roi aux secondes remontrances du parlement, au bout de quatre ou cinq mois.

» J'ai examiné avec attention les remontrances
» de mon parlement au fujet des Quinze-vingts.
» Je fuis affuré de la pureté de fon zele, & je
» prendrai toujours fes repréfentations en bonne
» part.

» Mais j'ai *reconnu* qu'on l'a trompé fur les
» faits contenus dans fes remontrances. Mon
» *grand-aumônier* n'a rien fait que par mes
» ordres ; au furplus je m'occupe de rendre mon
» hôpital des Quinze-vingts de plus en plus
» utile. »

C'eft de là que le parlement eft parti pour
faire voir à quel point on a compromis fa
majefté en lui faifant donner une pareille réponfe.
Après une énumération de plus de trente griefs
tous très-diftincts & très-repréhenfibles, il en
conclut que l'intrigue feule a furpris cette réponfe ;
puifque l'intention du fouverain n'a pu être qu'on
couvrît de fon nom & de fon autorité tous ces
faits, toutes ces manœuvres, toutes ces en-
treprifes contre fa propre puiffance, ces mal-
verfations & abus d'autorité, ces fcandales
publics.

Si ce font des calomnies, il faut venger le
grand-aumônier & fes adhérents du crime combiné de fix perfonnes affez téméraires pour les
attefter & dépofer des pieces falfifiées ou fabriquées
à leur appui.

Tel eft le réfumé de ces remontrances courtes, vives & dont la logique eft fi preffante qu'elle
a jufqu'à préfent mis en défaut l'interprete de fa
majefté refté dans le filence.

*Décembre 1785*. Depuis l'enlevement de
madame *de Charnois* par le marquis *de Permangle*,
on n'en avoit pas entendu parler. Voici la fuite

de son histoire. Il paroît que le bruit que ce galant avoit fait courir sur le départ de cette dame pour jouer la comédie en Russie étoit faux & répandu à dessein de dépayser le mari. Elle avoit pris l'état d'actrice, mais s'étoit tenu sans doute dans les royaumes voisins de France. Elle y étoit rentrée cette année & venoit de débuter à Toulon avec un grand succès, lorsqu'un exempt l'a arrêtée dans la nuit par ordre du Roi, sous prétexte de la ramener dans la maison de son pere, mais en effet pour la conduire aux Magdelonettes, où elle a été rasée, revêtue d'un habit de bure & réduite à la vie dure & humiliante des filles renfermées en ce lieu. Elle est restée ainsi pendant quelques mois. Enfin on a représenté à le M. lieutenant de police qu'il étoit bien cruel de la part du mari ou du pere de traiter ainsi une femme dont tout le crime étoit d'avoir suivi les mauvais exemples de son mari, d'avoir cherché à se procurer une existence qu'il lui ôtoit, enfin d'avoir joué la comédie que jouoient encore son pere & sa mere. L'humanité de M. *le Noir*, a été touchée de ces représentations ; mais ne pouvant par lui-même rien changer à l'ordre du Roi, il a pris le pere *Bréville* du côté de l'intérêt ; & lui a fait concevoir que sa fille lui coûteroit moins cher dans un couvent plus honnête, où elle a été transférée peu de temps avant la retraite du magistrat.

1 *Décembre.* On se rappelle que madame *Bellanger Desboulais*, dont le procès a fait tant de bruit avant les vacances, étoit admise à la preuve ; on assure qu'elle en avoit rassemblé de si fortes que le mari lui-même en a été effrayé,

& de l'avis de ses conseils a passé arrêt de séparation. Il a voulu depuis constater ses regrets
par un monument pittoresque, où il a représenté sa femme s'éloignant, & un tombeau,
avec cette légende autour : *Je la regretterai toute*
*ma vie.*

Son frere qui est aussi séparé de sa femme à
l'amiable, a pris l'inverse de cette allégorie : c'est
sa femme qui s'enfuit ; l'amour brise son arc, éteint
son flambeau, & la légende est : *Je ne la regrette*
*point.*

1 *Décembre.* Le *mémoire pour dame Jeanne de*
*Saint-Remy de Valois, épouse du comte de la Motte,*
de quarante-six pages d'impression, bien loin
d'éclaircir la matiere, ne sert qu'à l'embrouiller
davantage, & tellement que les juges mêmes
qui, après plusieurs délais, devoient s'assembler
le mardi vingt-neuf, ne savent plus quand ils
commenceront leurs séances, parce que de ce
*Factum,* il résulte la nécessité d'une nouvelle
plainte du procureur-général, de nouvelles informations, &c.

Beaucoup de ces gens prétendent que *l'imbroglio*
jeté dans le mémoire qu'on impute d'abord
au peu de sagacité & au médiocre talent de
l'avocat, est d'une adresse merveilleuse, en ce
que dans les affaires de cette espece les coupables
ne peuvent avoir de meilleure ressource que de
gagner du temps.

Quoi qu'il en soit, le mémoire roule sur l'ex-
traction de la comtesse *de la Motte,* sur sa
personne, sur ses liaisons avec M. *de Rohan,*
sur la négociation du fatal collier, enfin sur
un projet combiné de *Cagliostro,* dans ses com-
mencements, ses progrès & sa consommation.

Telle eſt là marche du défenſeur , qui ne concerne encore que les faits & réſerve pour les temps de l'inſtruction , la diſcuſſion des moyens.

2 *Décembre.* A travers le déſordre qui regne dans le mémoire de madame *de la Motte*, encore augmenté par l'obſcurité du ſtyle , on y démêle des faits curieux & qui en font ſoutenir la lecture dégoûtante.

1°. On y établit aſſez clairement la deſcendance de madame *de la Motte* de *Henri II*, roi en 1547 , par un bâtard de ce prince , nommé *Henri de Saint-Rémy* ; elle eſt au ſeptieme degré , ſuivant le mémoire généalogique dreſſé en 1776, par M. *d'Hozier de Serigny* , juge d'armes de la nobleſſe de France. Cette branche d'abord illuſtre & riche , étoit tombée dans la miſere au point que le pere de madame *de la Motte* , eſt mort à l'hôtel-Dieu & qu'elle a été élevée , ainſi qu'on l'a rapporté ailleurs , par les ſoins de madame *de Boulainvillers*, & mariée en 1780 au comte *de la Motte*, gendarme & depuis garde d'*Artois.*

2°. Son attachement à ſa bienfaitrice l'oblige d'aller trouver madame *de Boulainvillers*, malade à Strasbourg entre les mains du comte *de Cagliostro*, en 1870. De-là ſa connoiſſance avec le cardinal , à qui elle eſt recommandée au lit de la mort par cette dame.

3°. Le cardinal *de Rohan* lui donne des ſecours conſidérables & s'intéreſſe chaudement à elle pour la faire rentrer dans des terres de ſa maiſon mal aliénées.

4°. C'eſt dans ces entrefaites que Me. *de la Porte.* avocat, & le ſieur *Achet* ſon beau-pere , fe préfentent chez elle, conjointement avec le fieur *Baffanges*, joaillier de la couronne, pour la prier de procurer à celui-ci la négociation d'un collier magnifique de diamants, collier dont depuis fept ans il étoit occupé avec le fieur *Bohmer* fon affocié ; collier porté en pays étrangers fans pouvoir le vendre ; collier préfenté quatre ans auparavant au Roi & à la Reine qui, fur l'eftimation d'un million fix cents mille livres, s'étoient écriés : *Nous avons plus befoin de vaiffeaux que de colliers* ; elle a réfufé de s'en mêler.

5°. Elle en parle cependant au cardinal *de Rohan*, qui lui demande l'adreffe des joailliers.

6°. C'eft le cardinal qui va chez les fieurs *Bohmer* & *Baffanges*, qui leur offre des propofitions écrites, qui les fait venir chez lui, qui leur montre les acceptées & la prétendue fignature de la Reine, qui reçoit le collier, qui leur confirme par écrit que c'eft pour fa majefté.

7°. M. le cardinal fe plaint d'avoir été trompé par madame *de la Motte*, ce qui l'implique dans une affaire qui jufques-là lui étoit étrangere comme s'il avoit crû & pu croire que le collier fût réellement pour la Reine.

8°. M. le cardinal ne l'a pu croire, puifqu'à plufieurs reprifes différentes il lui a donné des diamants à vendre dépecés de ce collier.

9°. Ici paroît fur la fcene le comte *de Caglioftro*, dont étoit enthoufiafmé le cardinal, au point de le regarder comme un Dieu ; après des myftifications cabaliftiques dignes des petites-maifons, il engage le mari de madame *de la Motte* à paffer en Angléterre pour y vendre des diamants & en faire monter.

10°. De toutes ces négociations il résulte une somme de 307,000 livres payée au cardinal.

11°. Au commencement d'août le cardinal témoigne ses inquiétudes à madame *de la Motte* & à son mari sur les démarches des joailliers auprès de la Reine ; il craint qu'ils ne jasent ; il fait venir & coucher dans son palais les deux époux : il leur propose de sortir du royaume : ils ne veulent pas, ils s'évadent de l'hôtel & partent pour Bar-le-Duc, où il ont une maison.

12°. C'est le 18 août où des inspecteurs de police viennent chez elle visiter & prendre leurs papiers & emmenent à Paris madame *de la Motte* seule, sous prétexte de parler au ministre.

On voit par cet exposé que madame *de la Motte* ne doit pas être inculpée par les deux pieces que le procureur-général a administrées comme la base du procès ; qu'elle ne s'est mélée en rien de la négociation du collier ; que par conséquent le cardinal ne peut l'avoir accusée avec quelque fondement de l'avoir trompé ; de lui avoir fait accroire que le collier étoit pour la Reine ; que si le collier a été dépecé, ç'a été par lui ou par ses adhérents, & que si elle a concouru à la vente d'une portion de diamants, ç'a été sans savoir même d'où ils provenoient. Elle convient au surplus ne pouvoir administrer les preuves qu'elle avoit de son innocence, parce que M. le cardinal, quelques jours avant qu'elle partît pour Bar-sur-Aube, lui avoit redemandé ses lettres & billets depuis quatre ans.

Il paroît d'abord révoltant que madame *de la Motte*, en convenant des obligations infinies qu'elle a au cardinal, l'inculpe si gravement ; mais sa défense naturelle l'exigeoit : elle cherche au surplus à atténuer le crime de son mieux en l'imputant au sieur *de Cagliostro*, qui avoit un pouvoir absolu & incroyable sur l'esprit du cardinal, & à un certain baron *de Planta*, l'un des éleves de celui-ci, écuyer du cardinal, & le trompant de concert avec le docteur.

2 *Décembre*. Les quatre volumes de la nouvelle édition de *Voltaire*, contenant son *Essai sur les mœurs & l'esprit des nations, & sur les principaux faits de l'histoire depuis Charlemagne, jusqu'à Louis XIII*, n'offrent rien de véritablement neuf, sauf de petites notes de l'auteur & des éditeurs. Ces dernieres sur-tout sont très-philosophiques, c'est-à-dire très-violentes contre le clergé & par suite contre la religion. On les attribue au marquis *de Condorcet* & en sont dignes.

3 *Décembre*. Extrait d'une lettre de Bordeaux, du 16 novembre.... Voici un logogryphe composé dans cette ville par un M. *d'Orvigny*, qui mérite d'être excepté des autres pour son originalité ; il est sur Mlle. *Théodore*, aujourd'hui madame *d'Auberval*, qui nous enchante & fait avec son mari les délices de notre théâtre :

O combien l'on doit croire à la métamorphose,
Jadis vierge & martyre on a connu mon tout,
Par le secours heureux de la métempsycose,
Des amateurs charmant & les yeux & le goût,
Je suis nymphe aujourd'hui captivant les suffrages,

Jugez si je dois être excellente en total,
Puisqu'une part de moi fait le meilleur métal.
Je puis encore fournir un nombre de sauvages,
En vers un peu hardis un ouvrage excellent,
Mais chef-d'œuvre proscrit d'un homme à grand
      talent ;
Après cela cherchez une note, une plante,
Un roi de la Judée, & le mot est nommé.....
Or, quoique dans huit pieds mon nom soit renfermé,
Ce n'est qu'avec deux que j'enchante.

Sans doute il faudroit un commentaire pour
expliquer tout cela, c'est au lecteur instruit à
y suppléer ; il suffira d'indiquer les mots principaux, *thé, or, borde, ode, &, herode, ré,* &c.
En outre, M. *d'Orvigny* a fait un envoi par
le quatrain suivant, adressé à l'héroïne :

Du logogryphe en désignant l'objet,
Au public, par ce mot je ne crois rien apprendre.
Lorsqu'il en applaudit tous les jours le sujet,
Il ne pouvoit sur le nom se méprendre.

*4 Décembre.* Extrait d'une lettre de Saintes,
du 28 novembre.... Presque toutes les provinces
de France ont chacune aujourd'hui leur feuille
périodique ; notre ville doit avoir aussi la sienne;
elle commencera le 5 janvier 1786, & se publiera
une fois par semaine ; c'est M. F. *Marie Bouri-
gnon*, connu par un grand nombre de pieces fugitives d'un goût agréable, dont la plupart ont été
inférées dans l'almanach des Muses & dans quelques autres journaux, qui en sera le rédacteur.

Il compte la calquer fur le journal de Bordeaux & l'annonce comme devant être très-févere fur les objets de littérature, & principalement à l'égard des morceaux de poéfie....

4 *Décembre.* Extrait d'une lettre de Lille, du 28 novembre.... M. *Blanchard*, citoyen de Calais, penfionnaire du Roi, vient de faire encore un voyage aérien dans la Flandre Autrichienne; c'eft le famedi 19 qu'il l'a entrepris, il prétend s'être élevé à 32000 pieds de la terre, & avoir réfifté au moins trois minutes à la température de cet air; il convient avoir couru de grands dangers; il a été obligé de crever fon aéroftat, & même de couper les cordes de fa nacelle; il s'eft attaché aux premieres, & fon ballon lui fervant de parachûte, il eft ainfi tombé aux environs de Delf fans fe faire aucun mal, mais en brifant des arbres & un toit de chaumiere. Il s'eft rendu à Gand, où il a été très-fêté. Il ne fe décourage pas, & fait conftruire ici un nouveau ballon.

4 *Décembre.* Le comte *de Caglioftro*, depuis le mémoire de madame la comteffe *de la Motte*, devient plus intéreffant que jamais, parce qu'elle conftate les chofes merveilleufes qu'on en débitoit. Deux nouveaux écrits fur fon compte font courus avec fureur; l'un qui contient une efpèce d'hiftoire de fa vie & mœurs, & certains No. du *Courier du Bas-Rhin*, où il eft peint de main de maître.

4 *Décembre.* On parle de deux intrigantes arrêtées & mifes à la Baftille depuis peu de jours, une prétendue comteffe *de la Palun* & madame *de Courville* : la premiere eft une fervante nommée *Bouvier*, arrivée de Lyon il y a quelques

années, & qui, par son génie d'astuce, de fourberie & de séduction, s'est poussée, & est devenue une femme importante, une protectrice donnant des audiences, promettant sa faveur, & vendant son crédit. L'autre est une femme séparée de son mari, fille d'un procureur nommé *Gillet*, fameuse par ses aventures galantes, par ses méchancetés, qui est depuis quelque temps maîtresse du prince *de Montbarey*. Il paroît qu'elles s'étoient réunies pour mystifier le contrôleur-général, sous prétexte d'un emprunt favorable qu'elles vouloient lui procurer, & que n'ayant pu le faire donner dans leurs pieges, elles cherchoient à décréditer son ministere & ses opérations. Voilà ce qu'on en raconte en gros; il faut espérer qu'on en apprendra plus de détails.

*5 Décembre.* Le sieur *Rudder*, mécanicien, dont l'expérience de marcher sur l'eau, annoncée depuis long-temps, avoit été retardée, l'a enfin tentée hier. Il s'est présenté à la rive du Pont-tournant; il étoit environné de plusieurs batelets destinés à lui rompre le fil de l'eau, & à le secourir sans doute en cas d'accident. On a jugé qu'il lui auroit été impossible de traverser la riviere sans dériver considérablement, il n'a pu regagner l'autre bord qu'à la hauteur du gros Caillou, où il est descendu.

Son appareil est embarrassant & volumineux; il cherchoit à le dérober au moyen d'une redingote dont il étoit enveloppé; on croit qu'il consiste en deux cônes creux, ovales & assez larges à leur base, dont la pointe vient aboutir à chaque aisselle; ces deux cônes sont attachés par deux bases transversales, sur lesquelles est

rapporté le voyageur ; quoiqu'il ait suivi le fil
de l'eau, sa marche a été très-fatigante.

*5 Décembre.* M. le président *Baffet de la Marelle*, ayant payé provifoirement, eft forti de
l'hôtel de la Force : il prétend que c'eft un tour
de fes ennemis, mais qu'il triomphera. Quoi
qu'il en foit, il ne peut fiéger d'ici-là ; il paroît
même difficile qu'il rentre jamais dans fes fonctions. Au refte, meffieurs du grand-confeil, loin
d'être humiliés de voir un de leurs chefs recevoir
cet affront, s'en prévalent comme d'une preuve
de leur amour de l'ordre & de la juftice rigou-
reufe ; ils difent qu'on n'auroit pas traité ainfi
un préfident du parlement, non qu'il n'y en ait
quelques-uns dans le cas, mais parce que par
une tyrannie effroyable aucun huiffier n'oferoit
feulement lui lâcher un exploit.

*6 Décembre.* Le jour de la mort de M. le duc
*d'Orléans*, M. le duc *de Chartres* eft allé, fuivant
l'étiquette, annoncer lui-même cette nouvelle
au Roi, & fa majefté lui ayant répondu fuivant
le même protocole : *Monfieur le duc d'Orléans,
je fuis très-fâché de la mort du prince votre pere;*
ce prince en a pris tout de fuite le nom, &
celui du duc *de Chartres* eft paffé à fon fils aîné,
M. le duc *de Valois*.

La qualité de premier prince du fang lui appartient encore, puifque le fils aîné de M. le duc
*d'Angoulême* eft le premier de la famille royale
dans qui ce titre puiffe commencer.

En cette qualité de premier prince du fang,
M. le duc *d'Orléans* actuel jouit de tous les honneurs & prérogatives de fon pere ; fes officiers
font commenfaux de la maifon du Roi, & l'état
de fa maifon refte le même.

En

En conséquence M. le duc *d'Orléans* a nommé pour chancelier garde-des-sceaux, chef du conseil, & surintendant des maisons, finances & bâtiments, M. le marquis *du Cray*, le frere de madame la comtesse *de Genlis*.

M. l'abbé *Baudeau*, qui aspiroit à cet honneur, & par ses talents, & par la confiance dont l'honoroit son maître depuis quelque temps, a prétendu que sa qualité d'ecclésiastique étoit un nouveau titre pour lui, & qu'il ne pouvoit avoir le second rang.

M. le duc *d'Orléans* lui a déclaré qu'il falloit cependant que son choix tînt; sur quoi l'abbé se retire avec 2,400 livres de pension.

6 *Décembre*. Depuis la rentrée du parlement, un mémoire très-volumineux sur la discipline des avocats fait fermenter le palais. On l'attribue à Me. *Falconnet*, quoiqu'il ne soit pas signé de lui; on dit même qu'il l'avoue & le donne. Il s'y venge avec amertume de tous ses dégoûts que l'ordre lui a fait essuyer. En conséquence les colonnes se sont assemblées, & plusieurs jeunes orateurs, entr'autres Me. *de Bonnieres*, ont péroré pour qu'on prît un parti violent contre ce libelle diffamatoire & son auteur: mais les sénieurs, les sages de l'assemblée ont calmé cette effervescence; ils ont été d'avis que l'ordre remît sa vengeance aux magistrats, & s'en rapportât à la prudence du parlement, & le grand nombre s'y est conformé.

7 *Décembre*. La réplique de M. le comte *de Mirabeau* à la réponse du sieur *de Beaumarchais* n'a pas plu aux chefs de la compagnie des eaux; ils se sont assemblés hier pour délibérer sur cette nouvelle *Mirabelle*; c'est ainsi que d'après

E

leur burlesque orateur, ils qualifient les diatribes de l'adversaire. Ces messieurs voudroient bien, afin de mieux fermer la bouche au comte, obtenir une lettre de cachet contre lui, & le faire rentrer dans les châteaux-forts qu'il a si long-temps habités : malheureusement il est soutenu par le contrôleur-général, & la chose ne seroit pas si aisée. La délibération a été définitivement suspendue jusqu'à l'arrivée du *grand Perrier*, qui peut-être leur fournira de meilleures raisons.

*7 Décembre.* Le wauxhall qu'on construisoit rue de Chartres est enfin terminé, & hier l'on a fait un essai de l'illumination en présence des ministres, des grands seigneurs, des artistes fameux, des amateurs distingués : on l'a baptisé *Panthéon*, comme devant renfermer toutes les divinités de Paris. Il est destiné à servir de succursale à l'opéra pour les bals, qui depuis son établissement à la porte Saint-Martin sont absolument tombés, à cause de l'incommodité du local dans cette saison rigoureuse.

En conséquence il y a deux rangs de loges au panthéon & trois sortes de places ; quarante sous pour le parterre, six livres les premieres loges, & trois livres les secondes.

On critique déjà l'enceinte trop petite ; on prétend qu'il n'y peut tenir que deux mille cinq cents personnes : on en jugera mieux demain que doit s'en faire l'ouverture véritable.

*7 Décembre.* M. le-président *de Meinieres*, avant sa mort, avoit vendu sa bibliotheque & tous ses manuscrits à M. *de Flandre de Brunville*, procureur du Roi au Châtelet, moyennant la somme de cent mille livres ; mais il s'en étoit réservé la jouissance durant sa vie, & l'acquéreur lui

faisoit cinq mille livres de rentes jusqu'au paiement, sauf l'estimation ; car il étoit convenu que si
la bibliotheque étoit prisée seulement cinq cents
livres de moins, M. *de Brunville* seroit autorisé
à déduire cette somme, ou telle autre plus forte
en proportion sur le capital ; on est actuellement à procéder à cette estimation, & l'on
calcule qu'elle pourra bien coûter 10,000 l. de frais.

Quoi qu'il en soit, la privation de cette bibliotheque sera très-sensible à madame la présidente
*de Meinières*, qui aime les lettres & les cultive :
comme elle s'est piquée de beaux sentiments lors
que le président l'a épousée, elle n'a voulu accepter aucun avantage considérable, & elle reste
dans une médiocrité de fortune qui fait honneur
à son désintéressement, ou à sa délicatesse.

*8 Décembre.* La fermentation qu'on croyoit
raffise à la comédie françoise au sujet de Mlle.
*Vanhove* par la déclaration de Mlle. *Contat*, s'est
réveillée plus fortement que jamais à l'occasion
du succès prodigieux qu'a eu la débutante dans
le rôle d'*Eugénie* : il a été tel que le public n'a-
voit cessé de l'applaudir pendant toute la piece
le samedi 26 novembre, l'a redemandée encore
après ; & qu'étant venue sur le théâtre accom-
pagnée de son pere, les brouhaha, les *brave*,
les *bravissimo* se sont fait entendre de toutes
parts & très-long-temps.

Mlle. *Contat* furieuse a tellement intrigué auprès du maréchal duc *de Duras*, que ce supérieur
a décidé que Mlle. *Vanhove* n'auroit rang
qu'après Mlle. *Laurent* & Mlle. *Mimi*, la cadette
de Mlle. *Contat*. La mere *Vanhove* étoit désolée,
elle ne pouvoit souffrir cet affront, elle étoit
décidée à ne point laisser jouer sa fille mercredi

décembre, où elle devoit reparoître pour la troisieme fois, dans *Eugénie*, & à courir les troupes de provinces avec elle : heureusement l'aréopage comique a senti le tort qu'alloit lui causer une semblable injustice, si contraire au vœu du public; ils ont député vers le supérieur, & l'ordre a été réformé. Mlle. *Vanhove* prendra rang, non-seulement au-dessus de Mlle. *Mimi*, même au-dessus de Mlle. *Laurent*: voilà où en est la querelle.

8 *Décembre.* M. le *Maître*, secretaire des finances, avant-hier en revenant de Belleville avoit un paquet sous sa redingote, dont les commis se sont apperçus, & qu'ils ont voulu visiter : on soupçonne que c'étoit une planche d'imprimerie toute préparée; mais adroitement M. le *Maître* en se rendant au bureau, a laissé couler les caracteres, en sorte que la planche s'est trouvée rompue. Il a également jeté dans le poële du bureau des papiers qui ont été bientôt consumés, & l'on a jugé que c'étoient les imprimés qu'il venoit de faire, & dont personne ne pouvoit l'empêcher en ce moment. Cependant, les commis ont fait avertir un exempt de la librairie, & après des formalités, qui ont duré toute la nuit, le détenu a été conduit à la Bastille le lendemain matin.

Pendant qu'on alloit chercher l'exempt, M. le *Maître* a écrit à une cuisiniere affidée nommée *Gothon*, pour lui apprendre sa catastrophe, en lui recommandant d'avoir soin de ses enfants & de ses affaires; d'apprendre cette nouvelle avec ménagement à sa mere.

Quand on est venu le lendemain matin chez M. le *Maître* pour fouiller chez lui, on a lu ce billet qui a paru suspect; en conséquence on a arrêté aussi cette *Gothon*.

*9 Décembre.* On assure que par les recherches & les découvertes faites chez M. *le Maître*, il avoit à Belleville une petite imprimerie, où il imprimoit au rouleau différents pamphlets, soit de sa composition, soit de celle de ses amis ; on ajoute que tous ceux qui ont paru récemment contre M. *de Calonne* sortoient de son arsenal. On dit qu'il a tout avoué, & beaucoup plus qu'on ne lui demandoit ; que dans le premier moment il a été question de le mettre entre les mains de la justice, & de faire porter plainte de ces libelles par le procureur du roi au Châtelet ; mais qu'on préférera cependant d'assoupir l'affaire.

*9 Décembre.* Me. *Marizot*, avocat au parlement, ayant voulu plaider lui-même sa cause en cette qualité, au Châtelet, l'année dernière, les autres avocats de la jurisdiction ont prétendu que n'étant point inscrit sur le tableau, il n'avoit pas le droit de se mettre au banc des avocats, ni d'avoir le bonnet carré sur la tête ou à la main, & le 10 décembre par sentence du Châtelet il ne lui fût permis de plaider qu'à la barre de l'audience, comme un profane. Appel de la sentence aujourd'hui pendante au parlement : telle est la cause dans laquelle a été publié le *mémoire* dont on a déjà parlé, *sur les privileges des avocats, où l'on traite du tableau & de la discipline de l'ordre.*

Dans ce *factum*, très-volumineux, très-érudit, son auteur, Me. *Falconnet*, qui lui-même a lieu d'être mécontent de l'ordre, va jusqu'à lui contester son bâtonnier, sa discipline, & les divers privileges qu'il lui reproche d'avoir usurpés ; il renvoie adroitement aux magistrats la censure que les avocats exercent contre leurs propres membres, & se prévaut sur-tout de l'exemple

E 3

récent du parlement de Besançon, qui a rendu un arrêt, confirmé au conseil, par lequel toutes les proscriptions de confreres sont sagement prohibées pour l'avenir, & justement annullées pour le passé.

On juge par cet exposé que le fond du mémoire est intéressant : malheureusement il n'est pas assez digéré, il n'y regne pas tout l'ordre, toute la clarté qu'exigeoit la matiere ; le style en est souvent peu noble, il y a de mauvaises plaisanteries, & en général une trop grande amertume.

Un sieur *Guemot* y joue un grand rôle, comme partie adverse du sieur *Marizot*, relativement au procès d'intérêt ; il est fortement tourné en ridicule à raison d'une *ode sur l'abolition de la servitude, couronnée à l'immaculée conception de Rouen*, & d'un *plan de finances.*

9 *Décembre.* Il est très-certain que M. le contrôleur général a besoin d'un nouvel emprunt porté à quatre-vingts millions. L'édit en a été porté au parlement ; mais comme il en assignoit l'hypotheque sur les vingtiemes, on lui a demandé une explication là-dessus. On craint que ce ne soit une surprise pour perpétuer d'avance indirectement le troisieme, qui doit finir au premier janvier 1787 ; on lui a demandé une explication cathégorique, & l'édit est retiré pour le réformer.

10 *Décembre. Thémistocle,* le premier opéra joué à Fontainebleau ne pouvant être exécuté en ce moment à cause de la maladie de deux des principaux acteurs ( les sieurs *Cheron* & *Lais* ), on a représenté hier *Pénélope* qui a été mieux accueillie qu'à la cour. Le succès complet du premier acte ne s'est pourtant pas étendu aux deux autres qui

ont été moins généralement applaudis , mais de maniere encore à contenter les auteurs. Du reste, les ballets ni les airs de danse n'en valent rien ; il y a de grands défauts dans le poëme , & la musique n'est pas sans reproche : avant cependant d'entrer dans cette discussion , il faut attendre l'effet de quelques représentations.

Madame *Saint-Huberti* , dans le rôle de *Péné-lope* , développe encore plus de talent , s'il est possible , que dans celui de *Didon* , & c'est le plus parfait éloge qu'on en puisse faire.

10 *Décembre*. C'est décidément mercredi que commence le rapport concernant le cardinal *de Rohan* : il est depuis quelques jours plus resserré ; il ne peut plus voir que ses avocats , son frere l'archevêque de Cambray , son autre frere , madame la comtesse de *Marsan* , & le prince de *Soubise*.

11 *Décembre*. M. *Dombey* , médecin-botaniste du Roi , dont il a été question dans le temps , est arrivé le 9 octobre du Pérou & du Chili, où il étoit allé il y a près de dix ans ; il a rapporté une quantité d'objets précieux d'histoire naturelle dans les trois regnes, dont il a rendu compte à l'académie royale des sciences en qualité de son correspondant , & il va les déposer au cabinet du Roi.

11 *Décembre*. Extrait d'une lettre de Brest , du 6 décembre.... M. de *Chastenay* , depuis son retour en septembre, bien-loin d'avoir eu permission de se rendre à Paris, a été mis aux arrêts pour avoir embarqué avec lui sa femme , sans en avoir eu l'agrément de la cour ; ce qui est une prévarication grave , contraire à toutes les ordonnances. En outre il magnétisoit beaucoup sur son bâtiment ; ce qui a déplu aussi à la cour.

E 4

( 104 )

12 *Décembre.* M. le préfident *de Roffet*, auteur du poëme fur l'agriculture, s'eft auffi évertué & a compofé l'infcription fuivante pour le palais de juftice reftauré :

*Hic fcelerum ultrices pofuere palatia pœnæ :*
*—Hic fraus victa jacet, datur unicuique fuum jus.*

12 *Décembre.* On peut fe reffouvenir du marquis *de Letoriere*, officier aux gardes, la coqueluche des femmes, & réputé le plus joli homme de Paris. Ayant gagné la petite-vérole du feu roi, il en eft mort. Un auteur vient de réveiller fes manes dans un roman intitulé : *L'Année galante*, ou *les Intrigues fecretes du marquis de L......* On fe doute bien qu'à un petit fond de vérité, il y a beaucoup de fables mêlées dans ce frivole ouvrage, où après avoir décrit la *brillante & pénible carriere* du héros, fon hiftorien termine cependant très-philofophiquement & même très-chrétiennement ; il ajoute : « On l'enterra comme » un homme qui n'avoit plus rien ; on l'oublia » comme un ruban dont la mode eft paffée ; la » gazette en dit un mot, & on lui fit l'épitaphe » fuivante, relative à fon genre de mort : »

Ci-gît du beau fexe l'idole,
Un *adonis* formé pour les plaifirs,
Dont la dépenfe & les défirs
Auroient tari la fource du Pactole.
Les parques n'ofoient le ravir
De peur d'outrager la nature ;
Mais les Dieux fous fes traits contemplant leur figure,
Le trouverent trop beau pour le voir s'enlaidir.

11 *Décembre.* Le principal objet de la conftruction du panthéon a été de remplacer le wauxhall d'hiver de la foire Saint-Germain, qu'on a démoli cet été, & dont on a transporté tous les ornements propres à s'employer dans le monument actuel, exécuté sur les deffins & fous la conduite du fieur *le Noir*, architecte auffi du premier.

Les avis jufqu'à préfent font fort partagés, les gens délicats blâment le luxe des ornements de tous genres dont le grand falon eft furchargé, d'autres prétendent qu'il falloit éblouir les perfonnes qui fréquenteront affidument ce panthéon; ils difent qu'une certaine févérité de goût n'eft pas ce qu'on exige dans ces fortes d'endroits, que la profufion y devient richeffe, comme la foule y fait décoration : enfin qu'on ne peut trouver un local plus propre à donner de charmantes fêtes; que M. *le Noir* eft un homme admirable pour créer, comme par enchantement, des lieux d'affemblée riches, élégants & commodes.

11 *Décembre.* Le directeur de la monnoie a repréfenté au miniftre des finances que l'opération de la converfion des louis avoit été mal vue & peu réfléchie, & qu'avant de l'ordonner il auroit fallu garnir l'hôtel des monnoies de fonds fuffifants pour faire face au public.

De fon côté la caiffe d'efcompte a repréfenté que le grand nombre de billets qu'on fourniffoit à l'hôtel des Monnoies pour les louis, affluant fans ceffe vers elle de la part des porteurs, elle feroit bientôt dans le cas de fermer & de ne pouvoir fuffire aux demandeurs, en un mot de répandre les mêmes alarmes qu'en 1783.

E 5

Ces représentations ont dû déterminer des lettres-patentes rendues hier à Versailles très-précipitamment & portées aujourd'hui en la cour des Monnoies pour y être enregistrées.

12 *Décembre.* Madame la comtesse *Dubarry*, est venue mercredi au Palais en déposition dans l'affaire, ou plutôt à l'occasion de l'affaire du Cardinal : on a su que madame *de la Motte* lui avoit écrit étant fille, pour lui demander à être sa fille de compagnie, on étoit curieux de voir cette lettre pour en connoître & examiner la signature, où l'on prétend qu'elle avoit joint le titre de *France.*

Madame *Dubarry* a déclaré que le fait étoit vrai ; qu'elle avoit répondu à Mlle. *de Valois*, qu'elle ne pouvoit accepter les services d'une personne de la maison de France ; qu'au surplus elle lui avoit envoyé quatre louis & brûlé ou égaré cette lettre inutile & dont elle ne pouvoit prévoir qu'on auroit besoin un jour.

13 *Décembre.* Dom *Berjon*, bénédictin du couvent de Saint-Denis-de-la-Charte, vient d'être exilé à Riom, pour une cause singuliere. Ce religieux, homme de mérite, mais ne se mêlant en rien des affaires, des divisions de l'ordre, à la passion du jeu de trictrac. Il y a quelques mois qu'il perdit deux cents louis contre un chevalier de Saint-Louis. Pressé de s'acquitter & ne le pouvant, il a offert de résigner un bénéfice qu'il avoit en faveur du gagnant, qui est abbé ; comme ce bénéfice vaut quinze cents livres de rentes, il a demandé une somme en indemnité qui lui a été accordée ; on ignore de quel prix. Telle est la honteuse simonie qui a provoqué la punition, plus grave sans doute

fi elle eût été prouvée. En outre, l'ordre lui a
fu mauvais gré d'avoir fait paffer à un féculier
un bénéfice qu'il auroit pu réferver pour un
confrere.

14 *Décembre*. C'eft mal-à-propos qu'on a mêlé
madame de *Courville* (Gillet) dans l'affaire de
madame *La Palun*; elle affecte de fe montrer
par-tout & a réclamé contre cette confufion de
noms ; ce qui fembleroit en indiquer une autre
arrêtée.

Quoi qu'il en foit, il paroît plus conftant
que le baron d'*Entrechaux* (*Ailhaud* en fon nom,
fils du célebre inventeur des poudres ) eft auffi
à la Baftille & auroit trempé dans la même
intrigue.

14 *Décembre*. Hier les chambres ont été affemblées pour entendre la lecture de l'édit d'emprunt
réformé ; on ne l'hypotheque plus fur les vingtiemes, mais fur les aides & gabelles. Toutes
les voix ont été pour fupplier le Roi de le
retirer, comme également onéreux & dans le
fond & dans la forme. Le rapporteur de la cour,
le premier préfident même ont été de cet avis,
qui doit être motivé dans des repréfentations,
pour lefquelles on a nommé des commiffaires.

On obferve fur-tout que par certaine tournure
de l'édit, le contrôleur-général fe ménage infi-
dieufement la faculté d'emprunter pendant dix
ans toutes les fommes viageres qu'il voudra,
fans avoir befoin d'aucun enrégiftrement &
en les faifant comprendre dans le même précédent.

14 *Décembre*. L'aventure fâcheufe de M. le
*Maître* donne lieu de s'entretenir de lui. On
ne fait s'il eft Normand ; mais il étoit avocat

E 6

à Rouen lors de la révolution de la magiftrature. Il étoit chaud patriote, zélé parlementaire; il fervit la province de fa plume & compofa plufieurs des pamphlets alors ufités dans cette querelle. Il dreffa fur tout la fameufe *requête de la noblesse*, qui lui attira la difgrace de la cour; il fut conduit à la Baftille, il y refta quinze mois & fut enfuite exilé à Soiffons. M. *de Miromefnil* qui l'avoit connu étant premier préfident, lui fut bon gré de fon zele & n'a pas peu contribué à le faire fixer à Paris, & à lui procurer une charge qui lui donnoit des relations au confeil. Il paroît cependant que le chef de la magiftrature n'a pas fait pour M. *le Maître* tout ce qu'il lui avoit promis; ce qui a donné de l'humeur à ce dernier & l'a difpofé à fervir le parti qui voudroit fupplanter M. le garde-des-fceaux.

Quant à fon imprimerie, on veut qu'il la tînt de M. *le Camus de Neville*, qui dans le temps de la révolution en avoit fait ufage auffi pour fervir la caufe commune.

14 *Décembre*. Hier enfin a été entamée la grande affaire du cardinal de Rohan; la foule des juges s'eft trouvée confidérable, car outre la grand'chambre affemblée, les confeillers d'honneur & beaucoup d'honoraires s'y font rendus, ainfi que les maîtres des requêtes fuivant le droit qu'ils en ont, au nombre de quatre feulement.

La féance a duré tout le matin & de relevée l'après-midi jufques à neuf heures du foir: elle s'eft paffée à lire les dépofitions, au nombre de trente-cinq, & demain l'on opinera fur les deux queftions:

1°. Si l'on admettra la plainte du procureur-général.

2°. De quelle nature on lancera des décrets.

15 *Décembre.* Toujours ces gens officieux cherchent à servir le public & à lui procurer plus de commodités pour son argent. On voit aujourd'hui : *Avis au public sur le transport des paquets, meubles, ballots & marchandises dans l'intérieur de la ville de Paris.* La sureté des effets, la célérité de leur transport, la modicité du prix sont les principaux avantages que la compagnie, auteur de l'entreprise, fait valoir : du reste, son privilege n'est point exclusif ; bien plus, elle se prétend utile aux porteurs & commissionnaires même, qu'elle semble déposséder ; errants ou isolés au coin des rues, ne tenant à rien, obligés, même dans les heures de repos, de rester exposés à l'injure du temps, pour y solliciter le travail & la confiance, leur état deviendra préférable lorsqu'ils seront attachés à cet établissement par des gages fixes, indépendants des événements, lorsqu'ils seront vêtus & habillés à ses dépens, & certains de trouver une pension de retraite dans leur vieillesse, ou des secours dans le cas d'accident & de maladie, auxquels ils sont exposés.

Cet établissement reçoit des abonnements des corps, communautés, maisons de commerce, &c.

Il s'ouvrira le 20 décembre 1785.

15 *Décembre.* M. *Haüy*, interprete du Roi & l'un des vingt-quatre membres du bureau académique d'écriture, qui s'est chargé depuis long-temps de l'éducation du jeune étranger trouvé en Normandie, avoit invité tous les voyageurs

qui ont été aux Indes, dans la mer du sud &
autres pays plus éloignés, s'il est possible, de
se trouver à une séance publique de sa communauté, devant se tenir jeudi 8 décembre &
continuée au dimanche 11 : il promettoit de
procurer quelques renseignements satisfaisants
sur cet inconnu qui est encore un problême,
mais il ne paroît pas qu'il ait satisfait l'assemblée,
& l'éducation même en est très-lente, puisqu'avec toute l'intelligence dont on le dit pourvu, son instituteur n'a pu encore parvenir qu'à
lui faire lire quelques phrases françoises.

Au reste, le mémoire où M. *Haüy* traite de
cet objet, traite encore plus essentiellement sur
ses progrès dans l'éducation des aveugles-nés ,
depuis ses essais communiqués dans la séance
publique de l'année 1784 : sous ce point de vue ,
il a été très applaudi. Il doit être imprimé par
les aveugles & à leur profit ; le roi à qui il
a été rendu compte par le baron *de Breteuil* ,
de la possibilité de rendre utiles à la société des
infortunés qui en étoient séparés, a souscrit pour
l'ouvrage qui sortiroit de leur presse & en a
accepté la dédicace.

16 *Décembre*. Extrait d'une lettre de Bordeaux,
du 4 décembre..... L'affaire de M. *Dudon* le fils,
adjoint à la place de procureur-général de son
père, s'est réveillée plus fortement que jamais
depuis la rentrée. Las de lutter inutilement
contre sa compagnie, il a enfin obtenu la liberté
de se rendre à Paris & d'y plaider sa cause.
M. le garde-des-sceaux & M. le comte de Vergennes ayant le département de la province, ont
senti le danger de laisser croître le despotisme
du parlement de Bordeaux, tout fier d'avoir fait

renvoyer un intendant, déserter un président à mortier & mis en déroute un procureur-général. Il a été dressé des lettres-patentes en date du 8 novembre, des plus vigoureuses, enrégistrées dans une séance extraordinaire du commandant de la province, où le greffier en chef avoit ordre de porter les registres, à quoi contraint *par corps*; cette clause insolite a révolté la compagnie, qui depuis la séance a pris un arrêté non moins violent, & a ordonné qu'il en seroit envoyé expédition à tous les parlements. On attend ce que le gouvernement fera là-dessus; on craint la foiblesse du chef de la magistrature, dont le principe est de ne frapper ses coups de vigueur qu'aux approches des vacances; mais M. *de Vergennes* a plus de nerf: tous deux d'ailleurs font le plus grands cas de M. *Dudon* le pere.....

16 *Décembre.* On est allé aux opinions hier sur les questions agitées à la grand'chambre assemblée; il y avoit cinquante huit opinants: la premiere n'a pas souffert de difficulté; quant aux décrets, il y a eu cinquante voix contre huit seulement pour décréter de prise de corps le cardinal: en outre M. & madame *de la Motte*, le comte *de Cagliostro* & la fille *Oliva*, ont été frappés du même décret.

Cette fille *Oliva*, dont on parle aujourd'hui pour la premiere fois, parce qu'on l'a regardée jusques ici comme un personnage fictif, est une fille publique, ressemblante à la Reine. On veut qu'en accordant ses faveurs au cardinal, elle lui ait fait accroire qu'elle étoit sa majesté elle-même; de-là les grandes idées d'ambition du prélat qui se flattoit d'être premier ministre. Tout cela sans doute est dénué de vraisemblance, est monstrueur; mais il y a tant de chofes incroyables dans cette aventure, qu'on ne doit s'étonner de rien.

16 *Décembre*. l'académie françoife affemblée hier pour l'élection du fuccefleur de M. *Thomas*, au nombre de vingt-neuf opinants, s'eft réunie presque unanimement, comme on l'annonçoit depuis long-temps, en faveur de M. le comte *de Guibert*.

Il y a eu une ou deux voix pour le fieur *Garat*, quoiqu'il déclare n'avoir pas eu la fatuité, comme le chevalier *de Florian*, de fe mettre fur les rangs.

17 *Décembre*. Avant de publier fa *réponfe à l'écrivain des adminiftrateurs de la compagnie des eaux de Paris*, le comte de *Mirabeau* avoit adreffé une lettre circulaire, en date du 6 décembre, à chacun des affociés gérants cette compagnie; favoir, MM. *de Sainte-James, de Serilly, Taille-pied de Bondy, Papillon de la Ferté, le Clerc, Aubert, Caron de Beaumarchais*, dans laquelle il leur déclaroit fe trouver infulté par les plus graves imputations, & defirer favoir s'il adhéroit à l'écrit de M. *de Beaumarchais*.

C'eft vraifemblablement fur cette lettre qu'ils ont formé l'affemblée dont on a parlé, où a été rédigée une réponfe uniforme pour chacun en date du 7 décembre, fans celle de M. *le Clerc*, différente dans la formule, en date du 9; réponfe qui décele leur embarras, fans les en tirer.

M. *de Mirabeau*, inftruit que ces meffieurs répandoient dans le public le bruit qu'ils lui intenteroient une action perfonnelle, a fait paroître fa réplique, où il les prend tous à partie, & leur déclare que réfolu depuis long-temps à commencer un voyage dans le nord, il ne l'a fufpendu que par la néceffité de confondre les arguments de leur libelle, & qu'il restera quelque temps encore à Paris, afin de leur laisser celui de le traduire devant les tribunaux, s'ils en ont envie.

Du reste, cette réplique est très-sévere, comme il la qualifie, pleine de logique, de bon sens, de netteté, & la péroraison est atterrante pour le sieur *de Beaumarchais* ; c'est un coup de massue dont il ne peut se relever.

17 *Décembre*. Il paroît constant que le chef suprême de la justice se trouvant attaqué personnellement dans les pamphlets de M. *le Maître*, a cru devoir faire mettre le procès en justice réglée, & qu'en conséquence les pieces servant à conviction sont remises aux mains du procureur du Roi du Châtelet pour dresser son réquisitoire.

17 *Décembre. Mémoire sur l'éducation de la discipline militaire* : à ce titre on ne croiroit pas l'opuscule assez dangereux pour être sévérement prohibé. En le lisant, on en conçoit aisément la raison.

Il est précédé d'un *avis de l'éditeur* anonyme, qui annonce ce mémoire comme un simple extrait d'un ouvrage plus étendu, mais qui ne paroîtra pas. Quoiqu'il y combatte le système & les idées actuelles du comité militaire, il en a été envoyé un exemplaire à chacun des membres. L'éditeur traite lestement & ce comité, & les maréchaux de France actuels, du grand nombre desquels il semble faire peu de cas : ses héros sont le comte *de Vergennes*, M. *Necker*, le maréchal *de Broglio*, le comte *d'Estaing*. Il en veut sur-tout aux ministres de la guerre & de la marine ; il prétend que le Roi en parlant au dernier,

lui a dit, qu'*après son cousin le maréchal de Ségur,
il ne connoissoit personne de plus sot que lui*, Castries.
Par cet échantillon on peut juger du ton du reste.

Suit la *préface* de l'auteur du mémoire, qui
s'éleve contre le grand nombre d'ouvrages écrits
de notre siecle sur l'art de la guerre ; il veut
qu'en commençant seulement à *Folard*, on en
compte plus que dans tous les temps de la monarchie qui ont précédé. C'est à cette multitude même
d'écrivains qu'il attribue la décadence de l'art,
du moins dans la pratique : les exemples ne sont
jamais plus rares, suivant lui, que lorsque les
préceptes deviennent plus communs.

Si nous avons moins que jamais de généraux,
d'excellents officiers, de braves soldats, c'est par
le défaut d'éducation militaire ; c'est que nous
ne sommes plus qu'un peuple imitateur, qu'on
veut tout faire à *l'allemande* ; c'est que le gouvernement s'obstine à méconnoître ou à combattre l'esprit françois ; c'est que l'autorité est en
opposition avec le caractere, & les loix avec les
mœurs.

Après ces préliminaires vient le mémoire, qui
consiste dans le développement de ces deux propositions : *Nécessité de réformer l'éducation de la
jeunesse destinée au parti des armes, & son instruction dans les corps : Nécessité de réformer absolument la discipline militaire.* L'auteur plus fort
de choses que de style, les prouve très-bien : il
répare la sécheresse de la matiere par des notes,
où il rapporte des anecdotes intéressantes, & qui
le deviendroient davantage, si les personnages
étoient nommés. En général, c'est un écrivain
hardi, caustique, ami de la vérité, & n'épar-
gnant pas les personnages les plus constitués en

dignité. Il paroît connoître beaucoup le corps
des officiers de la marine, & ne les en méprise
que mieux. Il se donne pour un officier ex-major
occupé de son métier, instruit à fond du caractere du soldat françois qu'il a beaucoup étudié;
instruit en outre de la constitution particuliere
des états militaires de l'Europe, & il affirme
qu'il n'en est point d'aussi monstrueuse que la
nôtre, & d'aussi vicieuse qu'elle va l'être, si
l'on persiste à nous soumettre au régime ger-
manique. Enfin, c'est un profond admirateur des
*la Fayette*, des *Guibert*, des *d'Aguesseau*.

18 *Décembre*. Le *musée* de Paris a vu enfin
rentrer cette année dans son sein les membres
schismatiques, ainsi que M. *Cailhava*, leur chef;
c'est M. *Selis* qui est le président actuel: en outre
pour subvenir aux frais d'un établissement aussi
considérable, le musée a adopté une seconde
classe sous le titre de *Philarmonique*. C'est elle
qui donne les concerts; elle a cru ne pouvoir
mieux témoigner sa reconnoissance d'une semblable union qu'en rendant ses hommages aux
manes du feu président *Gebelin*. Elle a convoqué
une assemblée générale de tous ses membres pour
hier, & a exprimé sa douleur par une musique
analogue à des stances lyriques sous le titre suivant : *La solitude de Francoville*, lieu où ce
savant est enterré dans les jardins de M. le comte
d'*Albon*. Voici les paroles, dont l'auteur est
anonyme :

Tout se tait, tout est calme, & dans l'air & dans l'onde;
L'on n'entend que le bruit des ailes du zéphir;
Tout dort autour de nous dans une paix profonde,
    Nous seuls, nous veillons pour gémir.

Déjà vers l'Orient, fur un char de lumiere
L'aurore à l'univers annonce un jour nouveau.
Si ce jour eft un bien pour la nature entiere,
Pour nous feuls il eft un fardeau.

Sous le poids du chagrin le malheureux fuccombe :
Tu n'es plus, cher objet d'amour & de douleurs ;
Gebelin ! Gebelin ! la pierre d'une tombe
Renferme ton corps & nos cœurs,

L'auteur de la mufique eft M. *Toméoni*, nouveau maître italien, qui a débuté le 8 de ce mois au concert fpirituel : le quatuor de cet hymne françois a été exécuté par Mlles. *Audinot & de Saint-James*, de l'académie royale de mufique, & MM. *Aubert & Nis*, amateurs. Il a produit un grand effet.

18 *Décembre.* Le bruit court que le chevalier *Gluck* eft mort à Vienne ; événement auquel on s'attendoit d'après fon trifte état.

18 *Décembre.* Les libraires étrangers, & furtout ceux de Suiffe, ayant repréfenté qu'ils faifoient un grand commerce en Efpagne de livres latins & autres, & qu'ils ne pouvoient plus faire paffer par la France, vu la gêne & les frais qu'entraînoit l'obligation de les faire vifer à la chambre fyndicale de Paris, le gouvernement a fenti le tort que faifoit au royaume cette ceffation ; en conféquence par arrêt du confeil du 25 novembre, le *tranfit* libre eft accordé pour ces livres ; en même temps l'on prend des précautions, afin d'éviter les abus & la vente de livres étrangers dans le royaume, qui n'auroient pas fubi les formalités exigées.

19 *Décembre*. M. *de Lalande* prétend qu'il y a erreur dans la relation du seizieme voyage aérien de M. *Blanchard*, suivant laquelle il se seroit élevé à trente-deux mille pieds ; ce qui produiroit cinq mille trois cents trente-trois toises ; tandis que la plus grande hauteur où l'on ait été jusqu'ici, n'est que de deux mille quatre cents trente-quatre toises , & qu'il est physiquement démontré qu'on ne pourroit exister en un pareil milieu.

19 *Décembre*. Extrait d'une lettre de Grenoble, du 10 décembre........ Il est très-vrai que nous avons eu le bonheur de jouir de la présence du docteur *Mesmer*, il n'y a pas un mois ; mais il n'a fait que paroître & coucher une nuit dans cette ville. Comme on étoit prévenu de son arrivée, notre société de l'harmonie s'étoit assemblée extraordinairement pour le recevoir, le haranguer & lui donner un superbe festin. Il ne sauroit vous rendre toutes les folies dont il a été le sujet. Du reste , il a exhorté ses disciples à la patience & au courage nécessaires . pour soutenir les diverses persécutions auxquelles tout novateur est en butte.....

19 *Décembre*. Le sieur *Francastel*, qui a un talent singulier pour les salles des petits spectacles & l'auteur de presque toutes celles des boulevards, a été chargé d'en construire une portative pour la Reine : elle se monte & se démonte avec la plus grande facilité & suivra sa majesté dans les différents voyages ; en sorte qu'on pourra toujours jouir du spectacle & en amuser sa cour.

20 *Décembre*. M. le comte *de Mirabeau*, dans sa réponse au sieur *de Beaumarchais* & com-

pagnie, avoue enfin que le ministre des finances
l'avoit appellé, invité, encouragé pour détruire
l'agiotage ; il se flatte de l'avoir fait avec succès
contre la banque de Saint-Charles , & la caisse
d'escompte ; il ne lui restoit plus qu'à travailler
aussi efficacement contre la compagnie des eaux
de Paris ; d'ailleurs un pere de famille l'avoit
consulté sur l'acquisition qu'il désiroit faire de
ces actions , & M. *de Champfort* avoit prié l'auteur d'éclairer ce pere de famille : & pour troisieme motif M. *Claviere*, son ami, auteur d'un
mémoire sur la banque de *Saint-Charles*, qui a
servi de base à son ouvrage sur cet important
objet, invoquoit son secours. Cet agioteur avoit
promis de livrer cent actions des eaux de Paris ,
à seize cents livres pour le mois de mars 1787,
lorsque les joueurs à la hausse avoient fait monter
leur valeur jusques au prix de quatre mille livres.
Il s'agissoit de les faire baisser. Ainsi M. *de Mirabeau* remplit à la fois un devoir envers le
gouvernement, celui de bon citoyen & celui de
l'amitié. Tel est l'aveu qu'il fait, aveu que tout
le monde pourroit ne pas envisager sous le
point de vue favorable qu'il se présente , mais
dont il faut au moins louer la franchise. Quoi
qu'il en soit , il a merveilleusement rempli les
intentions de ceux qui l'ont mis en œuvre :
il a détruit l'illusion dans son premier pamphlet ,
& dans le second il fait voir que son adversaire
n'a rien prouvé contre son mémoire , & laisse
subsister au contraire ses arguments dans toute
leur force.

20 *Décembre*. M. *Augeard*, fermier - général
& secretaire des commandements de la Reine,
fort ami de M. *le Maître*, se trouve impliqué

dans cette affaire; il a fu que fur les déclarations
du prifonnier, il y avoit eu une lettre de cachet
décernée contre lui : cependant, graces aux mouvements que fes amis & fes parents avertis à
temps fe font donnés en fa faveur, elle n'a
point eu lieu. Il s'eft même montré à Verfailles
le dimanche fuivant; il a fait fon fervice auprès
de la Reine, & fa majefté inftruite de fes inquiétudes, a eu la bonté de lui promettre fa plus
éclatante protection, s'il n'y avoit rien dans
l'accufation intentée contre lui qui eût trait aux
crimes d'état. On ne fait pourquoi il a difparu,
depuis qu'il eft décidé de mettre M. *le Maître*
en juftice réglée : fa famille déclare hautement
que fur de bons avis il s'eft rendu dans une de fes
terres voifines de la frontiere, d'où au befoin
il paffera en pays étranger.

20 *Décembre.* Les *mémoires d'un prifonnier d'état,
ou correfpondance de* M. le vicomte de B... avec
la marquife de Saint-L. *& plufieurs autres perfonnes de diftinction,* ne font qu'un roman femblable à beaucoup d'autres : ce qu'on y trouve
de particulier, font des détails fur le local de
Charenton & fur le régime de cette maifon de
force, où, fi l'on n'éprouve pas l'affreufe folli-
tude de la Baftille ou de Vincennes, on gémit
fous un régime monacal plus dur & plus honteux. L'ouvrage du refte n'a rien de merveilleux quant au ftyle; il y a quelques morceaux
de fenfibilité qui en font le mérite au fond.
C'eft un jeune homme qui ne voulant pas répondre aux vues de fes parents pour un mariage
de fortune confidérable, parce qu'il a le cœur
pris d'ailleurs, eft victime de fon amour & de
fa conftance, jufqu'à ce que les circonftances

deviennent plus favorables ; mais forti de sa prison , il finit par perdre son amante. Il promet de donner la suite de sa vie & de se nommer alors. Il y a , du reste , quelques anecdotes sur certains prisonniers de Charenton d'alors, c'est-à-dire , en 1776 , neuves , curieuses & inté- ressantes.

21 *Décembre.* Les comédiens italiens ont donné hier une piece de caractere en cinq actes & en vers, qui manque à la comédie françoise & restoit encore à traiter. C'est *le Méfiant*, sujet regardé comme très-difficile par tous les faiseurs de poétique. M. *Borel*, l'auteur de celui-ci, n'en a point été effrayé & son principal personnage est assez bien soutenu : malheureusement son intrigue est petite & pénible ; la marche en est lente & embarrassée ; le ridicule qui est le ressort des grands maîtres en pareil genre, n'y est pas assez employé , & le peu qui y regne n'a rien de comique & de saillant : le style est quelque- fois trivial & en général peu noble & point cor- rect : malgré tous ces défauts & beaucoup d'au- tres, la piece a du mérite & a joui d'un léger succès.

21 *Décembre.* M. *Bailli* étoit garde des tableaux du Roi ; cette place étoit depuis cent ans dans la famille : aujourd'hui que le *Musœum* prend couleur & qu'il a fallu en confier la garde à deux peintres , les fonctions de M. *Bailli* s'anéantis- soient. En conséquence M. *d'Angiviller*, avec toutes les graces possibles, lui a annoncé que sa place étoit supprimée , & que sa majesté pour l'en dédommager lui donnoit une pension de deux mille quatre cents livres. C'est ce qui a donné lieu à un *quiproquo* du mercure qui avoit

avoit l'air d'un persifflage, & que l'académicien a été obligé de relever. On croit qu'on lui a aussi conservé son logement au Louvre.

21 *Décembre.* Les représentations du parlement à l'occasion de l'emprunt ont été portées au Roi dimanche, & sa majesté y a fait une réponse impérative qui ordonne l'enrégistrement pour le lendemain, avec une phrase à la *Maupeou* sur les limites de la résistance du parlement, *dont les fonctions sont d'éclairer l'autorité, & non de la restreindre ou la gêner.*

Le parlement n'a point obtempéré, ce dont il a été rendu compte au Roi, qui a bien voulu recevoir d'itératives représentations, qui ont été fixées, rédigées & lues dans la matinée du mardi, & portées au Roi l'après-dînée. Sa majesté ayant persisté à vouloir être obéi, le parlement a enrégistré *de l'exprès commandement du Roi*, & a joint à son enrégistrement des modifications si fortes qu'elles ne pourroient que décréditer l'emprunt ; ce qui a alarmé le contrôleur-général, qui, dit-on, a obtenu un ordre pour faire arrêter l'impression, & rompre la planche chez l'imprimeur du parlement.

22 *Décembre.* A la bourse d'hier, sur la résistance du parlement, un agent de change qui avoit des récépissés du nouvel emprunt, car il est à observer qu'on l'avoit toujours ouvert au trésor royal depuis quelques jours, a offert de vendre ses récépissés à demi pour cent de perte : il en a résulté la plus grande sensation ; le commissaire de la bourse est venu dresser procès-verbal de cette offre illégale, alarmante, & l'on a craint pour la liberté de cet agent de change ; on assure pourtant que cela s'est civilisé.

*Tome XXX.* F

**22** *Décembre.* Les négociants de Paris font fort mécontents de la création de la nouvelle compagnie des Indes, & de tout ce qui s'en eft enfuivi. En conféquence l'un d'eux a fait un mémoire fous le titre d'*Obfervations fur l'arrêt du 10 juillet 1785, portant défenfes d'introduire dans le royaume aucune toile de coton & mouffeline venant de l'étranger, & qui interdit le débit des toiles peintes, gazes & linons de fabrique étrangère.* Cet imprimé timbré de Nantes, fans nom d'imprimeur & fans aucune approbation, n'eft foufcrit que du fieur *Guillaume* : fes confreres n'ont ofé fuivre fon exemple. Le réclamant n'en a pas moins eu le courage de le remettre au gouvernement. Le premier cri étoit de le faire arrêter comme féditieux ; cependant l'écrit eft fi modéré, il montre fi évidemment l'injuftice ou l'ineptie de plufieurs articles de l'arrêt, qu'on n'a ofé févir, & qu'on travaille actuellement à un arrêt du confeil interprétatif du premier, qui a déja été fait & refait plufieurs fois. Cet écrit eft fort rare.

**23** *Décembre.* Les colporteurs ont redemandé de nouveaux envois des volumes VIII, IX & X de l'*Efpion Anglois* faifis, & ils fe répandent enfin avec plus de facilité. Ils font très-curieux, non-feulement par l'importance des matieres, mais par leur variété. D'abord tout ce qui concerne la guerre maritime allumée à cette époque entre la France & l'Angleterre, y eft traité dans le grand détail, & avec non moins de clarté que de vérité ; chofe d'autant plus étonnante, qu'à commencer par les mémoires de *Dugué-Trouin* fi intéreffants pour le fond, nous n'avons aucun ouvrage en ce genre dont la lecture fe puiffe fupporter. Les opérations de M. *Necker* y font encore difcutées avec beaucoup d'intelligence. Tout ce qui concerne la mort de *Voltaire* & celle de *Rouffeau* arrivées alors, n'y eft point oublié, plufieurs autres lettres fur les arts, fur des procès fameux, font inftructives & agréables ; on y trouve auffi les anecdotes galantes du jour : mais les lettres fur les tribades modernes font piquantes fur-tout & d'un genre abfolument neuf. Ces nouveaux volumes ont réveillé l'ardeur du public pour ce livre, & il eft à fouhaiter que la fuite ne tarde pas à paroître.

23 *Décembre.* M. de Calonne, non content d'avoir fait arrêter l'impreffion des modifications oppofées par le parlement à l'enrégiftrement de fon édit, a voulu les faire fupprimer par l'autorité. En conféquence tout le parlement eft mandé à Verfailles pour aujourd'hui fix heures du foir, avec fes regiftres.

Comme tout ce qui concerne cet événement eft précieux à recueillir, il faut ajouter à ce qu'on a dit, que malgré la feconde réponfe du Roi infiniment plus douce, il y avoit encore vingt-une voix contre l'édit, foixante pour l'enrégiftrement avec des modifications, & pas une pour l'enrégiftrement pur & fimple.

24 *Décembre.* Depuis la mort du fieur *Pilâtre,* foit par le dégoût naturel aux François pour tout établiffement trop long, foit par l'augmentation de l'abonnement porté à un quart de plus, foit parce que les auguftes protecteurs qui font à la tête y font difparoître l'égalité, bafe de toute affociation femblable, fon *mufée* eft abandonné, du moins on a beaucoup de peine à recruter des fujets : afin de ranimer le zele des tiedes, on a

F 2

imaginé d'en changer le nom en celui de *lycée*, plus analogue par la réunion de tous les genres d'instruction qu'on y doit trouver, & de travailler un *prospectus* très-ample & très-bien fait des avantages que l'un & l'autre sexe doivent y trouver. Il a pour titre : *Programme du lycée établi sous la protection immédiate de Monsieur & de monseigneur le comte d'Artois*, & on le répand en profusion.

24 *Décembre*. *Le mieux est l'ennemi du bien*. C'est ce que vient d'éprouver M. *Sedaine* : quoique son opéra *Richard cœur de lion* ait eu trente-cinq représentations, le public a toujours été mécontent du dénouement : pour en faire un autre, l'auteur a imaginé de joindre à son poëme un quatrieme acte qui ne l'a rendu que plus long & plus froid, avant-hier, qu'il a été joué dans cet état.

24 *Décembre*. Quoique le projet du nouvel hôtel-Dieu soit très prôné, & que le ministre de Paris désire le voir effectué, il y a grande apparence qu'il ne produira aucun effet, sur-tout aujourd'hui qu'on sait que ce projet, du moins pour l'idée principale, se trouve dans un mémoire de M. *A. Petit*, médecin, *sur la meilleure maniere de construire un hôpital de malades*, publié en 1774, c'est-à-dire, dans le temps où l'hôtel-Dieu venoit d'être incendié, temps le plus favorable pour agiter cette importante question.

24 *Décembre*. On a publié aujourd'hui l'édit donné à Versailles au mois de décembre 1785, portant création de rentes héréditaires, remboursables en dix ans, dont l'enrégistrement a été réformé dans l'espece de lit de justice tenu

*impromptu* à Versailles hier au soir. Il porte seulement *du très-exprès commandement de Seigneur Roi*, porté par sa réponse du 18 du présent mois aux très - humbles & très - respectueuses représentations du 16 du même mois, & réitéré par sa réponse du jour d'hier aux très-humbles & très-respectueuses itératives représentations de son parlement, pour être exécuté selon la forme & teneur.

Comme tout cela est très - illégal, messieurs ont remis à délibérer sur cette séance de Versailles au mercredi 28 de ce mois.

25 *Décembre*. Au moment où par le retour de M. *Augeard* en cette capitale on se flattoit que l'affaire de M. *le Maître* se civilisoit, on a appris tout-à-coup que ce prisonnier avoit été transféré hier de la Bastille au Châtelet à huit heures du matin, & avec le plus grand mystere ; qu'il avoit été interrogé sur le champ par le lieutenant-criminel, & que son interrogatoire, très-pénible, avoit duré douze heures ; qu'ensuite il avoit été mis au secret. On assure même qu'il n'aura point de conseil, & qu'on lui en a refusé un.

25 *Décembre*. Le ciel du lit de M. *de Calonne*, comme il étoit endormi profondément, s'est détaché & lui est tombé sur le corps. Sa première idée en se réveillant a été de croire qu'on venoit l'assassiner : heureusement il n'a point eu de mal, & en a été quitte pour la peur ; on l'a saigné deux fois. Il en a résulté des calembours à l'infini ; on a dit *que le ciel étoit juste, que c'étoit un coup du ciel, que c'étoit un ciel vengeur, que c'étoit un lit de justice*, & mille autres quolibets du même genre que peuvent enfanter le bavar-

F 3

dage, la méchanceté ou la gaieté des Parifiens & des courtifans perfiffleurs.

*16 Décembre.* Il paffe pour conftant que M. le prince *de Soubife* a eu ordre de s'abftenir d'entrer au confeil, que madame la comteffe *de Brionne* eft auffi dans une efpece de difgrace, enfin que toute la famille des *Rohan* eft mal vue à la cour, fauf madame *de Marfan*.

Quant au prince *de Condé*, on a remarqué que depuis long-temps il ne fe mêloit plus de l'affaire du cardinal ; il ne s'eft point préfenté chez les juges avant les affemblées du parlement, & l'on ajoute qu'il a dit que le cardinal l'avoit trompé, qu'il ne lui avoit pas avoué les faits comme ils étoient.

*26 Décembre.* Le préambule du nouvel emprunt eft très-féduifant : à en croire le rédacteur, malgré le furcroît de dépenfes occafionnées par les mefures prifes pour écarter ce qui auroit pu troubler la tranquillité de l'Europe ; malgré l'augmentation des charges ordinaires du guvernement pour le foulagement dû aux fujets fouffrants de l'intempérie des faifons & des calamités qui ont affligé plufieurs provinces ; malgré la diminution des revenus & le retard des recouvrements qui en ont réfulté, les païements relatifs aux différents fervices n'ont pas été un feul inftant moins exacts ; tous les engagements ont été ponctuellement acquittés à leurs époques, les termes de plufieurs rembourfements ont été même anticipés ; les arrérages des rentes ont été payés plus promptement qu'ils ne l'avoient jamais été ; jamais autant de fonds n'ont été employés en amortiffement ; jamais il n'en a été accordé d'auffi confidérables pour les travaux

d'utilité publique, pour les ports, pour les canaux, pour les chemins, pour les desséche-
ments; jamais le commerce n'a reçu plus d'encouragements; jamais des secours plus abondants
n'ont été répandus dans le royaume.

Tels sont déjà les fruits, telles devroient être
les premieres bases du plan adopté : les ressources
trouvées pour satisfaire à autant de besoins,
malgré tant d'obstacles ont de plus en plus con-
vaincu M. *de Calonne* que les dépenses d'amélioration sont des ressources de richesses, & que
le crédit se fortifie par les paiements. Il est au
moment d'achever ceux de toutes les dettes de
la derniere guerre, & même de toutes celles
arrivées dans les différents départements. C'est
pour y parvenir dans le courant de 1786, qu'il
fait faire au Roi un emprunt de quatre-vingts
millions.

Cet emprunt, loin de déranger ou de retar-
der en aucune sorte la marche de la libération
successive réglée par l'édit du mois d'août 1784,
est combiné pour s'accorder & en accélérer les
dispositions.

Du reste, M. *de Calonne* annonce qu'il compte
sur une augmentation de revenus par le renouvellement du bail prochain.

Enfin, comme il avoit fait promettre au Roi
de ne plus emprunter de si-tôt en rentes viageres, il se retourne le mieux qu'il peut pour
déguiser celui-ci & le faire passer.

*26 Décembre.* On accuse beaucoup dans l'affaire de M. *le Maître*; un sieur *Cadet de Senneville* de manœuvrer insidieusement pour perdre
ce galant homme, dont il s'avoue l'ennemi, mais
en faisant semblant d'être l'ami de la femme.

F 4

C'eſt lui qui a empêché madame *le Maître* de jeter au feu le billet écrit par ſon mari à *Gothon*, ſous prétexte qu'il falloit le garder afin de le montrer à M. *de Croſne*, & le tourner à la juſti-fication du priſonnier, & au lieu de le mettre en poche, l'a laiſſé ſur la cheminée ; en ſorte qu'il eſt tombé le lendemain aux mains des in-quiſiteurs ; qu'il leur a donné des ſoupçons ſur cette cuiſiniere ; qu'ils l'ont arrêtée, ont fouillé dans ſa chambre, & y ont trouvé beaucoup de choſes qu'on appelle *pieces de conviction*, qui ont été miſes ſous les ſcellés en préſence de l'accuſé qu'on a ramené chez lui avant de le conduire à la Baſtille. C'eſt le commiſſaire *de la Porte* qui a fait toute l'expédition, mais extrajudiciaire-ment.

*27 Décembre.* Depuis long-temps on parle de tranſporter ailleurs la bibliotheque du Roi, comme ne pouvant être placée dans le local actuel. On compte près de trente mille volumes qui reſtent épars & ſans ordre. Il avoir été queſtion autrefois de la transférer au Louvre, & même un arrêt du conſeil rendu à cet effet, il y a peut-être vingt ans, eſt reſté ſans exé-cution.

M. *le Noir* qui, depuis qu'il a l'adminiſtration de cette partie, s'en occupe avec le plus grand zele, a vraiſemblablement excité le génie des architectes de ſa majeſté ſur cet objet. L'un d'eux M. *Boullée*, a conçu une idée grande, neuve, ingénieuſe & ſimple. C'eſt tout uniment de cou-vrir la cour qui eſt immenſe, d'en diſpoſer la décoration intérieure de maniere qu'elle pré-ſente un ſuperbe amphithéâtre de livres, & de réſerver les bâtiments actuels comme dépôts des manuscrits, des estampes, des médailles, de la géographie & autres.

Ce qui rend ce projet plus recommandable, c'est que, l'artiste effectue avec un million & demi au plus, ce qui sur un autre emplacement coûteroit quinze à dix-huit millions.

27 *Décembre.* On apprend de Semur en Auxois, que M. *Guenau de Montbeillard* y est mort le 28 novembre dernier, âgé d'environ soixante-cinq ans. Il avoit d'abord entrepris un *collection académique*, qu'il fut obligé d'abandonner, faute de coopérateur. Ce qui le rend recommandable sur-tout, c'est d'avoir travaillé à la description des oiseaux de l'*histoire naturelle* de M. *de Buffon*, & d'avoir si bien imité les tournures & le style de ce grand homme, que les connoisseurs ne s'apperçurent du changement que par un avertissement de M. *de Buffon*, empressé de rendre justice à son éleve.

M. *Guenau* est aussi auteur d'autres ouvrages de physique ou de métaphysique peu répandus.

28 *Décembre.* Extrait d'une lettre de Londres, du 28 novembre...... Voici une anecdote concernant *Voltaire*, que je recueille chez l'étranger, & qui mérite d'être connue. Ce grand poète étoit chez un lord où se trouvoient le célèbre docteur *Young* & quelques gens de lettres : jaloux de tous les poètes épiques, il avoit l'audace de rabaisser même *Milton* dans sa patrie ; il frondoit sur-tout dans le *Paradis perdu*, la mort, le péché & le diable personnifiés. *Young* indigné lui adresse sur le champ l'épigramme suivante :

*Thou art so Witt, Wicked and so thin,*
*That are at once the devil, death and sin.*

On peut la traduire ainsi :

Ton esprit, ta laideur & ton corps desseché,
Font voir en toi la mort, le diable & le péché.

*Voltaire* déconcerté resta court, & s'en fut.

28 *Décembre*. Le comte *de Cagliostro* étant un des héros du jour, on n'a pas manqué de recueillir tout ce qui en a été raconté dans les gazettes, les journaux, les pamphlets, & de fondre ces prétendues anecdotes dans une brochure sous le titre de *Mémoires authentiques pour servir à l'histoire du comte de Cagliostro*, c'est-à-dire d'en composer un roman, où à un petit nombre de faits vrais, le compilateur a réuni les fables les plus merveilleuses que son imagination ait pu lui suggérer. En outre il l'a enrichi de quelques portraits satiriques, tels que celui du duc *d'Orléans* actuel, & on se l'arrache. Au fond il n'est pas du tout satisfaisant sur l'histoire du collier dont il ne parle que vaguement, & sans détails intéressants. L'épisode de Mlle. *Oliva* qui joue un rôle si extraordinaire dans l'aventure, n'y est pas même indiqué. Le style est foible, incorrect & bigarré des différents styles des premiers compositeurs.

29 *Décembre*. Hier les chambres se sont assemblées au parlement, afin de délibérer sur ce qui s'est passé à Versailles vendredi 23 : la séance a encore été renvoyée au vendredi 30.

29 *Décembre*. Jusqu'à présent l'affaire de M. *le Maître* s'est instruite secrètement au Châtelet entre le lieutenant-criminel & le procureur du roi ; la chambre criminelle n'en a point encore

eu de connoiſſance légale. *Gothon* a été tranſ-
férée durant les fêtes de la Baſtille au Châtelet,
& interrogée. Hier il a été lancé divers décrets,
un de priſe-de-corps contre M. *Augeard*, qu'on
eſt venu lui ſignifier le ſoir même. Il n'y étoit
pas ; on a voulu fouiller dans ſon ſecretaire, &
n'en trouvant pas la clef, on l'a enfoncé, &
l'on a enlevé quelques papiers.

Meſdames *le Maître* mere & bru ſont décrétées d'ajournement perſonnel.

On nomme différentes autres perſonnes & de
grande conſidération comme décrétées d'aſſigné
pour être ouï, mais mal-à-propos. On ſoup-
çonne que M. le garde-des-ſceaux s'imaginant
que ces pamphlets étoient dirigés par la cabale
ennemie, ſes eſpions répandus dans les ſociétés
affectent de ſemer ces faux bruits pour exciter
à parler, pour intimider les coupables, & chercher à découvrir quelque choſe. On cite parmi
les inculpés M. *Albert*, maître des requêtes,
ancien lieutenant de police ; M. *de Montholon*,
ancien premier préſident du parlement de Rouen
& aſpirant aux ſceaux ; M. le préſident *de La-
moignon*, chez lequel il ſe tient journellement
des comités d'ambitieux & d'intrigants ; M. *de
Brotigneres*, conſeiller au parlement ; Me. *Elie
de Beaumont*, grand intrigant, &c.

29 *Décembre*. Le duc *de Penthievre*, depuis
le gain de ſon procès contre le comte *d'Arcq*,
aujourd'hui M. *de Saintefoix*, inſtruit qu'il vouloit encore remuer & ſe pourvoir au conſeil,
avoit obtenu un ordre du Roi qui l'obligeoit
de ſortir de Paris ; comme il n'y a point obtempéré, il en eſt venu un plus ſévere qui l'exile à
Tulle, où il a dû ſe rendre.

F 6

29 *Décembre. Veneves in gemmis antiquis.* Tel
est le titre d'un relevé qu'on a fait de toutes les
gravures des anciens, conservées jusqu'à nos
jours, & roulant sur leurs fêtes, leurs jeux &
leurs plaisirs obscenes. Elles sont au nombre de
soixante-douze environ, & forment un cours
complet de luxure. Elles viennent à l'appui du
systême de l'auteur de *l'Erotika biblion*, dont on
a parlé dans le temps.

30 *Décembre.* On a présenté requête au parlement pour M. *Augeard* contre le décret de prise-
de-corps lancé contre lui ; on y a exposé les
irrégularités & les vexations dont il a été accompagné. M. *Dionis Duséjour*, rapporteur de la
requête, lui a été favorable, & d'après son avis,
la tournelle a rendu arrêt qui, sans rien décider
sur le décret, ordonne que le greffier du Châtelet sera tenu de remettre à la chambre une
expédition des charges & informations pour y
être statué définitivement.

30 *Décembre.* Depuis quelque temps on parloit
d'une nouvelle tragédie de M. *le Mierre*, intitulée *Céramis.* Il avoit été question de la jouer
devant la cour à Fontainebleau. Ce projet ne
s'est pas effectué, & la piece toute neuve a paru
hier pour la premiere fois sur le théâtre françois. L'auteur sentant le danger de traiter des
sujets historiques trop récents, ce qu'il éprouve
depuis nombre d'années à l'occasion de son *Bar-
nevelt* qu'on ne veut pas laisser jouer, s'est
perdu cette fois dans l'antiquité. La scene est à
Memphis & le sujet d'imagination, ressemblant
cependant à plusieurs tragédies connues. Les trois
premiers actes ont été fort bien reçus, & le troisieme a enlevé par une scene superbe ; mais le

quatrieme & le cinquieme ont absolument dégénéré. Il faut voir si le poëte trouvera dans sa
tête des ressources pour améliorer ces deux actes,
& les rendre aussi bons que les précédents aux
yeux du public difficile.

30 *Décembre.* M. *Sédaine* a de nouveau refondu
les deux actes ajoutées à son *Richard cœur de
lion* & l'a remis en trois. Ne pouvant plus y
intéresser le cœur, il a cherché à séduire les
yeux. Le nouveau dénouement consiste dans le
siege de la forteresse où le Roi est détenu. Le
public a très-fort goûté cette leçon. On assure que
le siege est de la composition de M. *Vestris.* Il ne
laisse rien à désirer; après la toile baissée, on a
demandé pendant très-long-temps l'auteur; à la
fin le musien M. *Gretri* s'est montré. Il paroît
que la piece se trouve ainsi dans l'état de perfection désiré.

30 *Décembre.* Le célebre *Dagoty* pere vient de
mourir. C'étoit lui qui avoit imaginé le *journal
de Physique,* dont l'abbé *Rozier* l'avoit ensuite
dépouillé. Il s'étoit retourné cependant & commençoit à publier *Observations périodiques sur
l'histoire naturelle, la physique & les arts,* par
une société de gens de lettres, avec des planches en couleurs naturelles; secret où excelloit
cet artiste.

30 *Décembre.* Malgré tous les efforts du
parlement de Rennes pour obvier à la distribution du tabac pernicieux, dont la Bretagne est
infectée depuis plus de quinze mois, les fermiers-
généraux se sont obstinés à n'y point envoyer
une meilleure denrée, & le contrôleur-général
trompé sans doute par leur exposé, les a soutenus
au point que cette cour n'obtenant aucune justice

s'eft portée à des arrêtés & à des coups d'autorité plus violents ; le commandant de la province a été envoyé à Rennes pour y tenir une féance militaire, biffer les arrêts & arrêtés du parlement, & y faire enrégiftrer de force les volontés du Roi. Toute cette conduite illégale a donné lieu à des remontrances très-graves, & une députation du parlement doit arriver inceffamment à Verfailles.

31 *Décembre.* L'efpece de lit de juftice tenu à Verfailles le 23 de ce mois étant un des événements les plus mémorables qu'il y ait eu depuis long-temps pour la magiftrature, on ne fauroit trop en conftater tous les détails.

D'abord, quoique le Roi eût demandé fon parlement, on a fu que fa majefté ne vouloit pas le voir ; elle comptoit feulement fe faire offrir les regiftres par le greffier en préfence du premier préfident & des gens du Roi, pour y biffer ce qui déplaifoit & y faire infcrire fes volontés. M. le garde-des-fceaux a repréfenté à fa majefté que ce feroit contre toute regle & & fans exemple ; qu'ayant mandé fon parlement en corps de cour, elle ne pouvoit fe difpenfer d'en admettre tous les membres en fa préfence : à quoi elle a enfin confenti, en ordonnant qu'on n'ouvrît qu'un battant de fon cabinet.

Le premier préfident a obfervé à l'huiffier, quand il s'agit d'entrer, que l'ufage étoit qu'on ouvrît les deux battants : l'huiffier lui a répondu que tels étoient fes ordres ; il en a été cependant référé au gentilhomme de la chambre de fervice, qui a confirmé cette mortifiante éti-

quette. On a passé par-dessus, l'on est entré &
le Roi a dit :

« Mon parlement, qui connoît les règles &
» les formes, n'auroit pas dû insérer dans son
» arrêt d'enrégistrement destiné à être publié &
» affiché, des choses qui doivent rester dans
» le secret des relations intimes que je lui permets
» d'avoir avec moi. Je retrancherai de cet
» arrêt tout ce qui est étranger à son objet ;
» je trouve bon que mon parlement m'avertisse
» par de respectueuses représentations de ce qui
» peut intéresser le bien de mon service & le
» bonheur de mes peuples ; mais je ne prétends
» pas qu'il abuse de ma bonté & de ma con-
» fiance jusqu'au point de se rendre en tout
» temps & en tout lieu le censeur de mon admi-
» nistration. Je dois anéantir un arrêt aussi peu
» réfléchi. »

Ici le Roi a fait lui-même la radiation d'une
partie de l'arrêt & de tout l'arrêté ; il a ensuite
ajouté :

« Je compte que mon parlement réglera
» les effets de son zele d'après les principes
» de sagesse, de respect & de soumission qui
» sont dans le cœur de chacun de ses membres,
» & dont il ne peut être excusable de s'écarter.
» Au surplus, je veux qu'on sache que je suis
» content de mon contrôleur-général, & je ne
» souffrirai pas qu'on trouble par des inquié-
» tudes mal fondées l'exécution de plans qui
» tendent au bien de mon état & au soulagement
» de mes sujets. »

Ensuite le Roi a fait lire par le greffier en chef
l'arrêt, tel qu'il se trouve depuis la radiation faite
par sa majesté, & a ajouté :

« C'eſt ainſi que l'arrêt doit ſubſiſter, &
» voilà comme je veux qu'il ſoit imprimé &
» affiché. »

Alors le Roi a donné à M. le baron *de Bre-*
*teuil* un papier qu'il a tiré de ſa poche, & lui
a dit de faire inſcrire ſur le regiſtre par le greffier
en chef tout ce qu'il venoit de dire. M. le
baron *de Breteuil* l'a dicté tout haut au greffier,
à qui ſa majeſté a ordonné d'en faire lecture;
puis elle a dit à M. le premier préſident de
le ſigner.

S'adreſſant enſuite à M. *Seguier*, ſa majeſté lui
a dit : « Vous avez bien entendu que l'arrêt
» doit être imprimé tel qu'il eſt à préſent ? »

A cette occaſion M. *Seguier* n'oſant en faire la
difficulté au Roi lui-même, a demandé à M. le
baron *de Breteuil* de quand on dateroit l'arrêt ?
Il lui a obſervé que ſi l'on conſervoit l'ancienne
date, avec ces changements, ce n'étoit plus
le même arrêt & c'étoit un faux : que ſi on
le datoit du jour de la préſente ſéance, il falloit
faire mention de l'eſpece de lit de juſtice que
ſa majeſté venoit de tenir & y joindre les for-
mules uſitées en pareil cas. M. le baron *de Breteuil*
n'étoit point préparé à ces difficultés; il a dit qu'il
falloit s'en tenir à ſuivre littéralement les ordres
du ſouverain, & M. le premier avocat-général n'a
pas inſiſté d'avantage.

Comme le parlement ſe retiroit, le Roi a
appellé le premier préſident & lui a dit : « Je
» ne veux plus que M. *d'Amecourt* ſoit rappor-
» teur de mes affaires; vous en indiquerez un
» autre à mon garde-des-ſceaux, qui m'en rendra
» compte. »

Pour mieux entendre ceci, il faut ſavoir que

précédemment il y avoit eu une contestation
vive à Versailles entre M. le contrôleur-général
& M. d'Amecourt, le rapporteur de la cour ; que
le premier avoit reproché au second d'être
l'auteur de cette querelle pour n'avoir pas com-
muniqué à sa compagnie le mémoire que le
ministre lui avoit remis tendant à l'éclairer sur
l'emploi des fonds empruntés depuis son administration : à quoi M. d'Amecourt lui avoit répondu qu'il avoit cru lui rendre service en ne
produisant pas ce mémoire rempli de faussetés ;
de-là de gros mots de part & d'autre.

Il est constant cependant que le mémoire en
question a été mis sur le bureau ; que M. d'Amecourt en a fait verbalement un extrait ; qu'il a
offert de le lire en entier, ou de le communiquer à
quiconque voudroit, & que messieurs l'ont regardé
comme inutile.

31 *Décembre.* C'est par un arrêté du 10
décembre, que le parlement de Rennes effrayé
des conséquences dangereuses de l'expédition
militaire de M. le comte *de Montmorin*, a déterminé de faire de nouvelles remontrances, moins
sur le fond déjà trop bien instruit, que sur
la forme plus révoltante & plus insolite que
jamais, & de demander au Roi la permission
de venir les lui porter par une députation
solemnelle ; ce qu'on assure qu'il n'a pas obtenu
encore.

31 *Décembre.* On apprend que la salle du spectacle de Montpellier a été consumée presqu'en
entier. Heureusement on ne parle point de
malheurs arrivés à personne. On attend les détails
de ce triste événement.

31 *Décembre.* Effectivement ces jours-ci, les

chambres affemblées du parlement, on a lu l'arrêté du parlement de Bordeaux annoncé; on eft convenu que le greffier en chef feroit chargé d'écrire une lettre très-honnête & très-affectueufe à la compagnie gémiffante, & que fur le furplus la délibération feroit renvoyée au premier jour; ce qui veut dire qu'on ne fe foucie pas, ou qu'on craint de s'en occuper : que la cour juge avoir affez de fes propres affaires. Il s'agit de grandes & longues remontrances ordonnées dans l'affemblée d'hier 30 fur toutes les difgraces & humiliations qu'elle vient d'éprouver.

3 1 *Décembre*. L'accident de M. *de Calonne* eft des plus extraordinaires, & il eft bien heureux d'en avoir été quitte à fi bon marché. Il pouvoit être affommé très-facilement : du refte, il s'eft trouvé tellement empêtré qu'il n'a pu ni crier, ni fonner, & qu'il n'a reçu de fecours qu'au moment où fon valet de chambre eft entré pour allumer fon feu.

Le Roi, informé de l'accident deux heures après, a écrit une lettre affectueufe à ce miniftre.

Du refte, les calembours continuent. On dit que ce miniftre ayant ordonné à fes gens de chercher, de voir s'il n'y avoit pas quelque voleur de caché, qu'il y en avoit fûrement dans la chambre; ils lui ont répondu, après leur perquifition : *Mais nous ne voyons que vous ici, Monfeigneur.*

3 1 *Décembre*. Extrait d'une lettre de Morta-gne...... Dans cette ville, capitale du Perche, il vient d'être élevé un monument d'un genre unique & méritant par cette raifon d'être connu.

Cette ville ayant obtenu par une déclaration

du 23 septembre 1784, la décharge de droits li-
tigieux & susceptibles de recherches ruineuses,
a voulu en consacrer la mémoire.

M. *Bouchu*, architecte, élève de l'académie, a
été chargé de l'exécution. Il a composé un dessin
simple & clair, d'une grande correction, où il
a représenté la muse de l'histoire, achevant de
graver sur une pyramide de marbre le titre de la
loi bienfaisante. Ce dessin approuvé produit un
très-bel effet en relief. L'ouvrage fini, on en a
fait l'inauguration le 15 novembre dernier.
Au bas on lit ces quatre vers, adressés aux
députés :

Vertueux citoyens, qui du peuple & du prince
Avez concilié les intérêts divers,
Mortagne accomplissant le vœu de sa province,
A la postérité consacre vos bienfaits.

Plus bas sont gravés les noms de ces députés,
M. *Bertereau*, lieutenant-général ; M. *de Fonte-
nay*, chevalier de Saint-Louis.

---

# PREMIERE LETTRE

*Sur les peintures, sculptures & gravures exposées au salon du Louvre le 25 août 1785.*

LES artistes, Monsieur, sont comme certains malades qui, ne pouvant vaincre leur répugnance à la vue d'un remede, préferent les souffrances & quelquefois même la mort à un dégoût momentané. Heureux de rencontrer des parents, ou plutôt un ami qui s'intéresse assez à leur conservation, pour user d'une contrainte salutaire, & les sauver, en quelque sorte, malgré eux. La critique est à l'égard des premiers ce remede souverain ; mais en horreur à l'amour-propre de tous, & cependant quels biens infinis elle leur a procurés ! En effet, n'est-ce pas elle qui, à force de s'élever contre l'indignité du local, si long-temps théatre de leur rivalité, sous le titre ridicule de *Sallon*, est venu à bout de le faire convertir en un séjour plus décent, plus noble & plus analogue à cette dénomination fastueuse ? N'est-ce pas elle qui, sans relâche, gémissant sur le grand nombre de portraits obscurs, de bambochades puériles, de tableaux de genre estimable, mais où le génie ne peut prendre son essor, a réveillé le zele du gouvernement, a provoqué sa munificence & fait naître cette foule de peintres d'histoire, dont s'énorgueillit aujourd'hui l'école françoise ? N'est-

ee pas elle qui , pourfuivant impitoyablement le
mauvais goût , le goût faux , la manière brillante, mais fouvent déplacée & toujours trop
prodiguée, dont *Boucher* avoit engoué fes éleves,
a rappellé les jeunes athletes aux vrais principes du grand genre, aux beautés mâles de l'antique ? Enfin, pour tout comprendre en un
mot, n'eft-ce pas elle qui a produit le falon
actuel, le plus magnifique, &, de l'aveu général,
le plus impofant qu'on cite depuis fon établiffement ? Nulles futilités , nuls colifichets , point
de grotefques, point de caricatures , point de
ces fcenes molles & efféminées dont l'efet ordinaire eft d'énerver le talent en corrompant le
cœur. Il y regne un ton févere qui le rend
moins agréable aux gens frivoles & fuperficiels,
mais qui plaît aux vrais amis des arts, & aux
partifans des mœurs , qui éleve & agrandit
l'ame ; qui fournit aux méditations du génie
& le perfectionne en l'exerçant. C'eft à quoi ,
fans doute, font deftinés fur-tout plus de trente
tableaux d'hiftoire, dont la plupart de vaftes
machines , & dont quatorze commandés pour
le Roi. On défireroit feulement que, fuivant le
plan arrêté, les fujets euffent été choifis dans nos
annales, & l'on regrette de n'y en trouver qu'un
de cette efpece (*) : toutefois il feroit bien temps
que les Romains, les Grecs, les Egyptiens,
les Hébreux, qui depuis quatre mille ans occupent la fcene, cédaffent la place à des perfon-

_____

(*) *Saint Louis rendant la juftice dans le bois de*
*Vincennes ;* tableau de M. *Brenet,* deftiné pour la
chapelle du château de Compiegne.

mages plus rapprochés de nous, plus dans nos
mœurs & plus intéreſſants pour des François.
Quoi qu'il en ſoit, j'enviſage du moins de
toutes parts des traits d'héroïſme, des actions
patriotiques, des vertus douces, ſociales ou
religieuſes.

Ici M. *Vien*, après avoir offert il y a deux
ans *Priam* allant ſupplier *Achille* de lui rendre
le corps de ſon fils *Hector*, nous le montre qui
revient dans ſa capitale avec ces précieuſes reli-
ques : l'on ſort au-devant de lui ; le char eſt
bientôt entouré de ſon auguſte famille qui l'arrête.
*Hecube* embraſſe le héros inanimé. *Andromaque*
lui prend la main & ſemble ſe plaindre encore
aux Dieux de la mort de ſon époux. *Aſtianax*,
conduit par ſa nourrice, tend les bras à ſa
mere qu'il voit éplorée : *Pâris & Helene*, craignant les reproches, ſe tiennent à l'écart derriere
*Andromaque* ; & *Caſſandre*, qui a prédit tous
ces malheurs, ſe précipite ſous une des roues.
Mêmes beautés & mêmes défauts abſolument
que dans le tableau précédent. On reproche en
outre à M. *Vien*, quoiqu'il ſache bien l'hiſtoire
& connoiſſe parfaitement l'antiquité, d'avoir
employé dans ſon architecture l'ordre dorique
alors ignoré & mis ſur la tête d'*Hécube* la couronne
à rayons, ſeulement en uſage ſous les empereurs
Romains.

Là, M. *la Grenée* l'aîné, nous retrace la
généroſité compatiſſante d'*Alexandre*. Ce monarque averti par un eunuque de la mort de la
femme de ſon ancien rival, quitte le cours de
ſes expéditions militaires, vient au pavillon de
*Siſigambis*, qu'il trouve couchée par terre, au
milieu des princeſſes éplorées & près du jeune

fils de *Darius*, encore enfant ; il prend part à
leur douleur & les console. L'artiste du moins
annonce cette intention ; mais elle n'est pas
remplie. On a peine à distinguer le roi Macé-
donien de son confident *Ephestion*. Sa tête n'est
point rendue d'après l'antique, & quoique ce
morceau soit riche de détails & d'un beau faire,
l'on sait mauvais gré à M. *la Grenée*, d'avoir
osé lutter contre *le Brun*, dans un sujet traité
par ce grand maître, & de rester si fort au
dessous.

Des connoisseurs préferent son *Ubalde* & le
*Chevalier Danois* aux prises avec les nymphes
qui cherchent à les séduire, comme plus dans
son genre aimable ; cependant l'action principale
y est mal exprimée, & il y regne un ton triste
peu convenable au sujet où *le Tasse* a répandu
tant de charmes.

En levant les yeux on voit *Enée* qui, au milieu
de la ruine de Troye, n'ayant pu déterminer
*Anchise*, son pere, à quitter sa patrie & son
palais, veut, dans son désespoir, retourner au
combat, *Creuze* sa femme, l'arrête, en lui
présentant son jeune fils *Ascagne*. Dire que ce
morceau est de M. *suvée*, c'est annoncer en
même temps une composition nette & facile ;
des plans bien distincts, une scene simple, mais
trop vuide. D'ailleurs il ne s'est pas assez pénétré
du premier livre de son *Enéide*, en traitant un
sujet qui de sa nature exigeoit nécessairement
plus de chaleur & de mouvement, même de
tumulte & de désordre. Sa *Creuze* presque aussi
jeune, aussi fine que le petit *Ascagne*, est dans
la forme françoise, plutôt que dans celle des

Troyennes de M. *Vien*, tout ami que foit celui-
ci des femmes fweltes & légeres.

Et les couleuvres étouffées
Seront le jeu de fon berceau.

Ces deux vers d'une Ode de Roufleau font le
principal fujet du tableau voifin dont le but eft
d'exprimer comment *Amphytrion*, voulant s'af-
furet de la diftinction qu'il devoit faire des
deux enfants qu'*Alcmene* avoit mis au jour, fit
lâcher deux ferpents entre leurs berceaux. Le
courage du petit *Hercule* détermina fon choix,
il reçut fon fils *Euryfthée*, qui fe jeta tour
effrayé dans fes bras en préfence de la mere,
de la nourrice & des femmes, témoins de cette
épreuve. On eft d'abord tenté de rire en voyant
cet *Amphytrion* depuis tant de fiecles dévoué à
la plaifanterie ; & pour peu qu'il eût eu de goût,
M. *Taraval* auroit fenti que ce perfonnage
ridicule ne pouvoit figurer dans un poëme héroïque comme le fien ; il y auroit conféquemment
renoncé. Quoi qu'il en foit, quant à la compofition, il ne s'en eft pas mal tiré ; mais *l'Alcmene* eft déteftable, & tout le coloris de ce
tableau eft du plus mauvais ton.

M. *Brenet* nous exprime enfuite la piété & la
générofité des dames Romaines qui, à la prife
de Veïes, rapporterent aux tribuns militaires
leurs bijoux d'or pour les fondre & exécuter
une coupe de ce métal que la république avoit
fait vœu d'offrir à *Apollon* ; vœu que fa pauvreté
ne permettoit pas de remplir. On auroit défiré
que ce peintre, toujours fage, favant & froid,
eût

eût rendu plus nombreux le concours des dames & montré plus d'admiration de la part des tribuns, à moins qu'on ne dise que les belles actions étoient déjà si familieres à ce peuple que rien en ce genre ne les étonnoit; observation bien détournée pour M. BRENET, dont le défaut n'est pas de pécher dans ses ouvrages par trop d'esprit.

Le Moyse sauvé des eaux par la fille de Pharaon, est le tableau qui vient après, & je vois avec peine que M. la Grenée le jeune mettre le spectateur dans le cas de se rappeller le Moyse sauvé des eaux, du Poussin, qu'on compte parmi ses ouvrages les plus remarquables. Le premier est fort gracieux; mais ce qui seroit beauté ailleurs, est ici défaut : la finesse des têtes de profil, l'élégance des formes donne plus d'idée des Grecs que des Hébreux ou des Égyptiens. D'ailleurs le lieu de la scene n'est point indiqué; rien ne caractérise le Nil. Enfin la princesse trop éloignée du grouppe de l'enfant & la sœur, amenant sa mere pour lui servir de nourrice, trop dégradée dans l'ombre, rendent l'action sans ensemble & absolument décousue.

Indépendamment de ce tableau pour le Roi, l'artiste laborieux, toujours fécond, a exposé plusieurs petits morceaux qui ne manquent pas de partisans & dont quelques-uns sont même plus estimés que sa grande machine, tels que Roland abandonnant Armide, malgré le défaut de costume d'avoir, au temps des croisades, habillé les Preux chevaliers à la romaine. Sa Frise représentant Moyse, chassant les bergers de Madian qui empêchoient les filles de Jethro de faire boire leurs troupeaux, est pleine de

mouvement & d'une exécution hardie & originale. Les amateurs du goût sain, y retrouvent
avec plaisir le genre antique.

La maniere large & grande de M. *Ménageot*,
dont le tableau est à côté du Moyse, lui fait
un vrai tort. Celui-ci nous montre *Cléopâtre*
rendant son dernier hommage au tombeau
d'*Antoine*.

« Après la défaite d'*Actium* & la mort d'*An-
» toine*, cette Reine sachant que l'intention
» d'*Octave* étoit de la conduire à Rome pour
» orner son triomphe, résolut de ne lui pas
» survivre ; mais avant elle fit demander au
» vainqueur la permission de visiter pour la
» derniere fois le tombeau d'*Antoine*. Là s'ima-
» ginant qu'il la voyoit & l'entendoit encore,
» *Cléopâtre* lui dit qu'elle alloit lui donner la
» plus grande preuve de son amour, lui fit ses
» adieux, & après avoir semé sa tombe de
» fleurs, elle se retira avec les femmes & rem-
» plit sa promesse. »

Cet exposé de l'artiste offroit, comme l'on voit,
deux traits, l'acte religieux & l'acte héroïque,
sujets de deux tableaux, à moins d'un génie
bien inventif pour les rendre en un. M. *Ménageot* a choisi le premier, sans doute comme plus
fécond en accessoires, comme plus susceptible
du développement des différentes parties de son
art. Peut-être même a-t-il cru avoir exprimé
l'autre par le désespoir dont est empreinte la
figure de *Cléopâtre*, par une carnation plombée
& livide, d'une maniere si outrée qu'elle annonce
déja non-seulement la mort, mais la putréfac-
tion. Peut-être aussi cette mauvaise plaisanterie
est-elle trop exagérée : du moins est-il vrai que

la douleur de la reine d'Egypte, profonde & concentrée, ne devoit point être celle d'une femmelette de Paris, dont la moindre attaque de nerfs dérange toute l'économie animale, en altérant ses traits, ne devoit point s'étendre sur toutes les autres parties de son corps, comme si elle sortoit d'une maladie longue & cruelle, ou même comme si elle avoit déja un pied dans la tombe.

Vous voyez, Monsieur, que je m'arrête principalement à l'expression, partie la plus essentielle, dont le plus ignorant peut juger. D'autres critiques observent que les figures de M. *Ménageot* n'ont pas le caractere égyptien, que ce petit page portant le manteau de la Reine n'est point du temps ; que son sarcophage est la copie de celui d'*Agrippa* à Saint-Jean-de-Latran ; enfin que ce tableau manque d'harmonie, que la couleur en est dure......

Bien des gens préferent encore le tableau de chevalet de cet artiste, où l'on voit *Alceste* rendue à son mari par *Hercule*, quoique celui-ci soit un peu jeune, point assez mâle, & ne ressemble en rien à l'*Hercule Farnese*.

Je vous parlerois, Monsieur, de l'esquisse de M. *Ménageot*, d'un tableau pour la ville au sujet de la paix de 1783, sujet intéressant plus que tous les autres, si je ne préferois d'attendre le tableau qui doit vraisemblablement figurer au premier salon.

A ce morceau d'histoire profane succede un morceau d'histoire sainte, dont la moralité est le danger des vœux indiscrets, ou plutôt doit être d'inspirer de l'horreur contre des vœux atroces. En effet, le ciel envoyant à *Jephté* sa propre fille, lorsqu'il vient de lui faire le vœu, s'il remporte la victoire sur les Ammonites, d'immoler la première créature que ses yeux rencontreront en rentrant dans son palais, est une terrible leçon. En la voyant, le père détourne promptement ses regards, déchire ses vêtements, tombe dans les bras de son écuyer, & sa fille se précipite à ses pieds pour apprendre la cause de sa douleur. Elle étoit suivie de ses femmes jouant des instruments, & à ces concerts d'alégresse succede un silence morne & effrayant.

Vous jugez, Monsieur, par cette description, que le tableau est heureusement composé, surtout pour son espace, ne comportant que huit pieds de large sur dix de haut. En cela M. *Vanloo* est bien supérieur à son ouvrage du salon dernier ; mais le costume n'en est point exact au gré des antiquaires, ses personnages sont habillés comme des Grecs, & toujours point de coloris ou plutôt un ton blafard, qui donne l'air d'une *croute* à celui-ci, & répugne au spectateur, n'y revenant que par réflexion. En général, cet artiste ne semble pas fait pour l'histoire ; il veut soutenir l'honneur de son nom & sa dignité de professeur, & cependant il vaudroit mieux être le premier des peintres de genre, que le dernier des peintres d'histoire.

Ce n'est pas un petit plaisir, Monsieur, pour le public, que le contraste de tous ces sujets & de toutes ces manieres. C'est maintenant la fougue d'un débutant plein de verve, dont le récit seul à coup sûr vous enflammera l'imagination ; quel effet ne doit pas produire le spectacle de l'action même ? Il s'agit du sac de Troye, au moment épouvantable où *Pyrrhus* blessé par *Polite*, le dernier des fils de *Priam*, le poursuit jusques dans le palais de ce monarque, le massacre à ses yeux, & le pere ensuite, voulant venger la mort du jeune héros. Tout se sent ici de l'inexpérience du compositeur. On lui reprochoit l'an passé d'avoir choisi la nuit pour le temps de l'éducation du centaure *Chiron*; aujourd'hui, dérogeant à la vérité de l'histoire, il oublie cette nuit désastreuse que nous peignent si chaudement & *Virgile* & *Racine*, où se passa la cruelle scene qu'il veut rendre, & il la transporte dans le jour : il oublie que le pathétique n'y doit être que secondaire, que l'action principale est la cruauté de *Pyrrhus*, & il met dans l'ombre ce vainqueur barbare, & il attire les premiers regards sur le grouppe d'*Hécube*, d'*Andromaque* & de *Cassandre* éplorées. Toutefois l'on fonde de justes espérances sur cet artiste, lorsque l'âge & la raison lui auront mûri la tête. Il faut que l'académie pense de même, puisqu'à peine reçu, elle l'a employé aux tableaux destinés pour le Roi. Qu'il consulte encore long-temps son maître, M. *Bardin*, sur le dessin & la composition ; car, quoiqu'il l'ait laissé derriere lui, il peut sans s'humilier continuer d'en prendre des leçons.

Toujours agréé, lorsqu'il voit son éleve académicien, M. *Bardin*, dont c'est ici le cas de faire mention, prouve bien que dans ce siecle frivole on va beaucoup plus loin avec un mérite brillant qu'avec un mérite réel. Son tableau représentant l'Extrême-Onction, d'une grande & belle ordonnance (*), mais gris & sans effet de

(*) Il est de quinze pieds deux pouces de long,

G 3

couleur, ne frappe point, & l'on passe sans le
regarder, lorsque l'autre plein d'écarts & d'ex-
travagances, saisit, & attire la multitude.

Comme dans ses esquisses dessinées, dont l'une
représente l'adoration des Mages & l'autre une
Vierge, il n'est plus question de couleur, on
convient qu'il fait infiniment mieux, & qu'on
les considere même avec plaisir.

Le sang-froid dont *Manlius Torquatus* condamne à la mort son fils, quoique vainqueur,
pour avoir combattu, malgré la défense des
consuls (*), est le principal objet du tableau
de M. *Bertellemy*, qui occupe le milieu entre
M. *Renaud* & un athlete entrant dans la carriere. Cet artiste a toujours l'expression juste &
n'est point maniéré jusqu'à présent ; depuis trois
salons qu'il figure avec éclat, ses sujets ont été
tous variés. D'abord noble & gracieux, il s'est
ensuite montré terrible, & aujourd'hui il est
grand, fier & pathétique ; car la vertu romaine
poussée dans le principal personnage à son plus
haut degré, ne l'empêche point d'être pere, &
cette double conception est très-bien sentie. Le
style est ferme & sévere, comme la composition.

M. *Peyron* est le nom du débutant indiqué,
& son sujet *l'héroïsme de l'amour conjugal*. C'est
*Euripide* qu'il a pris pour guide dans la distribution du poëme.

*Alceste* s'étant dévouée volontairement à la

_____

sur six pieds huit pouces de haut. Il est destiné pour
la chartreuse de Valbonne, près le Pont Saint-Esprit
en Languedoc.

(*) Ce trait d'histoire est de l'an de Rome 413.

mort, pour sauver les jours de son époux, fait ses adieux à son mari, que le désespoir accable, &, après lui avoir fait promettre de rester fidele à sa mémoire, elle lui confie ses enfants, dont elle est entourée, & qui, baignés de larmes, participent à la douleur d'une si cruelle séparation, à proportion de leur âge. Les femmes plongées dans la tristesse remplissent le palais de deuil, & la statue de l'hymen est voilée à jamais, comme ne devant plus éclairer d'autres embrassements. Le pathétique de l'action y semble bien rendu, les convenances morales parfaitement senties. Le fond en est trop noir; ce qui, au gré des connoisseurs, provient en partie de la mauvaise exposition du tableau, & d'ailleurs ne messied pas à la tristesse de la scene. Les gens de l'art, examinant tout avec l'équerre & le compas, y critiquent trois plans absolument paralleles, défaut capital contre les premieres regles de la composition matérielle, & les dissertateurs de l'académie des belles-lettres sont choqués d'y trouver encore sur la tête d'*Admette* cette couronne à rayons usitée seulement dans les temps très-postérieurs. Malgré ces reproches fondés, M. *Peyron* s'annonce comme devant être un jour un des soutiens de l'académie, & elle en a jugé ainsi en l'admettant, quoique agréé, à travailler pour le Roi; honneur rare, s'il n'est pas sans exemple.

Le morceau de réception de M. *Taillasson*, dont je ne vous ai dit qu'un mot il y a deux ans, comme agréé, est au-dessus du tableau de M. *Peyron*; c'est *Philoctete* à qui *Ulysse* & *Néoptolême* enlevent les fleches d'*Hercule*. On ne trouve point au premier les formes d'un héros Grec;

G 4

( 152 )

on prétend que sa pose lui donne plutôt l'air terrassé que menaçant ; quant aux deux autres personnages, ils sont un peu roides & pas assez variés ; toute l'exécution est peinée. Malgré cela, l'intérêt du sujet, de la pensée, un bon style & de l'éclat dans le coloris, lui ont valu les suffrages des maîtres.

La foule des autres ouvrages que cet artiste a exposés, atteste d'ailleurs sa constance au travail & sa facilité. Sa Sainte Thérese (*) en extase est généralement applaudie. Elle électrise le spectateur & le ravit à son tour, malheureusement d'une manière toute profane, sans lui faire quitter la terre, & en s'attachant plus que jamais à la créature.

Je vous ai, Monsieur, observé autrefois que les peintres manquoient presque toujours la figure de *Jesus - Christ* ; il en est de même de *Jupiter*. Ce souverain des dieux, endormi sur le mont Ida, sujet du tableau de M. *Barbier* l'aîné, devant lequel je me trouve en ce moment, est bien loin de la majesté qu'il devroit avoir : la *Junon* est beaucoup mieux pour la figure ; c'est une jolie femme, mais non encore celle qui dit dans *Virgile* : *Ast ego quæ divûm incedo Regina*. Le *Morphée* dans les airs qui répand les pavots sur ce couple auguste, est bien suspendu & d'une grande légéreté ; & quant au méchanisme de l'art, le tableau n'est point sans mérite.

Vous vous impatientez peut-être, Monsieur,

_____

(*) Ce tableau est pour les dames carmélites de Limoges, ainsi qu'un Saint Jean de la Croix, très-goûté aussi.

de ne point m'entendre vous parler de M. *Vin-cent*; m'y voilà. Il a composé deux tableaux faisant une suite historique. Par le premier, sans doute il a voulu s'essayer, se pénétrer de son principal objet, afin de le mieux rendre; dans le second, destiné pour le Roi & de plus grande maniere, *Cæcinna Pætus*, s'étant attaché à *Scribonius*, qui avoit soulevé l'Illirie contre l'empereur *Claude*, fut pris & mené à Rome. *Arrie*, sa femme, trop instruite qu'il n'y avoit aucune espérance de le sauver, l'exhorte à se donner la mort.

Cette héroïne, voyant que *Pætus* n'avoit pas le courage de se tuer, prit un poignard, se l'enfonça dans le sein, & le présenta à son mari, en lui disant : *Tiens, Pætus, il ne m'a point fait de mal* : exemple qui détermina son époux incertain, à ne pas lui survivre.

Quels beaux sujets & que l'ame doit s'élever en les traitant ! Vous voyez, Monsieur, que l'un n'est, à proprement parler, qu'une préparation à l'autre. Aussi M. *Vincent* n'en a fait qu'un tableau de chevalet; mais bien loin d'avoir suivi la gradation qu'il se proposoit, il semble s'être épuisé, pour ainsi dire, à composer son esquisse, & son grand morceau est fort inférieur au petit (*) : dans celui-ci son *Arrie* fierement posée, comme l'exige la circonstance, le bras droit bien tendu, embrassant de la même main le poignard tourné vers son sein, les doigts ramassés en pointe & portés contre son front,

(*) De trois pieds six pouces de haut, sur quatre pieds trois pouces de large seulement.

indique à son mari que rien ne peut arrêter une résolution courageuse bien prise, & qu'elle va lui en offrir la preuve. *Pætus*, au contraire, porte dans toute sa contenance, l'humiliation, la foiblesse & le découragement. Il est assis, penché en avant, les yeux fixés vers la terre ; ses vêtemens sont ternes comme sa figure, tandis que la robe éclatante de l'héroïne forme un contraste piquant pour les effets pittoresques, & ingénieusement allégorique aux sentimens & à la situation des deux personnages.

*Arrie* s'est poignardée dans celui-là ; on le suppose du moins, car la blessure n'est pas assez visible. Mais au lieu de présenter le fer à son mari, avec ce calme héroïque ; rendant autant qu'il est possible le sublime de ce mot, *Pæte, non dolet*, elle le tient toujours dirigé vers elle, & sa tête renversée en arriere annonce sa défaillance : d'un autre côté, *Pætus* par son attitude exprime plutôt la surprise & l'effroi, que sa disposition à l'imiter ; ce que le peintre auroit dû faire sentir, & ce qui auroit été le comble de l'art. Le coloris n'en est pas non plus aussi fier.

La peste de Milan de M. *le Monnier*, est un tableau qui paroît bien froid après celui dont je viens de parler, & *saint-Charles Borromée*, malgré l'auréole qui ceint sa tête, est un pauvre personnage mis en regard d'*Arrie*. Quoi qu'il en soit, ce début de l'auteur mérite des encouragemens ; il y a de l'ordonnance, de belles masses, un bon style ; mais on observe qu'un fléau dévastateur comme la peste n'est point rendu par une seule femme expirante & tenant son enfant mort dans ses bras ; & l'on exhorte ce

agréé à être plus correct dans son dessin, partie
si essentielle de l'art, & dans laquelle a toujours
excellé l'école françoise.

Je ne sais, Monsieur, si c'est par coquetterie,
mais voilà pour la seconde fois de suite que
M. *Callet* se fait attendre, désirer & prôner
d'avance; on vient enfin de placer son ouvrage,
qui nous ramène encore à cette histoire grecque,
dont nous ne pouvons sortir. Le sujet est celui
qui précède les tableaux de M. *Vien*, & qu'il a eu
soin de passer comme peu analogue à son génie,
trop sage pour l'enthousiasme & la fougue qu'il
exigeoit. Je veux parler d'*Achille* traînant le
corps d'*Hector* devant les murs de Troye & sous
les yeux de *Priam* & d'*Hécube*, qui implorent
le vainqueur.

Ce tableau, comme celui de M. *Peyron*, qui
est à l'opposite, est placé trop haut, & reçoit
le jour d'une façon trop ingrate pour n'en pas
perdre beaucoup de détails; d'autant mieux qu'il
est aussi très-ombré, pour ne pas dire noir. La
figure la plus apparente est le cadavre du héros
vaincu; spectacle qui répugneroit, si l'auteur
n'avoit eu l'attention de nous l'offrir en cet état
de conservation dû aux soins de *Vénus* & d'*Apol-*
*lon*, comme en prévient M. *Vien* dans son explication, mais ridicule & incompatible ici, où il
est censé couvert de la fange & de la poussière
dont il est souillé successivement. L'artiste a sacrifié la vérité & même la vraisemblance aux
belles formes, à la savante anatomie qu'il vouloit développer. Il en a fait la partie principale
de sa composition, lorsqu'elle ne devoit être
qu'accessoire. Son héros vainqueur ne s'offre aux
yeux & ne frappe qu'en second. La position

C 5

hardie avec laquelle il fort le pied droit de fon
char pour fouler fon rival, eft plutôt un tour
de force reffemblant à ceux du fieur *Aftley* (*),
que l'attitude noble & fiere d'un prince faifant
parade en ce moment de fa férocité, mais non
luttant d'adreffe avec les *Automedon* de l'armée
grecque. Ces défauts & plufieurs autres, tels que
la jambe d'*Achille*, qui n'eft point mufcléc
vigoureufement comme devoit être celle de
l'éleve du centaure *Chiron*, n'empêchent pas que
ce morceau ne foit très-eftimable pour la chaleur
& le mouvement qui y regnent : on croit voir
rouler le char, que fuit involontairement l'œil
du fpectateur. Cependant fi, comme on l'en
accufe, M. *Callet* n'avoit fait que copier fervi-
lement un peintre Anglois nommé *Hamilton*,
tout fon mérite fe réduiroit à rien.

J'allois, Monfieur, finir & fermer cette lettre
concernant les tableaux d'hiftoire, lorfque, retourné au falon pour le vifiter de nouveau, &
confidérer fcrupuleufement fi je n'ai rien oublié
en ce genre qui puiffe vous intéreffer, je vois
la foule des fpectateurs, jufques-là fi flottante
& fi agitée, ne faire, pour ainfi dire, qu'une
maffe ftupéfaite d'admiration en préfence d'un
chef-d'œuvre qu'on venoit de placer. Vous n'en
ferez pas étonné quand je vous dirai qu'il vient
d'Italie ; mais ne vous y trompez pas, il ne
s'agit ni d'un *Raphaël*, ni d'un *Guide*, ni d'un
*Titien*, ni d'un *Correge*, mais d'un *David*. Ce

_____

(*) Fameux écuyer Anglois, qui tient depuis
plufieurs années à Paris un fpectacle de chevaux,
fur lefquels il exerce des tours de force & d'adreffe
merveilleux.

jeune peintre se trouve à Rome, & y a composé pour le Roi sa tâche, qui étoit le *Serment des Horaces entre les mains de leur pere*. Revenu à soi, chacun se répand en louanges, & se récrie sur le genre de beautés qui lui plaît davantage. Quelle composition simple & sublime, dit l'homme de lettres! quelle ordonnance noble! quelles hautes conceptions dans la tête du pere! quelle fermeté patriotique dans le premier des jeunes gens! Quel dessin! répond l'artiste; comme ces muscles sont prononcés savamment, & variés avec intelligence dans la jambe du pere & dans celle du fils! quelle vigueur! quel accord! quel coloris! Ce tableau écrase tous les autres. J'en aime sur-tout l'architecture, continue un de nos *Vitruves*; elle remplit bien le fond du tableau, elle est d'un grand goût, sans ornemens, comme l'exigeoit le costume du temps, & tirant toute sa beauté de ses proportions bien entendues. L'aimable personne que la sœur! ajoute un jeune homme, quelle douceur, qu'elle est touchante dans sa tristesse! Les beaux yeux, quoique baignés de larmes! *Si dolci nel pianti che saran nel riso!* La pauvre mere, repart en sanglottant une bonne femme! Quelle douleur de voir partir ses fils pour le combat où ils vont peut-être périr! Oui, mais c'est la douleur d'une Romaine, répond à côté d'elle l'homme d'esprit philosophe, accoutumé à disséquer & à nuancer les passions. Enfin, le savant s'extasie sur les draperies, sur les vêtemens, où rien n'est omis de ce qui peut le satisfaire. Ce concert d'éloges cent fois répétés ayant pris fin, j'entends l'envie qui fait siffler ses serpents, & glisse sourdement ses murmures. Le tableau est un peu jaune de

couleur, les grouppes font découfues ; le plus
apparent des *Horaces* pour prêter le ferment écarte
les jambes, comme s'il alloit tirer une botte. Il
y a quelque chofe d'embarraffé dans les bras
tendus des trois freres, & fur tout la main du
dernier eft d'un profil mal deffiné. -Oui, je le
répete, il y a de la confufion en général dans
ces bras, & l'on a de la peine à démêler à quel
corps chacun appartient. Le pere *Horace*, au lieu
de préfenter les fabres à fes fils, les retient ferrés
dans fa main, & femble craindre de les leur
confier. Les fabres ne font pas trop bien rendus ;
il y a fur l'un d'eux une ombre trop forte :
la jambe gauche du pere qui, quoique reculée,
devroit être fur le premier plan, femble fur le
fecond ; ce qui fait perdre l'à-plomb au vieillard
& le rend chancelant : le tableau en général eft
trop éclairé ; il n'y a point affez d'oppofition
dans les ombres. M. *David* forme le jour comme
il lui convient pour faire briller fon talent, &
non comme il eft dans la nature. L'architecture
eft trop bien entendue pour le temps des *Horaces*,
la fcene trop nue ; l'action fe feroit mieux fen-
tie, fi l'on eût vu dans un lointain les deux
armées, du moins l'armée romaine.... Il pourroit
fe faire qu'il y eût quelque chofe de vrai dans
toutes ces critiques, & le tableau de M. *David*
n'en feroit pas moins, je le répete, un chef-
d'œuvre, ce qui ne fignifie pas un ouvrage fans
défauts, mais un ouvrage qui enchante, tranfporte, ravit tellement, que le fpectateur n'a pas
le temps de s'en appercevoir d'abord, ne les
obferve enfuite qu'à la difcuffion.

En voilà, Monfieur, affez pour vous faire
connoître les progrès rapides que notre école

a fait dans le genre de l'histoire : dix-huit concurrents dont je viens de vous entretenir & dont aucun n'ait beaucoup de mérite, forment un corps d'artistes bien précieux & bien propres à illustrer les arts sous le regne de *Louis XVI*, dont ils doivent aussi faire en partie la gloire.

J'ai l'honneur d'être , &c.

Paris, ce 13 septembre 1785.

## SECONDE LETTRE.

Au sujet d'une exposition de tableaux qui, suivant l'usage , a eu lieu cette année à la place Dauphine, le jour de la petite Fête-Dieu, de la part des jeunes gens des deux sexes se livrant à la peinture & en désirent faire voir leur talent, il s'est élevé, Monsieur, une contestation grave. Comme dans le nombre des concurrents , on citoit beaucoup de demoiselles dont on prônoit dans les feuilles publiques les heureuses dispositions , un rigoriste a prétendu que c'étoit un meurtre de les encourager ainsi ; qu'un tel art étoit pernicieux pour les personnes du sexe , qu'il leur faisoit perdre cette pudeur précieuse leur plus bel ornement, & les entraînoit presque toujours dans le libertinage. Je n'entre point dans la discussion de cette question morale ; mais il seroit fort à regretter pour la peinture d'être privé de nos Minerves modernes : il est des parties auxquelles les femmes semblent plus appellées que les hommes, & dans les arts comme dans les lettres tout ce qui tient aux graces & à l'enjouement est par essence de leur domaine. Depuis plusieurs expositions leurs ouvrages brillent au salon entre ceux du second ordre. Elles disputent la palme aux hommes; elles l'emportent & s'en glorifient tour-à-tour. Je vous ai parlé dans le temps & à plusieurs reprises des succès de Mlle. *Vallayer*, devenue madame *Côster*; je me suis enthousiasmé en 1783, sur les chef-d'œuvres brillants & vigoureux de madame *le Brun*. C'est aujourd'hui madame *Guyard*, dès-lors la serrant de près, qui triomphe & fait entourer ses productions avec ces cris de surprise & de ravissement involontaires qui ne s'arrachent que par un mérite réel & éclatant.

Son tableau qui frappe le plus & le sujet de l'admiration générale, est un tableau historié, où elle s'est figurée elle-même en pied, occupée à peindre, avec deux de ses élèves derrière elle, considérant l'ouvrage de leur maîtresse & épiant, pour ainsi dire, le moment de surprendre le secret d'un si rare talent. Unité d'action, plannet, intention bien sentie, beau choix de nature, attitudes variées, vraies & naturelles, grande intelligence du clair obscur, tous sûrs, coloris harmonieux, accord de la grace & de la vigueur, tout ce qu'on peut désirer se trouve réuni dans cette composition savante & digne des plus habiles maîtres.

Les autres portraits faits par cette académicienne caractérisent un pinceau sévere, plus propre à rendre les têtes pesantes & profondément occupées que les affections frivoles des gens du monde. Elle nous offre un *Amedée Vanloo*, un *Vernet*, un *Cochin*, trois artistes qui ne prêtent rien moins qu'aux graces & à la gentillesse du faire, mais exigeant une touche réfléchie & vigoureuse. Entre les femmes elle semble ne choisir aussi que celles qui sont de son genre; on le remarque dans une comtesse avec son fils âgé de trois mois, fraîche comme *Flore*, belle comme *Vénus*, mais chaste comme *Penelope*, & dont toute l'habitude du corps annonce la vertu conjugale dans toute sa pureté la plus parfaite, comtesse si modeste, qu'elle a voulu rester anonyme, quoique sa figure ne puisse qu'exciter la curiosité des amateurs ( * ).

Il n'en est pas de même de madame *le Brun*, se vouant aux plus jolies femmes de la cour, aux plus galantes & les servant de tous les agrémens de son pinceau. L'une est en sultane boudant de n'avoir pas été choisie par son maître pour cette nuit-là; l'autre, en jardiniere qui, sous ce déguisement simple & attrayant, cherche les aventures; celle-là minaude, celle-ci agace, la derniere séduit par les charmes de sa voix (†); du sein de toutes ces beautés s'eleve M. le contrôleur-général, & comme il n'est point ennemi du sexe, les bonnes gens croient le voir au milieu de son sérail. Ce portrait historié est bien plus savant que ceux dont je viens de parler. Il est riche de composition, vrai dans ses détails.

---

(*) On dit que c'est madame la comtesse de *Flao*, belle-sœur de M. *d'Angiviller*.

(†) Ces cinq dames sont madame la comtesse de *Clermont-Tonnerre*, madame la comtesse de *Grammont-Caderousse*, madame la comtesse de *Ségur*, madame la comtesse de *Chatenois*, & madame la baronne de *Crussol*.

Les étoffes en sont précieuses, les ombres, les reflets, ménagés avec soin; il est monté sur le haut ton de couleur qui lui convient. La ressemblance du personnage est telle que chacun le nomme au premier coup d'œil; c'est son air ouvert, son œil plein de feu, sa figure spirituelle, riante & affable; c'est l'homme en un mot, c'est M. *de Calonne* exactement : mais ce n'est pas le contrôleur-général, il a l'air plus distrait qu'occupé; une lettre au Roi, un mémoire déployé à côté de lui sont excellents pour faire briller le talent de l'artiste, mais ne sont que des enseignes & ne désignent nullement ce ministre enchanteur, qui sait avec tant d'art attirer au fisc public, non-seulement l'argent de la nation, mais celui des étrangers, pour le reverser ensuite avec tant de profusion & de munificence.

Je passe à la *Bacchante* assise, de grandeur naturelle & vue jusques aux genoux; ouvrage de la même académicienne, fort admiré d'abord & plus fort critiqué ensuite. Il est certain que la tête en est charmante au possible, pleine de finesse, de malice & de gaieté. Le corps largement peint, d'une carnation admirable & séduisant par sa nudité lubrique : mais à la peau du tigre près, parfaitement imitée, on la prendroit plutôt pour une beauté de sérail que pour une prêtresse de Bacchus. On trouve encore la tête trop petite pour le corps & les chairs de celui-ci point assez *lacqueuses*, mot scientifique, voulant dire pas assez rougeâtres, assez fouettées de sang; ce qu'exigeoit l'état de la nymphe fréquent & habituel. Enfin, d'autres vont jusqu'à dire que cette figure est d'une exécution molle & peu savante.

Quant à madame *Coster*, on est fâché de lui voir abandonner presque entiérement le genre de la nature morte où elle étoit supérieure, pour se livrer au portrait & au portrait historié, dans lequel elle est bien inférieure à ses rivales. A cette occasion, il est très-plaisant de voir un évêque la choisir pour sa minerve; aussi le prélat n'a-t-il osé se nommer & en paroît-il tout honteux dans son coin. Le portrait en pied de mademoiselle *de Coigny*, cueillant des fleurs dans son jardin, est une preuve de mon assertion; il n'y a de bon dans ce morceau que les fleurs; la figure principale est manquée, mal dessinée & , pour ainsi parler, écorchée. Mais son ouvrage, d'autant plus blâmable qu'il est à grande prétention, c'est le portrait de madame de *Sainte-Huberti*, sous l'abit de *Didon*. L'actrice ne manque pas de ressemblance : à travers sa laideur, son air spirituel brille & est bien saisi ; il y a du caractere dans sa tête : mais ce n'est que madame de *Sainte-Huberti*, & au costume près l'on y cherche vainement la reine de Carthage, rôle cependant où elle jouoit avec une chaleur bien propre à enthousiasmer l'artiste, où elle faisoit oublier sa figure ignoble & paroissoit belle & touchante, comme l'aimable & tendre souveraine d'Afrique.

Les faiseurs de portraits semblent avoir tous voulu cette fois prendre un vol plus haut & se rapprocher autant qu'ils pouvoient de l'histoire. C'est ainsi que M. *Roslin* nous offre une dame debout, en satin blanc, devant une glace, pour y achever sa toilette : quelques autres personnages étendent & remplissent la scene; la femme de chambre qui en est partie intégrante & tient

le chapeau de la dame ; un petit garçon qui
joue en un coin ; enfin un chevalier de Saint-
Louis assis est occupé à lire. Par cette notice,
exceptée la premiere liée à l'action, on voit
que le reste n'y tient en rien. L'auteur a cru
sans doute pouvoir s'autoriser en cela des Hol-
landois, qui s'embarrassoient peu d'être décousus
dans ces sortes de sujets ; mais comme la regle
de l'unité est prise dans la nature & le bon sens,
je ne crois point qu'un pareil exemple dispense
de s'y asservir, & ce n'en est pas moins un défaut capital. Quant à l'exécution, elle est charmante. Il y a même beaucoup de gentillesse &
d'esprit dans le jeune enfant : tous les détails
sont soignés avec une perfection exquise. On
sait que M. *Roslin* excelle principalement dans
le rendu des étoffes, sur-tout des satins, où,
suivant plusieurs connoisseurs, il l'emporte sur
les Flamands ; il s'est piqué cette fois d'une
perspective savante & de faire ressortir de la
glace jusqu'à la figure de la dame. En un mot,
on ne reproche à l'artiste qu'un précieux trop
fini, de maniere que les accessoires attachent
autant que le fond ; léger défaut dans un
sujet vague comme celui-ci & ne portant aucun
intérêt.

M. *Duplessis* n'essuie pas le même reproche ;
on dit au contraire qu'il copie avec une grande
vérité & n'embellit jamais. Ce qui seroit un
éloge, à prendre le terme dans le sens physique ;
mais la critique l'entend au moral. Elle veut
dire qu'il rend les traits & non l'esprit de ses
personnages ; que dans M. *de Chabanon*, par
exemple, on ne trouve point le membre de
l'académie des belles-lettres & de l'académie

françoife, ou du moins l'homme aimable, doué
des talents enchanteurs de la fociété; dans M. *de
Laffonne*, le médecin, le favant, le chymifte,
le fondateur de la fociété royale; dans M. *Vien*,
le peintre d'hiftoire ; le directeur de l'académie.
Quant à la petite obfervation de ne l'avoir point
décoré du cordon de Saint-Michel, qu'on découvre feulement fufpendu auprès de lui ; elle porte à
faux, en ce qu'il eft repréfenté en robe de chambre & que ç'auroit été lui prêter une vanité
ridicule que de le barder de ce cordon dans fon
déshabillé.

Je finis, Monfieur, cette énumération des
portraits, par où j'aurois dû commencer. En
effet la Reine méritoit fans doute d'attirer la
premiere mes hommages ; mais je répugnois à
y venir, comme le public à la confidérer. Eft-il
poffible, qu'un auffi habile homme que M. *Wert-
muller*, deftiné à remplacer le premier peintre
du roi de Suede, fe connoiffe fi peu en graces
& en majefté: on affure que la Reine, lorfqu'elle eft entrée au falon, s'eft méconnue elle-
même & s'eft écriée : « Quoi ! c'eft-moi-là…. »
D'ailleurs quel moment a-t-il choifi? Elle fe
promene, dit-il, avec *monfeigneur le Dauphin*,
& *Madame*, fille du Roi, dans le jardin Anglois
du petit Trianon ; action froide & particuliere,
n'excitant qu'un intérêt de curiofité ; il falloit,
comme l'a obfervé un critique judicieux (*),
repréfenter la Reine, montrant fes enfans à la
nation, appellant ainfi tous les regards & tous les

---

(*) M. l'abbé *Soulavie* dans fes *Réflexions impar-
tiales fur les progrès de l'art en France*.

cœurs, & reſſerrant plus fortement que jamais, par ces gages précieux, l'union entre la France & l'Autriche.

Ce grouppe de la famille royale en ſont les ſeuls perſonnages qu'on rencontre peints au ſalon. ... Je me trompe, Monſieur : après bien des choſes je découvre le Roi s'éclipſant, il eſt vrai, à l'éclat du trône ; en conſéquence ſervi ſuivant ſes vues & confondu dans un des bou-doirs (*) de ce lieu. En effet, ce n'eſt point un acte de ſouveraineté qu'il exerce, mais un acte d'humanité, dont M. *de Bucourt* s'eſt propoſé de rendre compte. Ce fut durant l'hiver rigoureux de 1783, qu'il ſe paſſa. Sa majeſté ſe faiſoit un plai-ſir de ſe déguiſer, de parcourir le matin les chaumieres de Verſailles & des environs, & d'y répandre lui même ſes bienfaits.

*Louis XVI* eſt repréſenté enveloppé d'un man-teau d'écarlate, coſtume autoriſé par la ſaiſon & ſous lequel il cache ſans affectation toutes les décorations qui le pourroient trahir ; il a la tête enfoncée dans un chapeau profond & rabattu qui dérobe une partie de ſa figure ; il vient de donner ſa bourſe à un petit garçon, le plus près de lui à l'entrée de la chambre : il eſt reconnu par le grand-pere qui ſe jette à ſes genoux, & toute la famille en fait autant : la mere malade dans ſon lit, ſe ſouleve preſque nue & ramaſſe ſes forces pour rendre ſes hommages & exprimer ſa reconnoiſſance à ſon auguſte bien-

(*) On appelle les *boudoirs du ſalon*, les embra-ſures des fenêtres & les coins adjacents, qui forment au moyen des tréteaux ſur leſquels ſont établies les ſculptures, comme autant de cabinets particuliers.

faiteur. Cette scene touchante est composée de
dix acteurs, non compris le Roi, variés chacun
de figure, d'âge, d'attitude, d'accoutrement.
Mais plus le sujet est intéressant, plus on
auroit désiré que l'auteur en eût fait ressortir
tout le pathétique. D'abord la rigueur de l'hiver
n'est point assez exprimée ; on voit bien une
femme à l'âtre, ranimant un charbon, ce qui
annonce un feu maigre, une disette de bois :
du reste ces pauvres gens, sauf celle qui est
alitée, sont vêtus de façon à ne pas souffrir
beaucoup de froid : on ne remarque pas d'ailleurs
s'ils ont d'autres besoins & tout cela se présume
plutôt qu'il ne se sent, par l'action généreuse
de l'étranger, dans lequel il eût fallu sur-tout
que *Louis XVI* eût été plus reconnoissable : &
pourquoi ne pas conter l'anecdote dans le livre,
circonstancier tous les détails, faire en quelque
sorte violence à la modestie du monarque ? De
pareilles leçons qui s'exercent & se donnent sous
nos yeux par des personnages connus, sont d'une
moralité bien plus frappante, bien plus directe,
bien plus utile que les plus beaux traits de l'histoire grecque, romaine & même sacrée, qui,
vu l'éloignement, la différence des temps &
des mœurs, font peu d'impression ou rencontrent beaucoup d'incrédules, auprès desquels
ils n'obtiennent guere plus de confiance qu'un
roman.

Du reste, quant à l'exécution, ce petit morceau est encore charmant & de beaucoup préféré par les artistes à un autre sujet du même,
plus gai, où le peintre amoureux de son modele, en reçoit un billet & lui baise la main,
tandis que de l'autre la femme prodigue de

feintes careffes à fon mari qui fourit à la vue
du portrait commencé & en eft enchanté.
Ils trouvent que ce tableau-ci *grifaille* furieu-
fement.

M. *Wille* n'ayant point les mêmes confidé-
rations de refpeƈt , les mêmes craintes de dé-
plaire, fait beaucoup plus de fenfation par un
fujet de ce genre, autour duquel les flots de fpectateurs fe fuccedent fans interruption. Voici comme
il s'explique:

» « Le fieur Louis Gillet , maréchal-des-logis
» au régiment d'Artois , cavalerie , retournant
» de Nevers à Autun fa patrie , & s'étant égaré
» dans fa route, eft attiré dans une forêt par
» les cris lamentables d'une jeune fille que deux
» affaffins avoient dépouillée & attachée à un
» arbre; le brave militaire vole au fecours de l'in-
» fortunée, bleffe, défarme & met en fuite l'un des
» deux fcélérats , court au fecond qui lui lâche
» un coup de piftolet , le manque , & reçoit
» lui-même un coup de fabre , qui lui abat le
» poignet.

Ainfi quatre aƈteurs dans cette fcene : l'artifte
a faifi l'inftant le plus chaud & le plus drama-
tique , où débarraffé de l'un des brigands que
l'on voit terraffé dans un coin du tableau, l'intrépide défenfeur de la villageoife brave &
combat le fecond, à la vue de celle-ci encore
fufpendue & attendant fon fort de l'iffue de
cette attaque. Pour ajouter plus d'intérêt à fon
fujet, il a fait de la victime une très-belle
créature, mais dans l'efpece des payfannes, forte,
charnue, rubiconde. Le fcélérat agreffeur a bien
l'air d'un vrai garnement ; à travers la rage qui
le tranfporte & lui tient lieu de courage, on en-
treyoit

recvoit sa poltronnerie, & par son attitude il semble déjà disposé à fuir, s'il manque son adversaire.

Des critiques ont observé que les quatre personnages ont la bouche ouverte, & il le falloit. La jeune fille doit crier & appeller du secours; le scélérat, hors de combat, à qui l'on voit une vaste entaille dans le bras, ne peut résister aux douleurs de sa blessure; son camarade forcené jure & blasphême, & le maréchal-des-logis avec l'ascendant que lui donne son rôle, menace & foudroie le brigand qui lui reste. Tel est le dialogue de la scene parfaitement exprimé par la figure & la pantomime de chaque interlocuteur.

M. *Wille*, en habile compositeur, n'a rien négligé des petits détails qui pouvoient concourir au développement de son action & enrichir le fond de son tableau. On voit par le col de la fille macéré, écorché, par les oreilles de ses souliers rabattues, qu'on lui a volé sa *jeannette* & ses boucles : elles se trouvent sur le devant, avec un poignard appartenant sans doute au désarmé. L'autre, outre le pistolet qu'il tient en action de la main droite, conserve un fer dans la gauche. Sa ceinture est garnie d'instruments meurtriers. Spectacle effrayant, si l'on n'étoit rassuré par la présence du héros. Le reste de son costume est d'une grande vérité & plein d'effets pittoresques. Peut-être la scene se passant dans un bois & , vu sa nature, est-elle trop éclairée; peut-être aussi le peintre s'est-il persuadé ne pouvoir donner trop d'éclat à cette action rare & héroïque. La beauté de son coloris y répond, & son pinceau mol ordinairement

*Tome XXX.*                    H

s'eft renforcé & s'eft monté à la vigueur des conceptions de la tête.

Je m'applaudis, Monſieur, d'avoir réſervé, pour la derniere de cette eſpece, la deſcription du tableau de M. *Wille*, d'un intérêt vraiment tragique, après laquelle toute autre paroîtroit froide, fût-ce celle de la marine de M. *Vernet*, avec une tempête & naufrage d'un vaiſſeau. Ce morceau, de quatorze pieds de long ſur huit de haut, eſt pour ſon alteſſe impériale le grand duc de Ruſſie ; & je n'ai qu'un mot à y joindre pour en faire l'éloge. C'eſt que, quoique l'artiſte ait ſoixante-dix ans, ſa touche eſt encore fermé, fiere & terrible. Ses autres ouvrages, d'un genre plus doux, ne dégénerent point de ceux de ſa jeuneſſe, en graces, en fraîcheur, en brillants. Le ſeul reproche qu'on lui faſſe d'être toujours le même, confirme mon aſſertion, & prouve qu'il n'a rien perdu.

La vaſte machine de M. *Vernet* ſe trouve entre deux de M. *Robert*, deſtinées au même prince étranger, & non moins impoſantes par le volume (*), dont l'une repréſente un incendie dans la ville de Rome, apperçu à travers la colonnade d'une galerie, & l'autre la réunion des plus célebres monuments antiques de la France. On reproche peu de vérité à la premiere, quoique d'un grand effet, & à la ſeconde un aſſemblage idéal d'édifices diſparates qui n'ont jamais exiſté enſemble ; bizarrerie révoltante pour le ſpectateur, chez lequel c'eſt ſuppoſer trop d'ignorance. M. *Robert* inventif, rempli de reſſources

_____

(*) Ces tableaux ont chacun onze pieds de large ſur huit de haut.

dans son art, pour vouloir être original, peche souvent contre le bon goût & le bon sens. Le tableau dont je viens de parler, est un exemple du premier défaut, & les ruines d'une longue galerie éclairée par un trou de la voûte, tableau appartenant à M. le comte d'*Adhemar*, ne peuvent être défendues du second. Il a imaginé de produire plus d'effet pittoresque en plaçant l'ouverture au centre, c'est-à-dire, dans la clef de la voûte. Ce qui est impossible, puisqu'à l'instant toute la voûte s'écrouleroit. Ce peintre est d'autant plus blâmable, que c'est très-sciemment qu'il peche, &, quand il veut, est très-capable de la plus scrupuleuse exactitude. La preuve en existe dans ses deux pendants de *la fontaine de Vaucluse* & *des roches d'Oliou en Provence* (*). Ils font l'étonnement du naturaliste, qui *reconnoit le caractere de la pierre calcaire de Vaucluse, les coupes particulieres à ces sortes de pierres, & dans les roches d'Oliou, l'ensemble des pierres vitrescibles & primitives* (†). Voilà de ces nuances érudites dont ne seroit point capable le vulgaire des artistes.

M. *de Machy*, en possession de conserver à la postérité le souvenir de tous les évènements publics de son ressort & de les fixer sur la toile, n'a pas manqué de nous exposer cette année les

---

(*) Ces deux tableaux appartiennent à M. l'archevêque de Narbonne.

(†) Ce font les propres expressions de M. l'abbé *Soulavie* dans son ouvrage déjà cité sur les tableaux. Ce philosophe si profond dans l'étude de l'histoire naturelle en cette contrée, admire comment M. *Robert* a pu voir & marquer des choses qui échappent au plus grand nombre, & ne frappent que les naturalistes les plus exercés.

départs de différents ballons, mais plus en artiste
qu'en historien, plus à dessein de faire briller
son pinceau, que frappé d'un véritable enthousiasme pour cette importante découverte. Aussi
a-t-il sacrifié l'action au local qui ne devoit être
qu'accessoire, en sorte qu'on peut regarder ce
sujet comme à refaire; du reste, en s'accordant
sur la richesse de ses plans, sur l'exactitude de
la perspective, certains critiques lui reprochent
de dégénérer pour la couleur, de n'avoir plus
cette teinte qu'il tenoit de *servandoni* & de
*Panini*.

Entre les paysagistes, l'homme étonnant, Monsieur, c'est M. *Nivard*, qui n'en est qu'à la
seconde exposition, encore simple agréé & sur-
passant déjà ses maîtres, même M. *Hue* qui se
soutient, mais ne fait pas les progrès rapides de
son concurrent. Sa *vue du château de la baronnie
de Mello* (*) est un chef-d'œuvre; il est vrai
qu'on ne peut être mieux servi par la richesse
& les dispositions du site, mais aussi l'on ne pouvoit le mieux rendre. En homme de génie dans
son genre, il a choisi pour son jour un temps
variable, ce qui lui donnoit le moyen de se
ménager à volonté les divers accidents de lu-
mieres les plus propres à faire ressortir chaque
beauté de ce lieu charmant. Son ciel éclipse sans
contredit tous ceux du salon. La verdure de ses
arbres est variée & dégradée à l'infini, les grandes
masses n'empêchent point qu'on n'en distingue
les espèces, qu'on ne les compte, si c'étoit nécessaire. Ses fabriques nobles, bien assises, rares,

_____

(*) Appartenant à M. *Duclos Dufrenoy*, notaire.

placées à propos & sans confusion, produisent des effets piquants : ses animaux d'un bon choix de nature ; ses villageois naïfs & correctement deffinés, jettent de la vie & du mouvement dans toute la scene : en un mot, elle est si vraie, que tous ceux qui ont vu Mello, la reconnoissent, & si enchanté qu'il n'est aucun ami de la nature qui ne désirât y fixer son séjour. On juge que l'auteur pour chaque partie en a profondément étudié les différents maîtres, le *Lorrain*, le *Salvator*, le *Gouespe* & le *Berchem*.

Je voudrois finir, Monsieur, de peur d'être trop long ; mais le moyen de passer sous silence M. *de Marne*, MM. *César Vanloo* & *Vestier*. Vous connoissez le premier qui a débuté, il y a deux ans, avec M. *Nivard* : quoique l'académie l'ait traité plus rigoureusement que celui-ci, & ne l'ait pas encore jugé digne d'être admis parmi ses membres, il n'en est pas moins précieux aux amateurs pour sa finesse, son brillant & sa facilité ; mais il ne s'est point corrigé des défauts qu'on lui trouvoit du côté du dessin & de la vérité des sites : cependant les critiques excep- tent ses vues d'un *lac Suisse* & des *ruines du châ- teau de Bermont*, deux petits morceaux, les meilleurs de dix qu'il a exposés, & qu'ils jugent d'un pinceau charmant.

On voit avec peine en citant le second, que le fils du fameux *Carle* ne marche pas dans la carriere brillante de son pere : apparemment qu'il ne s'est pas senti les forces suffisantes pour sou- tenir dans le genre de l'histoire un nom mal- heureusement trop fameux pour lui ; il a préféré d'être au premier rang entre les peintres de la seconde classe. Il n'avoit point encore paru sur la scene , & débute comme académicien ; faveur accordée sans doute au descendant d'un grand artiste, premier peintre du roi , & dont on trouve très-dignes ses morceaux de réception. Il paroît se vouer au paysage du genre héroïque. Ses sites sont d'un choix noble, ses fabriques sont riches & magnifiques ; mais son pinceau est sec & sa maniere noire : on l'invite à rechercher des compositions susceptibles d'effets plus piquants , ou , pour mieux dire, à les saisir & à les rendre.

L'anecdote de l'admission du troisieme au rang des agréés suffit seule pour donner une idée de ses ressources & de sa facilité. Son genre est la miniature ; il en avoit présenté à l'académie : cette compagnie ordonna des exécutions en grand & des preuves d'un autre talent. C'est à cette rigueur que l'on doit un des plus beaux morceaux du salon, le *portrait en pied de Mlle. vestier sa fille*, *peignant le portrait de son pere*. Les artistes l'estiment très-hablement fait , composé avec goût pour les accessoires bien mis à leur place ; les étoffes sont aussi rendues avec une grande vérité ; mais ce prestige est devenu si commun, que ce n'est plus qu'un petit mérite. Quant à ses miniatures, rival de M. *Hall*, il suit une route différente. Celui-ci a la légéreté de la touche, la vigueur du coloris, la hardiesse du pointillé, l'esprit adapté à ses différents caractères de tête, & sur-tout la variété & la grace des ajustements : celui-là, plus monotone, excelle pour la douceur du faire , l'agrément de l'exécution, le fini précieux ; ses couleurs se noient tendrement & rien n'y tranche trop.

Je pourrois vous entretenir encore de MM. *van spaendonck, sauvage, Martin , Robin , Huet*, &c.

mais n'ayant rien de particulier à en dire, il
faut s'arrêter, & la sculpture m'appelle.

J'ai l'honneur d'être, &c.

Paris, ce 22 septembre 1785.

# TROISIEME LETTRE.

DEPUIS quelque temps, Monsieur, un nouveau système introduit dans notre école de sculpture tendroit à lui faire perdre, s'il s'accréditoit
à un certain point, la haute considération dont
elle jouit, il y a plus d'un siecle, dans toute
l'Europe. Ce système est d'autant plus dangereux
qu'il sort d'un grand homme, & a été soutenu
de son exemple durant ses dernieres années. Je
veux parler de *Pigal*, que les arts pleurent aujourd'hui. Il étoit un scrutateur si rigoureux de
la nature, qu'il n'en vouloit rien omettre,
même dans son état de dégradation & d'abjec-
tion. C'est ce qu'attestent sa statue de *Voltaire*,
celle du comte d'*Harcourt* à Notre-Dame, &
jusques son superbe mausolée du maréchal *de
Saxe*, où il a osé introduire le squelette de la
mort, non sans beaucoup d'art, il est vrai, &
avec les ressources du génie.

La premiere statue qui s'offre aux regards
dans la cour du salon, est de ce genre. C'est
*Philopœmen*, général des Achéens. Il est représenté au moment où *Dimocrate* & les magistrats
Messéniens lui font boire de la ciguë. On reproche à M. *de Joux*, son auteur, d'avoir choisi
le corps de ce héros grec d'une nature pauvre :
l'histoire nous apprend bien qu'il avoit alors

H 4

foixante-dix ans ; mais ce n'étoit pas une raifon
pour le modeler fur quelque malheureux échappé
des cachots de Bicêtre. Cet ouvrage au furplus
n'eft pas fans mérite, & la grande ame du vainqueur de Lacédémone fe retrouve fur fon vifage,
à l'air de tranquillité avec laquelle il reçoit le
poifon.

Le *Mercure* de M. *Boizot* pourroit bien, aux
yeux des critiques féveres, paffer pour tenir
quelque chofe de la même école, & cependant
c'eft un Dieu du premier ordre qui doit jouir
d'une jeuneffe éternelle. A la bonne heure qu'il
ne foit pas mufclé comme un Jupiter, comme
un Neptune, comme un Pluton, où comme un
Mars ; qu'il ait la légéreté du meffager de l'Olym-
pe : mais point de ces méplats, de ces rides
ou de ces plis qui annoncent dans l'homme les
progrès de l'âge & le dépériffement.

Le modele en plâtre par le même du *Racine*
à exécuter en marbre pour le Roi, eft d'un goût
plus fatisfaifant ; mais il s'eft mépris fur la nature du génie de ce poëte, repréfenté la plume
à la main, les yeux levés au ciel, & femblant
en attendre l'infpiration. Ce n'eft pas là qu'il
alloit chercher fes conceptions, comme *Corneille* ; c'eft dans le cœur humain qu'il fouilloit ;
& il ne fe mettoit jamais au-deffus de notre
portée : il falloit donc lui donner un regard plus
terre à terre. C'eft ce que, d'un autre côté, a
bien fenti & ingénieufement exprimé l'artifte,
en mêlant aux attributs de la mufe tragique ce
myrte, emblême du genre des pieces de l'auteur
de *Britannicus* & d'*Andromaque*.

Ce qui diftingue M. *Boizot* cette année, c'eft
fon bufte de *Louis XVI*, où, s'élevant au deffus

de lui-même & à la hauteur de son sujet, il a
représenté non-seulement l'homme, mais le Roi;
il a anobli la figure de ce prince, en général
plus populaire que majestueuse. La draperie en
est ajustée avec élégance, & tous les attributs
en sont traités d'un ciseau aussi savant que
précis.

À cette occasion je vous observerai, Monsieur, que nos artistes qui regardoient le costume
françois comme ingrat, & ont agité plusieurs
fois s'ils s'y asserviroient, y excellent maintenant,
& ont vaincu toutes les difficultés du *Rendu* qui
en avoit de très-grandes. Rien ne les effraie plus.
*Les souliers*, les bottes, les vestes, les soubre-
vestes, les haut-de-chausses, les cravattes, les
manchettes à dentelles, tout est de leur ressort;
& quoique ces détails ne soient qu'accessoires,
ils en tirent souvent parti & quelquefois en gens
de génie. Ce n'est pourtant pas M. *Gois* qui en
a déployé en tant d'occasions, & nous repro-
duit aujourd'hui d'une façon très-commune ce
*Matthieu Molé*, qui, en 1779, avoit si fort
enthousiasmé M. *Vincent*. Afin de mieux l'ense-
velir dans sa vaste simarre, il l'a figuré assis,
& s'est cru de la sorte dispensé d'expliquer le
corps. Son attitude est de tenir le mortier de la
main droite, & d'appuyer la gauche sur les
sceaux; ce qui désigne la double dignité de premier président & de garde-des-sceaux. Du reste,
le personnage a un air renversé, comme si on
lui faisoit quelque proposition révoltante, & la
sévérité de son visage soutient cette idée, mais
trop vague. On pourroit également prendre la
position du magistrat pour de la roideur & de
la pédanterie. En un mot, c'est le buste de *Molé*

H §

très-ressemblant; mais rien n'y caractérise sa probité, ses talens, son zele pour le bien public & pour la gloire de l'état. L'artiste s'est appliqué spécialement à développer toute la richesse de la draperie, à donner de la souplesse aux contours, à faire jouer jusqu'aux poils du manteau herminé.

On en peut dire autant du buste de M. *de Calonne*, par le même. C'est bien lui, mais ce n'est ni le contrôleur-général, ni le ministre.

Si M. *Monot*, chargé de la troisieme statue pour le roi, n'a pas tout-à-fait rempli son sujet, il s'en est au moins donné un, & s'en est échauffé. Il avoit à représenter *Abraham Duquesne*. Le bombardement d'Alger étant un des principaux traits de la vie de cet amiral, il l'a choisi; ce qu'il exprime par des mortiers, des bombes, & autres instruments destructeurs dont il a entouré son héros. Son attitude est celle d'un général, l'attitude du commandement. Des demi-connoisseurs qui croient se donner plus de relief & en imposer avec un ton tranchant, décident que le personnage est manqué, & que c'est un morceau à refaire. Je crois que le défaut vient de l'artiste, qui n'a pas assez consulté ses forces, & dont le ciseau a généralement plus de grace que d'énergie. Mais dans l'état même où il se trouve, l'ouvrage est très-louable, & ce ne sera certainement pas la plus médiocre statue de la collection royale.

Ce qui prouve, Monsieur, la mauvaise humeur des critiques dont je viens de parler, c'est qu'ils étendent leur proscription jusqu'à la statue du grand *Condé*, la derniere ordonnée pour cette exposition, & la premiere dont M. *Rolland*, agréé, ait été chargé. Ce coup d'essai qui n'est pas sans défauts dans l'exécution, est peut-être pour les conceptions le plus parfait des morceaux de cette espece ; j'ose dire même qu'il est sublime.

L'artiste a pris dans la vie de son héros l'instant où le prince attaquant le camp de Merci sous les murs de Fribourg, après un combat qui avoit recommencé trois fois, à trois jours différents, jeta son bâton de commandement dans les retranchements de l'ennemi, & marcha pour le reconquérir l'épée à la main, à la tête du régiment de *Conti*. Il est dans l'attitude décisive de l'action ; il a passé son épée suspendue à la main gauche, & de la droite levée, il tient ce bâton à lancer, le signal d'un nouvel assaut. Sa figure est très-animée, le feu sort de ses yeux, il est indigné que le vainqueur de Rocroy trouve tant de résistance. Assurément du côté de la composition, on ne pouvoit choisir un moment plus heureux, & le mieux caractérisé suivant moi. Voyons maintenant les objections des faiseurs de pamphlets.

Ils disent que l'action de la main droite n'est point décidée ; que le bâton est tenu trop mollement. Mais il ne s'agit pas ici de faire lutter le héros de force ou d'adresse ; peu lui importe que ce signal aille quelques toises plus loin ou plus près ; c'est un premier mouvement que lui suggere son imagination enflammée, & qu'il suit comme sa situation le permet.

Ils ajoutent qu'un héros ne doit point avoir l'air colere ni menaçant, & sur-tout celui qui dormoit si profondément la veille de sa premiere bataille gagnée. Cette maxime est vraie, prise généralement ; mais mal appliquée & fausse dans

H 6

la circonstance. Voudroient-ils qu'un jeune prince,
ardent, bouillant, opiniâtre comme *Achille*, eût
le sang froid d'un *Catinat* ou d'un *Turenne* ?
Quant à la douceur de son sommeil ; elle provenoit du calme d'un général habile, qui a tout
ordonné, tout prévu, & n'a plus rien à faire en
ce moment qu'à prendre du repos pour se mieux
disposer au combat ; mais ç'auroit été un contre-
sens, & de caractere & d'action, d'avoir donné
la même tranquillité au duc *d'Enghien*, contrarié
dans sa fougue héroïque, & voyant reculer deux
fois son armée.

Ils vont plus loin ces impitoyables aristarques,
& prononcent que cette figure n'a ni dignité,
ni grandeur. Vous avez vû, Monsieur, par le
détail de toute la composition, qu'il seroit difficile, pour ne pas dire impossible, qu'une statue
ainsi posée & ordonnée manquât de dignité, &
quant à la grandeur, si elle consiste dans les proportions surhumaines de l'antique, je passe con-
damnation ; mais représentant un héros François, & devant être placée à la simple portée des
spectateurs, il seroit ridicule sans doute de l'avoir
fait colossale & au-dessus de la stature ordinaire.

Enfin, le duc *d'Enghien*, de la main à laquelle
il a son épée supendue, a deux doigts enlacés
dans son écharpe ; ce qui est trop mesquin &
trop recherché. Pour accorder quelque chose à
ces messieurs, & ( quoiqu'on pût encore chicaner
là-dessus, en répondant qu'un général ne doit
pas avoir toujours son épée en l'air comme un
soldat, qu'il suffit qu'il la tienne prête au besoin ) je leur accorde ce défaut très-facile à réparer, & que je regrette cependant, parce que
si l'attitude n'est pas héroïque, elle est pittoresque.

& très-propre à faire briller le talent du fta-
tuaire, qui n'a pas moins foigné tous les accompagnements du corps.

Je cherchois en vain, Monfieur, une ftatue
que j'avois vu expofée dans la cour le premier
jour de l'ouverture du falon, une *Pfiché aban-
donnée*, de M. *Pajou*, lorfque j'appris que le curé
de la paroiffe du Louvre l'avoit dénoncée à l'archevêque, & que le prélat avoit obtenu un ordre
de la retirer. Curieux de favoir quel pouvoit être
le motif de profcription, je me rendis à l'attelier
du fculpteur, où elle fe montre publiquement &
forme une feconde affemblée. Je fus bien furpris
de trouver une figure qui, quoique parfaitement
nue, étoit très-pudique. Je gémis fur l'idiotifme
des dévots, & j'admirai la belle fimplicité de
l'ouvrage. La nymphe, plongée dans la douleur,
en indique la fource par la main droite qu'elle
tient fur fon cœur : le poignard, la lampe fatale
renverfés à fes pieds achevent de la défigner. Le
grand art de l'auteur eft d'imprimer fur le vifage
de fa figure les fpafmes de fon ame, fans la faire
grimacer, fans en altérer en rien la beauté. Le
défaut que j'y critiquerois, ainfi que nombre
d'amateurs, ce font de trop fortes proportions
pour une jeune fille telle qu'on imagine *Pfiché*.
Le pied eft auffi certainement trop petit pour
fon corps : mais cette ftatue n'eft encore qu'en
plâtre ; il eft aifé d'y fubftituer les corrections
qu'on défire, & que le goût & le jugement de
M. *Pajou* lui feront fans doute adopter.

Revenu au falon, Monfieur, & m'attachant
à détailler les fculptures que je n'avois prefque
pas obfervées jufqu'à ce moment, il en faute
une à mes yeux d'un faire délicieux, mais cent

fois plus dangereuse que la *Pſiché*. C'eſt le *Ga-nimede* de M. *Julien*, *verſant le nectar à Jupiter changé en aigle*. Le nom ſeul de ce beau jeune homme rappelle déjà une fable très-obſcene, & l'artiſte a déployé tout ſon talent pour faire mieux travailler l'imagination ſur cette anecdote ſcan-daleuſe du plus grand & du plus libertin des dieux : l'aigle de ſes yeux de feu ſemble dévorer le ſéduiſant échanſon qui eſt nu ; il le ſerre de près , & de ſon aile lui careſſe amoureuſement les feſſes.... Je ne ſais , mais il me ſemble que c'étoit bien là le cas où le zele du paſteur auroit pu s'échauffer , à moins qu'on ne prétende que le péché philoſophique étant plus familier aux gens d'égliſe , les effraie moins..... Je m'arrête & reprends mes fonctions de critique amateur ou plutôt admirateur. On ne peut mieux tra-vailler le marbre , ce morceau remporte tous les ſuffrages.

On eſt fâché de ne voir cette année que des buſtes de meſſieurs *Caffieri* & *Houdon* ; mais les grands artiſtes ſe retrouvent dans les moin-dres choſes. Le *Thomas Corneille* du premier en marbre pour la comédie françoiſe , eſt d'une vérité de nature unique : le *Boileau* eſt d'un caractere décidé , qui le feroit nommer preſque ſûr ſa figure. Le ſecond nous a conſervé le ſou-venir des princes étrangers qu'on a vus avec intérêt , & qu'on revoit avec plaiſir , le roi de *Suede* & le prince *Henri*. Quant à M. *le Noir* , c'eſt ſa phyſionomie pleine de fineſſe & de graces. La tête inclinée en avant qu'on lui reproche , eſt , ſuivant moi , un trait caractériſtique ; il déſigne les fonctions de ce lieutenant de police ; il exprime la maniere facile & pleine d'aménité de ſes audiences.

Si M. *Bridan* n'attire pas beaucoup plus l'attention par son maréchal *de Vauban* en marbre qu'il ne l'attiroit par le maréchal *de Vauban* en plâtre ; de jolis morceaux de sa composition & en grand nombre dédommagent les amateurs, entr'autres une jeune fille jouant aux osselets, une autre jouant aux billes, qui sont d'une naïveté charmante.

Messieurs *Mouchy* & *Berruer* ne nous offrent guere que des *Maquettes*, c'est-à-dire, des esquisses trop imparfaites pour en juger ; M. *Mouchy* annonce beaucoup d'invention, il faut voir si l'exécution y répondra.

On admire dans M. *Stouff* un débutant pourvu d'excellentes études & rempli de bons principes : ses deux têtes du *Bélisaire* & d'une jeune *fille affligée* en font foi ; son petit groupe *d'Hercule combattant les Centaures* étoit d'une composition difficile, dont il s'est tiré en habile homme : mais son *Abel expirant sous les coups de Caïn*, morceau d'une plus grande maniere & absolument fini en marbre, attire sur-tout l'attention, en lisant que c'est sur ce chef-d'œuvre qu'il a été reçu académicien. L'artiste en est très-satisfait ; il n'en est pas de même du spectateur qui ne reconnoît pas plus *Abel* dans ce personnage expirant que tout autre individu : au lieu d'une figure historique, ce n'est à ses yeux qu'une figure académique. Sans doute la mâchoire d'âne, instrument dont *Caïn* se servit contre son frere, étoit un accessoire peu noble à placer, & cependant le texte sacré ne l'oublie pas ; il falloit trouver quelque moyen de bien rendre & de ne point altérer l'anecdote de ce livre divin.

Le morceau de réception de M. *Foucou*, le dernier des académiciens, est plus caractérisé; c'est un fleuve désigné avec son attribut; il est appuyé sur une urne d'où il épand ses flots; mais c'est encore une idée vague : quel fleuve! On cherche en vain son buste de M. le bailli *de Suffren* qui, annoncé de deux mains différentes (*), par une fatalité qu'on ne peut concevoir, ne se rencontre d'aucune.

M. *Moite*, agréé qui commence & semble se vouer aux bustes, montre une grande facilité pour saisir les caracteres les plus opposés : il rend également bien la bonhommie de M. *Dusault*, sur la figure de cet académicien, & la méchanceté noire de l'abbé *Aubert*, sur celle de ce Zoïle. Son combat d'*Ulysse* & d'*Ajax* à la lutte, bas-relief esquissé seulement en terre cuite, montre qu'il sera capable des grandes compositions.

On diroit que messieurs *Milot*, *de Seine* & *de Laistre*, ses confreres, disputent ensemble dans le genre de cette nature pauvre, dont ils ont revêtu tour-à-tour *Socrate*, *Diogene*, & *Philoctete*: il faut espérer qu'ils ne persisteront point dans ce mauvais goût. M. *de Seine* sur-tout par ses têtes d'étude faites à Rome & dans le genre du plus bel antique, a trop de talent pour le dégrader par un faux esprit de systême.

Je ne ferai mention, Monsieur, des graveurs que pour leur rappeller le réglement de l'institution du salon, auquel on ne tient pas assez la main: suivant les statuts, ils devroient réserver

_____

(*). L'autre artiste est M. *Monot*,

pour cette joûte académique leurs morceaux neufs
& même en compoſer exprès. Ils ſe négligent
étrangement là-deſſus & ſemblent dédaigner une
lice où le dernier rang eſt encore ſuſceptible d'honneur & de renom.

Je terminerai, Monſieur, par M. *de Wailly*,
dont je vous ai déjà entretenu pluſieurs fois, &
qui nous offre un nouveau tour de force dans ſon
genre. C'eſt le modele d'un eſcalier à trois
rampes, qu'il décrit ainſi lui-même en vantant
ſon utilité :

« La premiere rampe eſt ſoutenue avec la plus
» grande ſolidité par la ſeule coupe des marches,
» ſans le ſecours d'aucun mur, ni d'aucune
» voûte. Sous cette premiere rampe eſt pratiquée
» une deſcente de cave. Les deux autres ſont
» de même ſoutenues par leur coupe & par
» le mur de cage, qui n'a que ſix pouces
» d'épaiſſeur. Ce nouveau moyen réunit à l'avan-
» tage de la plus grande ſolidité, l'économie
» de la pierre, de la main-d'œuvre, & peut
» réuſſir dans une plus petite cage, en la faiſant
» paroître plus grande. L'auteur en a déjà
» fait exécuter deux de ce genre, l'une au
» château des Ormes en Touraine, & l'autre
» dans la maiſon de *voltaire*, rue de Riche-
» lieu. »

En général, Monſieur, la peinture, la ſculp-
ture & l'architecture, ſont trois arts dont les
deſtins ſont communs. L'un ne peut guere faire
de progrès que l'autre n'y participe, & vous
pouvez juger par cet échantillon que le dernier
devient auſſi très-floriſſant. Malheureuſement il
vous prouve encore que l'eſprit d'innovation,
de ſingularité, n'y altere pas moins les bons

principes & y fait fubſtituer à la noble ſimpli-
cité, aux riches proportions, à l'élégante ſym-
métrie des Grecs, des idées pauvres, bizarres &
incohérentes. Puiſſent les eſprits ſolides y réſiſter
comme dans les autres, & marcher loin de ces
écarts, droit à la perfection!

J'ai l'honneur d'être, &c.

Paris, ce 28 ſeptembre 1785.

# ADDITIONS.

## ANNÉE MDCCLXXV.

*9 Mars 1775.* PEU avant la mort du feu Roi, sa majesté, ainsi qu'on l'a rapporté dans le temps, avoit fixé le jour de l'entrée de M. le comte d'Artois dans Paris : le fatal événement qui est survenu, l'a retardé & il n'a eu lieu qu'avant-hier.

Le prince est venu seul à cause de la grossesse de madame la comtesse d'Artois. Le cérémonial a été le même que celui pour *Monsieur*, alors comte de Provence ; c'est-à-dire que son altesse royale est entrée comme fils & non comme frere de Roi.

Le comte d'Artois est d'abord allé à Notre-Dame, ensuite à Sainte-Genevieve, puis aux Tuileries, le soir à l'opéra. Il étoit dans la loge du Roi, tout seul dans un fauteuil, ses officiers derriere lui.

On n'a point trouvé à son altesse royale l'air de satisfaction qu'on espéroit lui voir, d'après le désir extrême qu'elle avoit témoigné autrefois de se montrer aux Parisiens dans cet appareil auguste.

La Reine ayant pris goût à la course de chevaux qu'elle a vue, sa majesté, après l'avoir plaisantée sur cette passion & en avoir ri avec elle, a cependant envoyé ordre à la ville de faire construire dans la plaine des Sablons un édifice propre à recevoir la Reine & sa suite, & à lui procurer le plaisir de ce spectacle.

13 *Mars.* M. le comte de Mercy-Argenteau, ambassadeur de l'Empereur dans les fêtes qu'il a données en cette qualité à l'archiduc Maximilien, n'a pas apporté l'intelligence nécessaire pour l'assortiment des convives. A certain jour entr'autres, il a prié M. le duc & madame la duchesse de Choiseul, avec M. le duc & madame la duchesse d'Aiguillon. Madame de Brionne qui étoit aussi du repas, a fait là-dessus des observations au comte & même des reproches, en lui faisant sentir sa balourdise, bien opposée à l'esprit de finesse, de conciliation & de politique que devroit avoir un membre du corps diplomatique.

13 *Mars.* Dans sa *Théorie du libelle*, Me. Linguet accuse un Me. Cadet de Senneville, avocat & censeur royal, non-seulement de lui avoir refusé son approbation pour un écrit contre les économistes, mais d'avoir fait part de son écrit à ces messieurs ; &, par une trahison plus noire & par une infidélité vraiment punissable, d'avoir soustrait ce manuscrit, sans qu'il y ait pu le revoir : ce qui fâche d'autant plus Me. Linguet, qu'il n'en a pas d'autre copie. On s'imaginoit que Me. Cadet se seroit plaint dans la derniere assemblée des avocats du 9 mars, d'une accusation sans doute aussi calomnieuse ; mais il n'y a pas paru & l'on ne voit pas encore qu'il fasse aucune démarche pour se justifier.

16 *Mars.* Les fourriers de la maison du Roi sont déjà partis pour Rheims & vont y séjourner d'ici au sacre, afin de marquer les logements. La cérémonie reste jusques ici fixée pour le milieu de juin environ.

20 *Mars*. M. le chevalier de la Tour-du-Pin la Charce épouse une demoiselle Pajot, fort riche. C'étoit d'autant plus nécessaire que par un quolibet peu décent, mais vrai, on l'appelloit le chevalier de la Tour non du Pin, mais *sans pain* : il est frere de madame de Saint-Julien, la femme du receveur général du clergé, qui a eu la manie d'épouser une fille de qualité dont il n'a pas lieu d'être content. Quoi qu'il en soit, par un procédé noble & généreux, il vient au secours de son beau-frere qui, sans lui, n'auroit pas eu sur quoi assigner le douaire de la future. M. de Saint-Julien l'assure.

26 *Mars*. La sainte Ampoule est une relique si précieuse qu'il faut des ôtages pour la déplacer : ils sont au nombre de quatre ; savoir, M. le comte de la Roche-Aymon, M. le marquis de Rochechouart, M. le comte de Taillevrand, M. le vicomte de la Rochefoucault. On assure que la suite de cet honneur est d'être nommé cordon-bleu.

26 *Mars*. Sans les divers projets sur le gouvernement, la réforme des finances ; le paiement des dettes de l'état, &c. dont on est inondé au commencement de ce regne, on distingue deux plans qu'on voudroit bien voir réalisés : l'un, de vendre les biens du clergé pour subvenir aux besoins du royaume, ce qui ne seroit point en dénaturer la destination, puisque c'est le patrimoine des pauvres ; d'assurer à cet ordre des revenus fixes proportionnés à la dignité des membres, mais bornés.

L'autre, qu'on regarde comme plus réfléchi & dont les vues s'accordent assez avec celles de tous les gens instruits, indique des états pour

chaque province , en les dépouillant des incon-
véniens bien reconnus de ceux qui subsistent
aujourd'hui. Par l'apperçu qu'on en donne, on
croit y trouver le bien de l'état & celui de tous les
membres.

28 *Mars*. L'affaire du sieur de Beaumarchais
contre le comte de la Blache est décidément renvoyée au parlement d'Aix; en vain le premier
s'est donné beaucoup de mouvemens pour l'empêcher.

28 *Mars*. Entre les sept nouveaux maréchaux
de France , les bons patriotes ont vu avec douleur le duc de Fitz-James , dont tous les exploits
consistent à avoir porté le trouble & la terreur
dans les provinces de Languedoc & de Bretagne:
il a eu successivement le commandement de
ces provinces & il a fallu le lui ôter. M. le comte
du Muy, ministre de la guerre, indigné que
pour dédommager ce petit despote de cette
double mortification on lui donnât le bâton au
préjudice de ses anciens qui avoient mieux servi
que lui, l'avoit fait retirer de la liste; mais le
comte de Maurepas n'en a pas voulu avoir le dé-
menti: quoi qu'il en soit, comme le comte du Muy
a été élevé à la même dignité, on a dit qu'il avoit
eu raison de briser le bâton du duc de Fitz-James,
puisqu'il en avoit conservé quelque éclat pour lui.

28 *Mars*. Après avoir beaucoup varié sur l'emplacement qu'on choisiroit pour placer les plans
en relief des places de guerre, on s'est déterminé
pour les invalides, où ils ne seront pas aussi utiles
qu'à l'école militaire , mais où le local a paru
sans doute plus convenable , & pour éviter la dépense que cette translation entraîneroit à l'hôtel de
l'école militaire.

31 *Mars.* M. le comte du Muy, fait maréchal de France, s'excuse d'avoir passé sur le corps de son frere en disant que sa majesté l'a exigé. On ne sauroit rendre compte de tous les brocards qu'on lance contre lui & les autres promus nouvellement, dont aucun n'a fait d'action à mériter cet honneur. Les deux Noailles sur-tout sont l'objet de la dérision générale : on n'a point d'exemple d'une telle faveur, accordée en même-temps à deux freres.

31 *Mars.* Extrait d'une lettre de Bordeaux, du 25 mars 1775... Entre tout ce qui se passe au sujet de la réintégration de notre parlement, il ne faut pas oublier de vous raconter une petite anecdote très-plaisante. Un conseiller, nommé M. Dominge, l'un des restants, en retournant du palais chez lui dans sa chaise, entendoit des huées qui le faisoient trembler. Il s'imaginoit que toute la populace étoit après lui ; il crioit sans cesse à son laquais qui l'escortoit à pied, de faire presser sa marche par ses porteurs : enfin il arrive à la maison, & tout transi, ne voyant, n'entendant rien, il se félicite devant son laquais de l'avoir échappé belle, & sur la surprise de celui-ci qui n'avoit observé aucun tumulte, il lui répond : « N'as->> tu pas entendu ces huées continuelles qui >> me poursuivoient ?... Bon ! Monsieur, >> ce n'étoient que vos porteurs qui vous >> huoient. »

1 *Avril* 1775. On est si mécontent de la gazette de France depuis qu'elle est entre les mains de l'abbé Aubert, qu'on parle d'en confier la rédaction au sieur Bret, autre homme de lettres, mais qui n'est pas plus exercé dans le genre de ce travail public.

*2 Avril.* Le 17 mars l'académie des Jeux Floraux a pris la délibération suivante. « L'académie pénétrée des sentiments que la France & la ville de Toulouse en particulier ont fait éclater à l'occasion du rétablissement du parlement, a cru ne pouvoir participer à la joie publique d'une maniere plus convenable à son institution & à ses anciens usages, qu'en proposant un prix extraordinaire destiné à une ode qui aura pour sujet *le rétablissement du parlement* , &c.

*2 Avril.* Madame de Champbonas est admise à la preuve des sévices & mauvais traitements de son mari. Cette affaire est si orduriere qu'elle se plaide à huit clos.

*4 Avril.* On ne sait à quoi attribuer la cessation des violons ordonnée par la police dans les guinguettes, long-temps avant celle des spectacles : les uns ont dit que c'étoit à cause de la cherté du pain , d'autres par ordre de M. le duc de la Vrilliere pour favoriser la foire & le wauxhall, auxquels madame de Langeac est sans doute intéressée.

*5 Avril. Les deux Regnes* sont un détestable poëme , ou plutôt ne sont qu'une histoire en mauvais vers. Il y a cependant des images , des fictions , des épisodes , mais qui , faute d'être mis en œuvre par un auteur de génie & de goût, ne produisent aucun effet , ne répandent aucun mouvement dans l'ouvrage. Au surplus , on juge que l'auteur est un très-chaud parlementaire. Quelques anecdotes scandaleuses ont sans doute fait arrêter ce pamphlet. Celle concernant les calomnies prétendues inventées par le chancelier contre la Reine n'a pas peu contribué à le faire

proscrire.

proscrire. Quant à l'historique, il est assez exact. Il commence à la mort de Louis XV, & finit par le rétablissement des parlements. Dans ce poëme d'environ 6,000 vers, on auroit peine à en choisir quelques-uns à retenir pour leur excellence.

8 *Avril.* L'affaire du comte de Guines contre le sieur Tort, son secretaire, continue à s'instruire ou à s'embrouiller par de volumineux mémoires qui se multiplient journellement. Cependant il ne faut pas confondre parmi ces écrits d'avocats, *la correspondance secrete de M. le duc d'Aiguillon au sujet de l'affaire de M. le comte de Guines & du sieur Tort, & autres intéressés, pendant les années 1771, 1772, 1773, 1774 &* 1775. En lisant avec attention cette brochure, on devient très au fait de la contestation, de toutes ses circonstances & des progrès qu'elle a fait, malgré les obstacles, les contradictions, les lenteurs qu'on a cherché à y apporter. On ne peut se dissimuler que cette publication doit tourner au désavantage de M. de Guines, en ce qu'elle produit au jour une conduite très-oblique de sa part. On voit qu'il ne s'est soumis à la décision des tribunaux ordinaires, qu'après avoir épuisé les divers moyens qu'il a imaginés de mettre en œuvre pour s'y soustraire, qu'après avoir provoqué la détention du sieur Tort & l'avoir prolongée autant qu'il a pu : il a d'abord cherché à écarter ce grief du plaignant contre lui, sous prétexte que l'emprisonnement ayant été fait par ordre du Roi, sa majesté n'est comptable de ses motifs qu'à elle-même ; qu'elle s'en réserve la connoissance exclusivement, & que dans aucun cas, un de ses sujets ne peut en demeurer responsable. Ce principe trop favorable au despotisme

*Tome XXX.* I

pour ne pas être adopté du ministere, se trouve
consigné en plusieurs endroits de cette correspondance, notamment dans une lettre du duc d'Aiguillon du 10 novembre 1772.

On voit encore que la prétendue décision du
conseil du roi en sa faveur, n'est qu'un rapport
fait par MM. d'Aguesseau, Joly de Fleury, conseillers d'état, & M. de Tolozan, maître des
requêtes, qui, suivant leurs lettres des 9 & 21
décembre 1773, prononcent que l'autorité du
Roi, l'honneur de sa couronne, & la dignité de
ses ambassadeurs dans les cours étrangeres ne
pouvoient être compromis par une instruction
judiciaire, & que sa majesté ne devoit point
arrêter le cours de la justice ordinaire.

Mais ce qui décele la mauvaise foi du comte
de Guines, c'est qu'après s'être prévalu d'abord
de sa crainte que la révélation des dépêches
ministérielles ne compromît les secrets de l'état,
& s'en être fait un moyen pour demander que
l'affaire ne fût pas portée devant les juges ordinaires, il déclare ensuite que les dépêches dont
il doit faire usage, n'intéressent en rien les négociations du ministere, & requiert lui-même
en conséquence la liberté d'en donner communication aux magistrats & au public.

8 *Avril.* La décision derniere des comédiens
sur la comédie des *Courtisanes* a été précédée
d'un discours du sieur Palissot, prononcé le 20
du mois dernier, dont le résultat est de déclarer
aux histrions qu'il n'abandonnera pas légérement les avantages qu'il avoit droit de se promettre de son ouvrage; que la police au surplus
y ayant mis son attache, l'objection faite par
quelques-uns la premiere fois devoit tomber;

qu'ayant joué *les Philosophes*, ils devoient encore moins être retenus par les considérations qu'ils apportoient en cette occasion - ci : qu'enfin sa piece étoit non - seulement très-admissible au théâtre, mais même nécessaire pour concourir à la réforme des mœurs; objet sur lequel le jeune monarque, dès son avénement au trône, avoit annoncé vouloir porter son attention. Ce discours n'a produit aucun effet, comme on a vu, & les comédiens n'ont été que plus opiniâtres à rejeter la comédie, sauf le sieur le Kain, dont l'auteur fait beaucoup valoir l'opinion en sa faveur.

*9 Avril.* Les nouveaux maréchaux de France ont pris séance le 4 au tribunal, où a été jugée l'affaire d'honneur élevée entre M. le marquis de Montalembert, sous-lieutenant des chevaux-légers, & M. de Roussignac, capitaine de cavalerie. Celui-ci avoit, il a plusieurs années, écrit une lettre au premier en forme de cartel, à raison de procédés de sa part dont il n'avoit pas été content, relatifs à une discussion d'intérêt : son adversaire s'en étant prévalu contre lui, l'accusé avoit été condamné à six ans de prison. Sorti depuis peu, il a trouvé M. de Montalembert chez le ministre de la guerre, & ne respirant que la vengeance, il l'a apostrophé de la façon la plus injurieuse & la plus méprisante. Il a été de nouveau condamné à un an, & un jour de prison.

*10 Avril.* M. le duc de Chartres s'est fortement intéressé auprès du tribunal pour M. de Roussignac, qui d'ailleurs s'est conduit avec beaucoup de fermeté.

Son adversaire a été obligé de donner la démillion de son emploi dans les chevaux-légers. Il étoit fort connu pour des comédies qu'il donnoit chez lui, où sa femme jouoit, & si renommées que les gens de la cour les plus distingués vouloient y assister. On se doute bien qu'un pareil événement a fait fermer le théâtre. Par une cruelle plaisanterie on a mis sur la porte du maître, *relâche*, allusion à la double circonstance.

12 *Avril.* Il court une lettre manuscrite adressée à M. le comte de Maurepas. C'est une critique amere de son administration : on la croit de quelque membre du grand-conseil : les connoisseurs l'attribuent à M. Gin ; elle est encore très-rare & mérite une discussion.

14 *Avril.* On a parlé d'un bâtiment ordonné à la ville, & qu'elle avoit fait ériger dans la plaine des Sablons à l'usage de la Reine, pour que sa majesté pût y voir plus à l'aise les courses de chevaux & autres spectacles de ce genre : il est venu depuis peu un ordre du Roi pour le détruire.

14 *Avril.* Dans la *Lettre à M. le comte de Maurepas*, ce ministre est fort maltraité : il paroît qu'on lui en veut, sur-tout pour le rétablissement du parlement, qu'on lui reproche comme une surprise faite à la religion du Roi ; il est aisé d'en conclure que l'auteur est un partisan très-attaché à M. le chancelier & à son système.

Ce pamphlet manuscrit est plus rempli d'anecdotes que de raisonnements. On y rappelle d'abord en bref celle qui a ramené à la cour M. de Maurepas, après vingt-cinq ans de disgrace ; on a la noirceur de faire rejaillir sur lui l'imputation atroce attribuée à M. de Maupeou concernant les calomnies fur la Reine ; calomnies trop criminellement audacieufes pour qu'aucun des deux s'en fût rendu l'auteur, & qu'il ne faut envifager que comme une imagination infernale produite par les ennemis de tous deux. La maniere dont on veut que le *mentor* du Roi ait écarté de fa majefté les anciens miniftres, & même les nouveaux qu'il ne fentoit devoir pas être favorables à fes vues, eft plus vraifemblable, & n'eft qu'un coup de politique innocente fuivant la légitimité de fes projets. Son concert avec le duc d'Orléans pour lui faire rompre le premier la glace fur un projet délicat, dont l'annonce feule devoit révolter un jeune monarque jaloux de toute fon autorité, n'eft encore qu'une manœuvre fage, ufitée par tout homme prudent qui médite un grand deffein auquel il prévoit des obftacles proportionnés. L'inconféquence dans l'exécution & dans les fuites, la molleffe de fon adminiftration & de celle du chef fuprême de la juftice, l'efpece d'anarchie qui en réfulte, font des reproches plus fondés & plus vrais.

Cet écrit fimple, modéré en apparence, eft une fatire amere & puniffable par l'injuftice & la noirceur des imputations dont on charge M. de Maurepas, qui, à certains égards calomnié, n'eft pas mal peint à d'autres, & qui certainement fe feroit fait beaucoup plus d'honneur, s'il eût quitté la cour & fût retourné dans fa retraite après le rétabliffement du parlement de Paris.

14 *Avril.* Il paroît un arrêt du confeil du 2 avril, qui fupprime *la théorie du libelle*, comme

I 3

contenant des injures, des déclamations & des calomnies contre des personnes dignes de l'estime & de la confiance publique. On ne doute pas que ce ne soit M. Turgot qui ait provoqué cette vindicte en faveur des économistes contre Me. Linguet: comme ce ministre d'ailleurs n'aime pas le lieutenant-général de police actuel, il aura été bien aise de saisir ainsi l'occasion de mortifier indirectement ce magistrat, dont l'auteur de l'ouvrage avoit surpris la confiance, & qui avoit osé le produire sous ses auspices.

14 *Avril.* On voit avec peine dans la gazette de France d'aujourd'hui, que dans l'énumération des personnages augustes de la famille royale qui ont fait leurs dévotions, M. le comte d'Ar★★★★ soit le seul non compris; ce qui confirmeroit les bruits publics sur les affections criminelles dans l'esprit de la religion qu'on lui suppose, & qui ont occasionné ces fréquents voyages *incognito* à Paris de son altesse royale, qui excitoient la curiosité des courtisans, & ont été divulgués par eux.

15 *Avril.* M. le duc d'Aiguillon débite un *supplément à sa correspondance*: ce sont de nouvelles lettres retrouvées au bureau des affaires étrangeres, ou à la police, qui ne sont pas plus favorables que les précédentes à M. de Guines.

16 *Avril.* La demoiselle du Thé est une courtisane très-renommée. On a prétendu depuis peu que M. le comte d'Ar★★★★ avoit pris du goût pour elle. On disoit par plaisanterie que ce prince ayant eu une indigestion de biscuit de Savoie, venoit prendre du thé à Paris; mais ce quolibet fondé seulement sur une rumeur générale, n'a nul motif. Cependant c'en est assez pour avoir

indifposé le public contre elle ; & jeudi dernier s'étant montrée à Longchamp dans un carroffe à fix chevaux avec l'appareil d'une femme de la plus haute qualité, elle a été tellement entourée & huées, qu'elle n'a pu entrer en file, & que fon carroffe a été forcé de rétrograder ; il a fallu qu'elle s'en allât.

17 *Avril*. Il paroît un *mémoire à confulter & confultation* pour le fieur Paliffot de Montenoy, contre la troupe de la comédie françoife. Voici le fait comme il le raconte.

Le famedi 11 mars il avoit lu à l'affemblée des comédiens une pièce nouvelle intitulée *les Courtifanes*, ou *l'Ecole des mœurs*. Il y eut fept voix pour l'acceptation pure & fimple ; huit, en louant la pièce, l'ont rejetée avec le plus grand regret comme peu compatible, par fon extrême indécence, avec la dignité du théâtre françois. L'auteur, pour lever ces fcrupules, a obtenu fans difficulté, le 18 mars, l'approbation de la police, & le lundi 20 il l'a notifiée lui-même aux comédiens en prononçant le difcours dont on a parlé. La troupe, en délibérant de nouveau, a chargé le fieur Defeffarts d'annoncer à l'auteur qu'elle avoit jugé fa première décifion *légale*. On fent combien tout cela prête aux farcafmes de l'avocat, Me. François de Neufchâteau. Suit une confultation datée du 8 avril, où les jurifconfultes font d'avis que la queftion propofée intéreffe vifiblement la grande police, & doit conféquemment être foumife à la décifion des magiftrats.

17 *Avril*. M. de Montalembert a 4000 liv. de retraite, & fon neveu l'agrément de la cornette vacante par fa fortie. Cette double faveur

I 4

indispose la compagnie des chevaux - légers contre le commandant, qui manifeste sa partialité pour cet officier. Cela renouvelle l'anecdote de l'intimité de ce seigneur avec Mlle de Comarieu, ci-devant sa maîtresse connue, aujourd'hui femme de l'expulsé. La vilaine affaire du mari avec M. de Roussignac donne lieu à s'entretenir de cette anecdote scandaleuse; dont madame de Montalembert semble aussi provoquer la révélation en se montrant en spectacle sur son théâtre : en admirant ses talents, on s'entretient de la personne, & ces détails répandus encouragent merveilleusement les aspirants.

17 *Avril*. La salle de comédie de Troies a été brûlée & quelques maisons qui en étoient voisines : aussi ce dommage auroit dû être plus grand, toute la ville étant presque bâtie en bois. Le goût scénique propagé dans toutes les provinces, qui excite à bâtir jusques dans les moins susceptibles de cette dépense des salles de comédie, deviendra non moins funeste au physique qu'au moral, si l'on ne prend pas plus de précautions pour prévenir ou arrêter ces incendies.

19 *Avril*. M. le comte d'Ar★★★★ dont les courtisans continuent d'épier les démarches, veulent que son altesse royale ait été seulement remise à huitaine à confesse, suspension qui l'a empêchée de faire ses pâques avec la famille royale ; il a rempli ce devoir mardi dernier avec beaucoup d'appareil pour l'édification publique.

20 *Avril*. Un refus de sacrements fait avec éclat sur la paroisse de St. Severin à un abbé malade, a pensé ranimer la fermentation assoupie depuis quelques années entre les deux partis qui divisent actuellement les dévots. Sa mort a

terminé la querelle. On a affecté de le faire
enterrer avec beaucoup de pompe. Tous les prêtres
jansénistes du quartier se sont rendus à ses obsè-
ques, & même plusieurs conseillers au parlement
entachés de ce ridicule, tels que MM. Clément, &c.

21 *Avril.* M. le contrôleur-général persistant
toujours dans son système sur la liberté du commerce des grains, dans lequel l'entretiennent
les économistes, ne s'émeut point de la cherté
qui s'élève de toutes parts : il assure qu'elle ne
sera pas plus forte qu'elle ne l'étoit du temps du
monopole; mais que cette calamité n'aura qu'un
temps, & que les accapareurs, punis de leur
cupidité, perdront pour toujours le désir de
garder leurs bleds.

22 *Avril.* Il paroît une petite brochure intitulée *la Censure*, lettre à ****. Elle roule sur
la longue querelle entre Me. Linguet & son
ordre. On l'attribue à Me. Target.

23 *Avril.* Outre les sept péchés capitaux dont
on a fait la plaisanterie sur les nouveaux maréchaux de France, on dit un quolibet qui n'est
pas sans sel; on prétend qu'ayant cherché à les
comparer aux sept planetes, on n'a pas trouvé
de *Mars.*

24 *Avril.* M. de Rulhieres a eu l'honneur de
lire derniérement devant le Roi son histoire
manuscrite de *la révolution de Russie* : on ne doute
pas que ce ne soit *Monsieur,* auquel il a l'honneur d'être attaché, qui ait excité la curiosité
de sa majesté. Bien des politiques sont fâchés
de la publicité de cette anecdote : ils craignent
qu'elle ne parvienne aux oreilles de l'impératrice
des Russies : ils savent combien, vraisemblable-

I 5

ment, par ordre de cette souveraine, on a intrigué pour anéantir, s'il eût été possible, jusqu'au manuscrit de cet ouvrage. Elle ne pourra qu'être très-fâchée du cas qu'on en fait à la cour de France, & cela doit éloigner cette princesse d'une réunion avec elle qu'on sembloit avoir fort à cœur.

25 *Avril.* Extrait d'une lettre de Dijon, du 20 avril 1775: Il vient d'arriver dans cette ville une émeute considérable par rapport à la cherté des grains. Grand nombre de gens de la campagne ont abattu un moulin appartenant à un monopoleur. Ils sont venus à la ville, &, après différents désordres ont été chez M. de Sainte-Colombe, conseiller au parlement, un des restants, & expulsé pour raison de cette imputation de monopole. Les mutins sont entrés chez lui; ils ont déclaré ne vouloir rien enlever, mais ils ont tout cassé, tout brisé, & tout jeté par les fenêtres. M. de la Tour-du-Pin qui commande en cette ville, n'a pas peu contribué à les irriter par la réponse dure dont il n'a pas senti vraisemblablement l'inhumanité. Sur ce qu'ils lui exposoient leur besoin, le manque de pain où ils étoient, ou du moins l'impossibilité pour eux d'atteindre au prix de cette denrée, il leur a répondu: *Mes amis, l'herbe commence à pousser, allez la brouter.* Sans l'évêque qui est sorti de son palais épiscopal pour haranguer ces malheureux & les ramener à la douceur, il eût été à craindre que le désordre ne fût devenu plus grand. Un frère de l'évêque, militaire, inquiet de ce prélat, étant sorti pour aller à sa rencontre, a été pris pour M. de la Tour-du-Pin. Déjà un homme derrière lui avoit le cou

teau levé pour le frapper, lorfqu'un autre lui a
retenu le bras, en lui difant qu'il fe trom-
poit.

27 *Avril*. Il paroît un arrêt du conseil du 24
de ce mois, qui excite une grande fermentation
dans cette capitale : il eft relatif aux grains.
On femble chercher à y raffurer le public fur les
alarmes que lui donne la cherté du bled augmen-
tant de jour en jour, même à Paris, malgré
toutes les précautions prifes pour que cette ville
foit abondamment fournie. On ne trouve pas
que le préambule foit adroit : il y eft dit que la
médiocrité de la récolte de l'année derniere
n'avoit fourni à la France que la fubfiftance
néceffaire pour la totalité de fes habitants ; en
forte que pour peu que les propriétaires, par
précaution ou par cupidité, ne vouluffent pas
mettre dans le commerce toute la portion de
leur récolte, il feroit à craindre qu'il n'y eût
difette ; que, d'un autre côté, la rareté de cette
même denrée chez l'étranger ne l'avoit point
rendue moins chere chez eux, & que cela pouvoit avoir empêché les commerçants de faire
des fpéculations utiles fur ce négoce : que dans
ces circonftances, fa majefté croyoit devoir leur
fournir un encouragement. En conféquence des
facilités, des exemptions, des gratifications, des
primes, &c. dont le détail eft inutile.

Ce qu'il eft effentiel d'obferver, c'eft que, par
le premier article de cet arrêt, toutes les difpofitions du fyftême actuel fur cette adminiftration
font confirmées : liberté entière & générale de
transporter d'une province à l'autre, d'emma-
gafiner, de garder chez foi, fans que les officiers
de police puiffent fe mêler en rien de cette

I. 6

partie. Enfin, il réfulte de cet arrêt que le gouvernement veut bien empêcher qu'on ne manque de bled en France, mais non qu'il y foit cher : il le déclare même affez pofitivement, en annonçant que la denrée qu'on va chercher fera pour le moins auffi chere que celle de France.

17 *Avril.* C'est aujourd'hui que M. le chevalier de Châtellux, élu par l'académie françoife pour remplacer M. de Châteaubrun, vient prendre féance dans cette compagnie. Pour éviter le tumulte occafionné à la derniere réception, M. d'Alembert, le fecretaire perpétuel, a propofé à fes confreres des difpofitions nouvelles. On eft convenu de renforcer la garde, & d'élever de fortes barrieres qui puffent en impofer au public. Cet appareil, au lieu de préfenter la fimple & modefte entrée du paifible fanctuaire des mufes, fembloit annoncer le temple efcarpé de la gloire qu'il falloit gagner par efcalade. Au refte, la foule des curieux augmentée encore cette fois a juftifié cette formidable précaution. Ces affemblées font devenues des fêtes à la mode, auxquelles il eft du bon ton de ne pas manquer, même de la part des femmes les plus qualifiées de la cour. On fent qu'en conféquence toutes les regles doivent être interverties, & que l'heure de la féance, trop fcholaftique, (à trois heures & demie) a dû être reculée. On a commencé fort tard, pour donner le temps au beau fexe d'arriver & de s'arranger.

28 *Avril.* Hier M. le chevalier de Châtellux, dès fon entrée dans la falle de l'académie françoife, a été accueilli du public prefque avec autant d'enthoufiafme que M. de Malesherbes l'avoit été le jour où il parut pour la premiere

fois dans cette assemblée. Malheureusement ces applaudissements n'ont pas été soutenus, & durant le débit de son discours, le récipiendaire en a peu obtenu; on l'a trouvé long, abondant en paradoxes, & dénué de ce goût qui a fait le principal objet de la dissertation de M. le chevalier de Châtellux. Il a sagement évité de la définir: il a prétendu la faire mieux connoître historiquement, c'est-à-dire, en rendant compte des diverses époques où le goût paroissoit avoir véritablement dominé. Il a avancé comme un axiome très-certain que le goût ne pouvoit point exister au milieu de l'esclavage, & cependant il a contredit sur le champ lui-même son assertion en assignant, ainsi que tous les gens de lettres, les siecles d'Alexandre, d'Auguste & de Louis XIV, comme les trois siecles brillants de la littérature. Eh! qui ne sut que c'est dans ces trois siecles où les ames ont commencé à se façonner à l'esclavage? Son principe se trouve donc faux, & peut-être qu'on prouveroit plus aisément la proposition contraire; c'est que le récipiendaire a confondu mal-à-propos le goût & le génie.

M. de Châtellux a avancé une autre proposition non moins hétérodoxe; savoir, que le goût n'étoit point, comme les choses physiques, assujetti nécessairement à l'altération & au dépérissement. On a conçu aisément que c'étoit par adulation pour ce siecle qu'il avoit hasardé cette étrange opinion, trop démentie par les faits.

Il a donné des définitions plus justes de ce qui avoit constitué principalement le goût dans les trois époques mémorables, dont on vient de parler. Chez les Grecs, dont la vanité & la curiosité étoient les passions dominantes, il falloit flatter le peuple par un luxe faſtueux de paroles, & l'amuſer par des contes. C'eſt en effet ce qui caractériſe Homere, le modele de tous les auteurs de cette nation. Le Romain, plus auſtere & plus farouche, avoit beſoin qu'on parlât moins à ſon oreille qu'à ſon ame ; & voilà pourquoi les écrivains de cette nation ſont plus précis, plus ſerrés de penſées. Enfin, la raiſon eſt l'apanage dominant des auteurs François, parce que la philoſophie ayant marché chez nous preſque de front avec les arts & les lettres, a fait les mêmes progrès qu'eux, & a dû prendre bientôt l'empire qui lui convient par-tout.

Après une digreſſion très-étendue ſur tous ces objets, le récipiendaire en eſt enfin venu au véritable point de l'inſtitution de ce diſcours, c'eſt-à-dire, qu'il a fait l'éloge de ſon prédéceſſeur, M. de Chateaubrun ; mais il l'a traité ſuccinctement, & a prétendu que le directeur rempliroit plus dignement cette fonction.

Ce directeur étoit M. de Buffon, pour le compte duquel étoit venu une grande partie des ſpectateurs empreſſés de l'entendre. Il a le talent de débiter de mémoire, d'un ton ferme & noble, proportionné à ſon ſtyle.

Il a commencé par fronder la malheureuſe habitude où l'on étoit depuis plus d'un ſiecle à l'académie, de faire à ces ſortes d'aſſemblées un échange réciproque de louanges fades & viles. Ce coup d'œil philoſophique ſur l'abus de ces aſſemblées a merveilleuſement excité l'attention du public ; mais on a bientôt reconnu que ce n'étoit qu'un tour oratoire pour amener les louanges de M. le chevalier de Chatellux, ſur leſquelles il s'eſt repoſé avec complaiſance. Outre le livre *de la Félicité publique*, le seul de cet auteur que l'on connût, il a fait mention de *l'Accord de la poésie & de la musique*, & des *Vies de quelques grands capitaines*; autres productions du même candidat qu'on ne connoissoit point. Il a hasardé une légere critique sur le premier ouvrage, qu'il a bientôt compensée par l'éloge du second, modele de goût, suivant M. de Buffon. Il ne s'est pas appesanti beaucoup plus que le nouvel académicien sur M. de Châteaubrun, &, par une affectation encore plus remarquable dans l'auteur de *l'histoire naturelle*, il a moins exalté les talents que les vertus chrétiennes du défunt. La circonstance de son pere mort, comme M. de Châteaubrun tout récemment dans un âge très-avancé, lui a fourni une transition pour sortir de son discours, en disant que les sanglots étouffoient sa voix.

A travers les excellentes choses qu'a dites le directeur, on a critiqué quelques puérilités, telles qu'une comparaison trop soutenue de ces compliments avec un bouquet, dont l'auteur a retourné toutes les faces applicables à l'objet comparé.

*29 Avril. L'éloge de la Motte*, lu par M. d'Alembert à la derniere séance publique de l'académie françoise, n'étant point imprimé encore, ceux qui n'y ont point assisté sont obligés de s'en rapporter aux autres; mais comme les opinions sont très-opposées, voici le jugement qui nous a paru le mieux motivé & le plus impartial.

La longue vie de la Motte, ses systêmes hardis, ses ouvrages multipliés en tout genre, ne pouvoient que fournir une ample matiere à l'historien. L'amour-propre de cet auteur étoit si chatouilleux, fi fufceptible d'être défefperé, qu'ayant éprouvé une chûte aux Italiens, il ne put foutenir ce revers & s'enfuit à la Trappe. Mais ce même amour-propre le fit fortir bientôt de fa retraite & courir une feconde fois à la célébrité. Son premier ouvrage fut un opéra qu'il compofa avec *Campra*, transfuge auffi de l'état eccléfiaftique. Le théâtre lyrique doit trois genres à la Motte, le ballet héroïque, la paftorale & la comédie-ballet. Il eut auffi des fuccès à la comédie françoife. En parlant de fa premiere tragédie des *Maccabées*, M. d'Alembert cite une finguliere anecdote; c'eft que le fameux Baron, quoique déjà vieux, faifoit le rôle du plus jeune des freres, & que la vérité de fon jeu faifoit difparoître la diftance de l'âge. S'étendant enfuite, on ne fait trop pourquoi, fur cet acteur, il ajoute que jouant dans le même temps le rôle du *Menteur*, lors d'un certain vers où ce perfonnage demande s'il n'a pas encore l'air d'un écolier, le parterre, toujours tenté de rire, fe contenoit par refpect pour l'acteur. Ce mot de *refpect* a femblé fort extraordinaire dans la bouche de M. d'Alembert, du fecretaire de l'académie françoife, & devant l'affemblée la plus refpectable de la littérature.

Dans ce long détail que donne le panégyrifte des écrits & des fyftêmes du défunt confrere, on ne trouve aucune anecdote nouvelle. On eft même furpris qu'il ait oublié de faire la plus légere mention de celle des fameux couplets attribués à Rouffeau & qui ont occafionné fon exil, quoiqu'il paroiffe bien conftant aujourd'hui qu'ils n'étoient pas de lui, & que bien des gens les attribuent à la Motte. La réticence de

M. d'Alembert feroit très-propre à juftifier ce dernier foupçon.

Le trait le plus touchant de cet éloge de l'académicien eft celui d'un jeune homme fougueux & mal élevé, qui donna un foufflet à la Motte, parce que dans une foule celui-ci lui avoit marché fur le pied : Vous allez être bien fâché, » Monfieur, lui dit-il tranquillement, en fe » retournant vers lui ; car je fuis aveugle. » En effet il avoit éprouvé ce malheur, fans être dans un âge fort avancé, & c'eft un autre point intéreffant de la vie de la Motte, dont on eft fâché de ne pas trouver les particularités dans cet éloge.

M. d'Alembert termine par un parallele de la Motte & de Fontenelle, où il y a des chofes finement vues & ingénieufement rapprochées. L'article du parallele fur lequel le fecretaire infifte le plus, c'eft la maniere dont ces deux hommes célebres, fort répandus, fort fêtés, fe comportoient, foit avec les grands, foit avec les fots. Il en réfulte que Fontenelle entendoit mieux l'art de fe ménager avec les premiers, & la Motte celui de fe faire aimer des derniers. Ainfi fa philofophie étoit encore mieux entendue que celle de l'autre, car on peut éviter le commerce des grands ; mais on ne peut fe fouftraire à la multitude trop nombreufe des fots.

Un autre point du parallele que M. d'Alembert a omis & qui n'étoit pas moins inftructif à toucher, c'eft la maniere dont tous deux fe conduifoient envers les critiques. Dans le courant de la vie de fon héros, M. d'Alembert obferve un trait bien propre à caractérifer la modération de cet auteur. Un mauvais poëte fatirique, nommé

Gaçon, le harceloit continuellement par ses critiques & ses épigrammes, sans qu'il daignât y répondre. Gaçon outré, publia une nouvelle satire intitulée *Réponse au silence de M. de la Motte.*

Cet éloge de petite maniere, écrit en style haché, a le défaut ordinaire de toutes les productions académiques de M. d'Alembert, c'est-à-dire, beaucoup de prétention. C'est sans doute par cette raison qu'en parlant des éloges que Fontenelle prononçoit devant l'académie des sciences des différents membres de cette compagnie morts, lorsqu'il en étoit secretaire, il fait le plus grand cas de ce livre, il le regarde comme un monument de génie, comme le trophée le plus immortel que l'historien ait élevé à la gloire de ses confreres & à la sienne. M. d'Alembert, par un retour d'amour-propre sur lui-même, songeoit alors qu'il faisoit aussi des éloges, & l'on pourroit lui dire, comme dans la comédie : *Vous êtes orfevre, M. Josse.*

*Mai* 1775. Il paroît un arrêt du conseil d'état, du 7 avril, qui casse les ordonnances des officiers de la sénéchaussée & lieutenants-généraux de police de la Rochelle, des 9 & 10 mars 1775; la premiere, en ce qu'elle ordonne la visite dans les greniers, de grains venant de chez l'étranger ; & la seconde, en ce qu'elle en suspend la vente sous le prétexte qu'ils sont avariés.

Cet arrêt fort long, fort bavard, fort scientifique, comme tout ce qui sort aujourd'hui des bureaux de M. le contrôleur-général, est remarquable par les propositions suivantes : *Que des grains gardés dans des magasins ne peuvent jamais nuire au public ; que c'est au commerçant dont les* grains ont souffert dans le trajet quelque dommage, à déterminer s'il doit ou s'il veut faire les dépenses nécessaires pour le réparer, & la maniere & le temps qu'il emploiera pour y parvenir, sans qu'aucun juge de police puisse ni faire visiter ces grains, ni lui fixer un délai pour les remettre dans un meilleur état, ni constater par une procédure qu'il ne les y a pas rétablis ; que l'intérêt du commerçant est, à cet égard, la seule regle qu'il doit suivre ; qu'il peut user de sa chose comme il lui plaît, & qu'aucun juge ne peut violer ce droit de la propriété ; que la vente même de ces grains ne peut pas être interdite ; qu'elle est souvent nécessaire, qu'elle est utile, qu'elle ne peut être nuisible ; qu'enfin ce n'est pas la vente des grains qui peut nuire au peuple, que c'est la fabrication & la vente du pain ; que ce n'est donc que sur la vente & la qualité du pain que doit veiller la police.

1 *Mai.* On a nouvelle d'une émeute arrivée à Pontoise à l'occasion des bleds dont le peuple s'est emparé & qu'il a payés le prix qu'il a voulu : comme l'Isle-Adam est voisine de cette ville, on prétend que le prince de Conti, qui ne peut souffrir ni M. Turgot, ni les économistes, ni leur système, fomente sourdement l'émeute ; ce qui fait craindre qu'elle n'ait des suites, & que la fermentation ne s'étende jusques aux environs de la capitale & dans la capitale même.

1 *Mai.* On doit commencer incessamment au Châtelet le rapport du procès de M. le comte de Guines, & le public attend avec impatience le jugement d'une affaire qui excite depuis si long-temps sa curiosité.

2 *Mai.* Le ministere est fort occupé des moyens

de remédier aux désordres qui se manifestent partout, à l'occasion de la cherté des grains, que bien des gens attribuent à la liberté entiere & illimitée laissée à l'égard de ce commerce. Comme c'est en Bourgogne où la fermentation a été la plus vive & la plus funeste, il paroît un arrêt du conseil en date du 22 avril, qui suspend à Dijon, Beaune, Saint-Jean-de-Lône & Montbard la perception des droits sur les grains & farines, tant à l'entrée desdites villes que sur les marchés.

Le motif de cette suspension est, que les droits établis sur les grains les rendant plus rares & plus chers, sa majesté espere qu'il en résultera une diminution de la denrée. Elle persiste au surplus dans sa volonté pour la liberté de ce commerce ; elle n'entend pas non plus nuire aux propriétaires des droits en question, & se propose de leur en assurer une indemnité.

2 *Mai.* Ce qu'on craignoit est arrivé ; la fermentation a gagné Saint-Germain-en-Laye, Poissy & autres lieux adjacents : ce sont de nouvelles émeutes & le tumulte a été tel dans la premiere ville, que M. le maréchal duc de Noailles a invité tous les militaires qui y résidoient de se rendre auprès de sa personne. La licence de ces bandits n'a point encore été arrêtée malgré les précautions qu'on a prises, & ils ont annoncé qu'ils iroient le lendemain à Versailles.

3 *Mai.* Extrait d'une lettre de Versailles, du 2 mai.... Les factieux ont tenu parole & l'émeute s'est manifestée aujourd'hui dans Versailles, jusques sous les yeux du Roi. Sa majesté en a été si affligée qu'elle n'a pu dîner. Elle a

donné sur le champ ordre que le pain fût mis à deux sous ; mais, peu de temps après, elle a écrit à M. Turgot qui étoit à Paris , qu'il eût à se rendre sans délai près de sa personne ; que, cédant à la premiere impulsion de son cœur, elle avoit eu égard aux acclamations d'une populace alarmée ; mais qu'elle s'en repentoit déjà , qu'elle craignoit d'avoir commis une faute en politique , & qu'elle vouloit la réparer. En effet, le ministre ayant volé ici , a représenté au Roi le danger d'une pitié imprudente ; & peu après il y a eu ordre aux boulangers de ne livrer le pain qu'au prix courant.

3 *Mai.* On a vu que malgré les arrêts du conseil publiés coup sur coup pour tranquilliser les esprits sur la cherté du bled toujours croissante & pouvant faire craindre enfin une disette , le peuple s'est alarmé dans plusieurs provinces ; la terreur a gagné les environs de la capitale : il y a eu des émeutes à Pontoise , à Poissy , à Saint-Germain-en-Laye , & même à Versailles. Enfin aujourd'hui il y en a eu une à Paris très-considérable. On en étoit prévenu dès la veille ; l'on a mis sur pied le guet à pied, le guet à cheval, les gardes - françoises, les gardes-suisses, & l'on a fait marcher jusques aux mousquetaires. Ces troupes ont préservé la halle aux bleds des ravages des mutins , mais n'ont pu empêcher qu'on ne pillât les boulangers.

M. le contrôleur-général n'a point été ému de cet orage passager, il s'étoit transporté hier chez le premier-président & l'a prévenu du désir du Roi que son parlement ne se mêlât en rien de cette police. En effet, les chambres assemblées ce matin, M. d'Aligre a fait part d'une lettre

du Roi qu'il venoit de recevoir, où sa majesté
disoit qu'instruite des diverses émeutes arrivées
ces jours-ci, & de celle qui avoit lieu dans ce
moment même à Paris, elle alloit s'occuper des
moyens d'en arrêter les suites; qu'elle avoit
déjà découvert en partie d'où provenoit la fermentation occasionnée par des gens mal intentionnés; qu'elle comptoit être incessamment
instruite de toute cette machination, & qu'elle
vouloit que son parlement ne traversât point
ses vues par une activité dangereuse & mal
éclairée.

Sur quoi M. le premier président a été chargé
de se retirer pardevers le Roi, pour témoigner
à sa majesté le zele & la soumission de la compagnie, qui s'en rapportoit entiérement à sa
sollicitude paternelle sur un objet qui causoit des
alarmes si vives & si générales.

4 *Mai.* La premiere piece que les comédiens françois doivent donner est *le siege de Paris* du sieur Sédaine, tragédie en prose; mais comme il y est question d'émeute & de révolte, la circonstance semble
fort critique, & l'on doute que la police permette
de si tôt la représentation, annoncée comme
prochaine.

4 *Mai.* On se loue beaucoup de la maniere
généreuse dont les mousquetaires se sont conduits
hier pendant l'émeute: non-seulement ils n'ont
sévi contre personne, mais ils ont tiré de l'argent de leur poche, ils l'ont donné à ceux de
la populace attroupée qu'ils ont jugé être dans un
besoin réel.

4 *Mai.* Le ministere ne s'est occupé depuis hier
que des moyens d'arrêter le désordre dont on
a rendu compte, & qui n'a été si grand, qu'à

cause de la cérémonie de la bénédiction des dra-
peaux indiquée à ce jour là, qu'on n'a point
voulu remettre, dans la crainte que cette suspension ne répandît plus de terreur ; mais dont
l'effet à été d'enlever pour ce temps là une partie
des troupes qui auroit été nécessaire pour la sûreté
générale.

Dès l'après-midi on a commencé par rassurer
les boulangers, en leur donnant des faction-
naires pour la garde de leurs boutiques ; on a
enjoint à ceux qui, dans leur terreur, ne vouloient pas cuire, de le faire, & l'on a pris
toutes les précautions pour que la subsistance de
Paris ne pût manquer.

D'un autre côté, pour contenir le peuple,
que la fermentation auroit pu gagner, on a affiché l'ordonnance de police suivante, en date du
3 mai, qui a été proclamée d'abord à son de
trompe.

« Nous ordonnons, ce requérant le procureur
» du Roi, que les boulangers auront la faculté
» de vendre le pain au prix courant. Faisons très-
» expresses inhibitions & défenses à toutes per-
» sonnes de les forcer de le vendre à moindre
» prix. Enjoignons aux officiers du guet & de la
» garde de Paris de saisir & arrêter ceux qui
» contreviendront à la présente ordonnance, pour
» être punis suivant la rigueur des loix ; requé-
» rons tous officiers commandants de prêter
» main-forte à son exécution ; défendons à toutes
» personnes de s'introduire de force chez les
» boulangers, même sous prétexte d'y acheter
» du pain, qui ne leur sera fourni qu'à la charge
» de le payer au prix ordinaire. Mandons aux
» commissaires du Châtelet de tenir la main

» à l'exécution de notre présente ordonnance,
» qui sera imprimée, publiée, affichée dans
» cette ville, fauxbourgs & banlieue, & par-tout
» où besoin sera, à ce que personne n'en
» ignore.

» Ce fut fait & ordonné par nous Jean-Charles-
» Pierre le Noir, chevalier, conseiller du
Roi, &c.

5 *Mai.* M. le Noir, lieutenant-général de
police, a reçu hier une lettre du Roi, qui le
remercie de ses services & lui demande la démif-
fion de sa place. Sa majesté ne lui marque aucun
mécontentement personnel; elle lui dit même
qu'elle n'a rien à lui reprocher, mais que le
sachant dans des principes opposés à ceux de
son contrôleur-général, & au genre d'administration qu'il veut introduire, elle ne le croit
plus propre à remplir la place qu'il lui avoit confiée: que du reste elle n'oubliera point les services
qu'elle sait qu'il a rendus à son aïeul en diverses
circonstances.

C'est M. d'Albert, ancien conseiller au parlement, chargé de l'administration des bleds,
comme intendant du commerce, qui succede
à M. le Noir. M. Turgot, lors de sa discussion avec ce lieutenant-général de police,
à l'occasion de la nouvelle loi concernant les
grains, lui avoit fait ôter l'approvisionnement de Paris, qu'il avoit déja confié à
M. d'Albert.

5 *Mai.* Malgré la lettre du Roi, le parlement a cru devoir s'assembler encore hier sur
l'objet intéressant qui alarme tout Paris. Plusieurs
de messieurs ont fait récit de ce qu'ils avoient

vu, entendu, ou appris de leurs terres. Il en
a résulté que tout étoit en commotion, non-
seulement dans la capitale, mais dans les environs, à une grande distance, & dans les provinces
circonvoisines : à l'égard de Paris, que le peuple
étoit resté encore tranquille & simple spectateur
du pillage exécuté seulement par les gens
venus de la campagne ; mais que plusieurs circonstances indiquoient que ces étrangers vaga-
bonds étoient moins excités par la misere
que par d'autres motifs essentiels à approfondir.
Un fait dont un conseiller des enquêtes a
rapporté avoir été témoin, a confirmé cette
opinion.

M. de Pomeuse a raconté que s'étant trouvé
dans la bagarre du mercredi, il avoit vu une
femme plus animée que les autres ; qu'il étoit
allé à elle, qu'il l'avoit sollicitée de se retirer
de la mêlée, en lui offrant un écu de six francs
pour aller acheter du pain ; mais que cette
femme, rejetant son écu, lui avoit répondu
avec un sourire ironique : *Va, va, nous n'avons
pas besoin de ton argent, nous en avons plus que
toi* ; & qu'en même temps elle avoit fait sonner
sa poche, dont le bruit sembloit indiquer en
effet la vérité de ce qu'elle disoit.

D'après les divers récits de messieurs, & les
considérations que chacun a proposées, on est
convenu de la nécessité de rendre arrêt sur le
champ, soit pour empêcher le peuple de prendre
part au tumulte, en renouvellant les ordonnances
contre les attroupements, émeutes, &c. évitant
cependant de l'aigrir par des menaces de peines
articulées & trop sévères, soit pour le consoler
en lui faisant voir que le parlement s'occupoit

de fes befoins , & fongeoit à réclamer la vigilance paternelle du monarque.

En conféquence l'arrêt a été rédigé par un difpofitif très-court , & il a été mis au bas l'arrêté fuivant :

« Ordonne en outre que le Roi fera très-
» humblement fupplié de vouloir bien faire
» prendre de plus en plus les mefures que lui
» infpireront fa prudence & fon amour pour
» fes fujets , pour faire baiffer le prix des grains
» & du pain à un taux proportionné aux be-
» foins du peuple , & pour ôter auffi aux gens
» mal-intentionnés le prétexte & l'occafion dont
» ils abufent pour émouvoir les efprits. »

Cet arrêt a été envoyé fur le champ à l'impreffion ; mais la cour ne le trouvant pas conforme à fes principes , a donné des ordres à l'imprimeur de ne le point diftribuer , d'en rompre la planche.

5 Mai. M. le Laboureur , qui exerçoit par interim la place de commandant du guet , en attendant que M. de Roquemont , le vrai titulaire , fût en âge d'en faire les fonctions , a été deftitué en même temps que M. le Noir ; & c'eft un fieur de la Galerne , fergent aux gardes , chevalier de Saint-Louis , qui lui fuccede.

5 Mai. Il a été affiché à Verfailles une ordonnance du Roi très-févere contre les attroupements : elle a été auffi envoyée à Paris , & placardée , fur-tout aux endroits où l'arrêt du parlement d'hier avoit été affiché. Voici le texte de cette ordonnance , qui n'a point de date & n'eft fignée de perfonne :

« Il eft défendu , fous peine de la vie , à toutes
» perfonnes , de quelque qualité qu'elles foient ,

» de former aucun attroupement, d'entrer de
» force dans la maison ou la boutique d'aucun
» boulanger, ni dans aucun dépôt de grains,
» graines, farines & pain.

» On ne pourra acheter aucune des denrées
» susdites, que dans les rues ou places.

» Il est défendu de même, sous peine de la
» vie, d'exiger que le pain ou la farine soient
» donnés dans aucun marché au-dessous du
» prix courant.

» Toutes les troupes ont reçu du Roi l'ordre
» formel de faire observer les défenses avec la
» grande rigueur, & de faire feu en cas de
» violence.

» Les contrevenants seront arrêtés & jugés
» prévôtalement sur le champ. »

5 MAI. Le ministere, non content de garantir
la capitale, a cru devoir veiller à la sûreté des
campagnes, ou du moins empêcher une plus
grande dévastation; il a donné ordre à différents régiments d'infanterie, de cavalerie, aux
carabiniers, &c. de se rapprocher à des distances
convenues, & de s'y cantonner. Il a été arrêté
préalablement un plan de campagne.

Les dispositions pour Paris sont que les mousquetaires noirs s'étendront sur les rives de la
Marne; les mousquetaires gris sur celles de la
basse Seine; les gendarmes & chevaux-légers,
sur les rives de la haute Seine; les gardes-fran-
çoises, les gardes-suisses & les invalides continueront à garder les marchés, les carrefours,
les lieux publics, les fauxbourgs & les boutiques
des boulangers.

M. le maréchal duc de Biron a le commandement général des troupes, tant du dedans que

du dehors ; & le commandant du guet , par extraordinaire , va prendre l'ordre chez lui.

5 *Mai.* L'assemblée des pairs qui devoit avoir lieu aujourd'hui pour l'affaire du maréchal duc de Richelieu , a été remise.

Ce matin , le grand - maître des cérémonies est venu apporter au parlement une lettre de cachet , par laquelle sa majesté lui ordonnoit de se rendre à Versailles , dans la matinée , en robes noires.

Le parlement s'est assemblé pour délibérer sur cet ordre : de nouveaux faits , survenus la veille & dans la nuit , ont donné matiere à de nouveaux récits , entr'autres à celui de M. l'abbé le Noir , conseiller de grand'chambre , qui a dit : Que son chapelain , arrivé ce matin de son prieuré de Gournay , lui avoit appris que les bandits s'y étoient répandus ; mais mettant de l'ordre dans leur désordre , n'avoient enlevé chez les fermiers que du bled & du bled battu , propre à faire de la farine ; qu'ils l'avoient même payé 12 livres le setier , en disant que le Roi avoit mis le pain à 2 sous la livre à Versailles , & ne vouloit pas qu'il fût payé plus cher.

6 *Mai.* Aujourd'hui , jour de marché , pour prévenir encore mieux tout prétexte de désordre , l'on a affiché l'ordonnance suivante sans signature ni date , comme la premiere ; mais portant seulement au bas *de l'imprimerie royale* 1775.

« Il est défendu à ceux qui veulent acheter
» des denrées dans les rues ou marchés , de s'y
» présenter avec des bâtons , ni aucune espece
» d'armes & d'outils propres à nuire , pour ne
» pas être confondus avec les voleurs qui ont
» détruit & pillé des provisions destinées aux

» habitants de Paris, ou qui ont voulu fe les
» faire donner à un prix au-deſſous du cou-
» rant. »

6 *Mai*. Le parlement s'eſt rendu hier à Verſailles, en robes noires ſeulement ; ſa majeſté
leur a d'abord fait donner à dîner dans une ſalle
de cérémonie, où s'aſſemblent les divers corps
qui doivent être introduits auprès du Roi. La
ſéance a commencé à trois heures & demie par
un diſcours du Roi, par un de M. le garde-
des-ſceaux ; &, après avoir été aux voix pour la
forme, on a enregiſtré une *déclaration portant*
*attribution aux prévôts généraux des maréchauſ-*
*ſées, de la connoiſſance & du jugement en dernier*
*reſſort des crimes & excès y mentionnés.*

Il faut ſavoir que la connoiſſance de ces crimes
& excès avoit été attribuée d'abord à la tournelle par des lettres-patentes préſentées la veille
au parlement ; mais que ces lettres-patentes y
avoient été trouvées irrégulieres, & dans le fond
& dans la forme : dans le fond, en ce qu'elles
le rendoient commiſſion à l'égard d'une portion
d'autorité qu'il avoit par eſſence, puiſqu'une de ſes
principales fonctions eſt de connoître, en premiere
inſtance, de tout ce qui intéreſſe l'ordre public
& la grande police : dans la forme, en ce qu'elle
devoit être adreſſée à la grand'chambre, & non
à la tournelle. Par ces diverſes conſidérations,
l'avis dominant avoit été de laiſſer de côté ces
lettres-patentes, & de rendre, du propre mouvement de la compagnie, l'arrêt ci-deſſus du 4
mai.

On ne doute pas que ce ne ſoient ces difficultés du parlement qui aient déterminé la cour
à retirer leſdites lettres-patentes & à changer

K 3

l'attribution : mais, par une inconséquence fort
singuliere, la cour, en s'opposant de fait & par
violence à la publication de l'arrêt, n'a point
employé la voie judiciaire pour l'anéantir en le
cassant par un arrêt du conseil ; en sorte que le
parlement regarde le sien comme toujours sub-
sistant. Quoi qu'il en soit, les chambres assemblées hier pour délibérer sur ce qui s'étoit passé
la veille, le bruit est que messieurs, consternés
du coup mortel porté à leur autorité, mais n'osant
faire de réclamation ouverte, se sont contentés
de protestations ordinaires & d'un arrêté vague,
dans lequel ils ont dit que, pour donner au Roi
des marques de leur entiere soumission, ils
s'abstiendroient de s'occuper en rien des troubles actuels, sans toutefois cesser de saisir toutes
les occasions favorables de représenter au monarque les besoins & la misere de son peuple.

On a remarqué au lit de justice que, lorsque
M. le garde-des-sceaux est allé aux voix pour la
forme, il n'y a eu que M. le prince de Conti
parmi les grands, & M. Freteau parmi les membres du parlement, qui aient parlé & discuté leur
avis. On a remarqué encore que M. le garde-
des-sceaux, en retournant au Roi pour lui rendre
compte du vœu de l'assemblée, étoit resté un
quart-d'heure aux genoux de sa majesté ; ce qui
sembleroit annoncer qu'il l'auroit informée de
ces avis particuliers.

7 *Mai.* Paris est comme une place de guerre
inondée de troupes, & où le service se remplit
avec la régularité la plus grande. M. le maréchal
duc *de Biron* ne cesse de parcourir tous les postes,
escorté d'officiers de chaque corps, qui lui servent comme d'aides-de-camp pour porter ses

ordres par-tout où ils font néceffaires. Il n'eft
pas jufqu'aux gens de la robe-courte & aux gardes
de la ville qui ne foient fous fon infpection,
& rempliffent en ce moment des fonctions militaires.

*7 Mai.* Les nouvelles reçues de Normandie
font très-fâcheufes. On apprend que les principaux marchés publics de cette province ont été
pillés fucceffivement, & qu'il y a eu encore plus de
gafpillage que d'enlevements réels. On voyoit
les brigands fouler aux pieds le bled qu'ils ne
pouvoient emporter, comme pour le rendre
inutile à tout le monde.

*7 Mai.* On a publié & affiché aujourd'hui la
déclaration donnée à Verfailles le 5 mai, &,
par une fingularité remarquable, portant, *régiftrée
en parlement le 5 mai 1775*, quoique le parlement ne fe foit pas raffemblé ce jour-là, en revenant de Verfailles, & n'ait pu ainfi, par un
enrégiftrement fubféquent, rendre légal un enrégiftrement vicieux dans le principe, & d'ailleurs
contre les formes d'ufage.

Par une autre fingularité, cette déclaration
porte qu'elle a été imprimée chez le fieur Simon,
imprimeur du parlement : en voici le préambule, qui ne donne pas moins de matiere aux
réflexions.

« Nous fommes informés que, depuis plu-
» fieurs jours, des brigands attroupés fe ré-
» pandent dans les campagnes pour piller les
» moulins & les maifons des laboureurs ; que
» ces brigands fe font introduits, les jours de
» marché, dans les villes, même dans celle de
» Verfailles & dans notre bonne ville de Paris ;
» qu'ils y ont pillé les halles, forcé les maifons

» des boulangers, & volé les bleds, les farines
» & le pain destinés à la subsistance des habi-
» tants desdites villes & de notre bonne ville
» de Paris ; qu'ils insultent même sur les grandes
» routes ceux qui portent des bleds & farines ;
» qu'ils crevent les sacs, maltraitent les con-
» ducteurs des voitures, pillent les bateaux sur
» les rivieres, tiennent des discours séditieux,
» afin de soulever les habitants des lieux où ils
» exercent leurs brigandages, & de les engager
» à se joindre à eux : que ces brigandages
» commis dans une grande étendue de pays aux
» environs de notre bonne ville de Paris, &
» dans notredite bonne ville même le 3 de ce
» mois & jours suivants, doivent être répri-
» més, arrêtés & punis, afin d'en imposer à
» ceux qui échapperont à la punition, ou qui
» seroient capables d'augmenter le désordre. Les
» peines ne doivent être imposées que dans les
» formes prescrites par nos ordonnances ; mais
» il est nécessaire que les exemples soient faits
» avec célérité. C'est dans cette vue que les Rois
» nos prédécesseurs ont établi la jurisdiction
» prévôtale, laquelle est principalement destinée
» à établir la sureté des grandes routes, à ré-
» primer les émotions populaires, & à connoître
» des excès & violences commis à force ou-
» verte, &c. »

L'enrégistrement a d'autres caracteres de nouveauté, il porte : *Lue & publiée, le Roi séant en
son lit de justice, & régistrée au greffe de la cour,
ce requérant le procureur général du Roi, pour être
exécutée selon sa forme & teneur, & copies colla-
tionnées d'icelle envoyées aux bailliages, sénéchaus-
sées & autres sieges du ressort, pour y être pareil-*

*lement lue, publiée & registrée; enjoint aux substi-*
*tuts du procureur-général du roi a'y tenir la main*
*& d'en certifier la cour au mois. Fait à Versailles,*
*le Roi séant en son lit de justice, le 5 mai 1775.*

7 *Mai.* Il passe pour constant qu'on a conduit
à la Bastille ces jours-ci deux personnages très-
connus, & que le gouvernement recherchoit
depuis quelques mois. Ce sont les sieurs Sautin
& Daumer. On sait qu'ils étoient chargés de
faire le commerce des bleds sous le ministere de
l'abbé Terrai, pour le compte du feu Roi : quant
au sieur Mirlavaud, qui avoit eu l'impudence
de se faire inscrire dans l'almanach royal de
1774, *trésorier des grains au compte du Roi*, on
le nommoit aussi parmi les détenus; mais on a
vérifié que non.

La détention de ces messieurs qui se regardoient déjà comme innocentés, faite dans un
temps aussi critique, sembleroit indiquer qu'on
les soupçonneroit d'avoir quelque part aux
troubles actuels.

8 *Mai.* Le parlement de Metz, le dernier qui
reste à rétablir, devoit l'être ces jours-ci; de
nouvelles difficultés reculent encore cet événement si désiré pour compléter le grand œuvre du
regne à l'égard de la magistrature. Ce rétablissement devient même problématique, graces
aux soins de ceux qui s'y opposent, & sur-tout
de vingt membres de cette compagnie qui ont
passé à Nancy. L'évêque de la premiere ville qui
y étoit retourné, ayant appris les obstacles que
faisoit renaître la cabale, est revenu à Paris recommencer ses sollicitations. M. le comte de
Broglio qui commande à Metz sous le maréchal
son frere, dont on connoit le génie actif &

K 5

ardent, n'est pas le moins empressé à tourmenter
le ministere sur cet objet. Malheureusement la
décision est renvoyée au conseil des dépêches,
& ne dépend plus du garde-des-sceaux seulement.

8 *Mai.* Un détachement de cinquante mousquetaires sous les ordres de M. de Jason, officier
à hausse-col, est parti la nuit du samedi au
dimanche à deux heures du matin pour Cor-
beil ; ce qui annonce que les brigands ne font
point encore épouvantés dans les campagnes, &
menacent de commettre de nouveaux désordres.

9 *Mai.* Quoique M. Turgot croie ne pas devoir en apparence se relâcher de son syftême de
liberté, il passe pour constant que ce ministre a
fait donner sous main des ordres aux fermiers
de garnir de bled les marchés, & de ne pas
abuser de la circonstance pour mettre cette
denrée à un prix trop excessif. Il paroît en effet
que c'est la maniere la plus prudente d'éteindre
insensiblement une fermentation qui n'a fait que
de trop grands ravages, & qui en causeroit de
plus funestes infailliblement. Les désastres arrivés déjà favorisent les spéculations de nos négociants, & beaucoup s'empressent à faire venir
de l'étranger des bleds avant les délais prescrits,
pour, indépendamment du gain accru par les
circonstances, profiter du bénéfice que sa majesté
promet comme encouragement & récompense.

10 *Mai.* Sans qu'on connoisse encore au juste
les instigateurs des émeutes dernieres, on se
confirme de plus en plus dans l'opinion qu'il y
en a eu. Des placards infames affichés journellement dans Paris, & jusques dans le jardin des
Tuileries, annoncent d'abord des gens mal-

intentionnés ; ensuite il passe pour constant que presque tous les gens arrêtés avoient de l'argent sur eux , & n'étoient point dans un état de misere capable de porter au désespoir. On rapporte en outre que des inconnus , à cheval , ont porté chez des fermiers des billets anonymes , qui leur disoient de garder leur bled , de ne le point vendre , parce qu'il deviendroit plus cher. D'un autre côté, l'on annonçoit dans les villages que le Roi vouloit que le bled fût fixé à 12 livres.

La remarque que tous ces désordres sont arrivés dans le temps de pâques ou après , excite de violents soupçons contre le clergé , & fait présumer qu'il aura échauffé les esprits dans la confession. On a en effet arrêté plusieurs curés ; on en sait qui ont fourni de l'argent à leurs paysans pour aller chercher du bled à 12 livres. D'autres ont monté en chaire , & , en faisant l'éloge du Roi , ont déclamé contre ses ministres ; c'est ce qui est particuliérement arrivé au curé de Gournay.

Un valet de chambre de M. le comte d'Artois, nommé Carré , a été condamné à Versailles à être pendu pour des propos séditieux , pour avoir dit le jour de l'émeute aux mutins , que c'étoit au château qu'ils devoient aller , où ils trouveroient des gens qui avoient grand'peur ; mais on assure que M. le comte d'Artois a demandé sa grace , & qu'il est condamné à être renfermé le reste de ses jours.

10 Mai. Les troupes continuent d'arriver à Paris & dans les environs , & le cordon qu'on veut établir sera incessamment formé ; mais tous ces mouvements , faits à grands frais , coûtent beaucoup d'argent. Indépendamment de ces

K 6

dépenses extraordinaires, les indemnités sans nombre dont le gouvernement sera chargé, la difficulté de percevoir les tailles; tout cela dérange le système de M. Turgot, & contrarie beaucoup ses projets.

10 *Mai.* Le gouvernement, pour faciliter à presque tous les habitants des campagnes qui ont eu part aux émeutes, les moyens de se mettre à l'abri des poursuites rigoureuses de la justice, leur a fait déclarer par différents seigneurs, qu'ils eussent à reporter aux divers propriétaires le bled qu'ils avoient pillé, ou à payer le surplus de la valeur pour ceux qui l'avoient payé, sur le pied de six écus le setier.

11 *Mai.* Malgré la tranquillité générale de Paris qui n'a été troublée en rien depuis le jour de l'émeute, il est toujours gardé avec la plus grande précaution, & comme si l'on étoit dans un danger éminent. Les lanternes sont allumées long-temps avant la nuit, & restent allumées long-temps après le jour commencé. On les a baissées, ainsi qu'il arrive dans les séditions, ou lorsqu'on craint quelque surprise.

On ne sauroit croire l'importance que M. le maréchal duc de Biron met à tout cela. Il a sous lui quatre lieutenants-généraux, un état-major, des aides-de-camp de tous les corps; il a établi son quartier général à son hôtel, & son armée est d'environ vingt à vingt-cinq mille hommes: les appointements des officiers-généraux & autres sont payés par extraordinaire, comme à l'armée. M. le maréchal a 20,000 livres par mois, outre 40,000 l. par an pour sa table, & payées d'avance; en un mot, au mal apparent du gaspillage momentané qu'a occasionné l'émeute, on a substitué le mal réel & plus durable de frais de troupes considérables, tels qu'en occasionneroit une guerre sanglante.

*12 Mai.* Depuis les troubles tous les intendants ont eu ordre de se rendre à leur département respectif, & sont partis il y a quelques jours.

*12 Mai.* La cour ne semblant pas disposée à publier le lit de justice, ainsi qu'on l'avoit fait espérer dans la gazette de France, on va en donner ici les détails les plus intéressants.

Il a commencé par un discours du Roi, que sa majesté a prononcé de mémoire, ainsi qu'elle l'a fait au lit de justice du 12 novembre : quoiqu'elle n'ait pas l'organe agréable & sonore, elle y a mis un ton de noblesse & de fermeté qui a réparé ce défaut. Elle n'avoit point l'air fâchée contre son parlement, mais affligée des nouvelles accablantes qu'elle apprenoit. Elle a dit :

« Messieurs —— Les circonstances où je me
» trouve & qui sont fort extraordinaires & sans
» exemple, me forcent de sortir de l'ordre com-
» mun & de donner une extension extraordinaire
» à la jurisdiction prévôtale. Je dois & je veux
» arrêter des brigandages dangereux qui dégénére-
» roient bientôt en rebellion. Je veux pourvoir à
» la subsistance de ma bonne ville de Paris & de
» mon royaume. C'est pour cela que je vous ai
» assemblés & pour vous faire connoître mes in-
» tentions, que mon garde des sceaux va vous
» expliquer. »

Le discours de M. le garde-des-sceaux n'a rien de remarquable : il annonce la déclaration dont

on a parlé, & les vues de bienfaisance & de justice
qui l'ont dictée. Après la lecture faite par le greffier en chef, M. le premier président, peu élo-
quent de son naturel, qui n'étoit point préparé ,
& qui d'ailleurs étoit fort embarrassé sur le rôle
qu'il devoit jouer dans cette circonstance , a préféré de ne rien dire du tout. M. l'avocat-général
Séguier n'a pas osé s'étendre davantage , il a
conclu purement & simplement. Enfin le Roi
a terminé la séance par le second discours
suivant :

« Messieurs —— Vous venez d'entendre mes
» intentions ; je vous défends de faire aucunes
» remontrances qui puissent s'opposer à l'exécu-
» tion de mes volontés. Je compte sur votre
» soumission, sur votre fidélité , & que vous
» ne mettrez point d'obstacle ni de retardement
» aux mesures que j'ai prises , afin qu'il n'arrive
» pas de pareil événement pendant le temps de
» mon regne. »

### Arrêté du parlement fait le lendemain 6 mai , à la suite du lit de justice.

« La cour délibérant sur le récit fait par un
» de messieurs, ensemble sur le récit fait par
» M. le premier président, a chargé le premier
» président de faire connoître audit seigneur
» Roi combien il est essentiel dans les circons-
» tances qu'il veuille bien continuer , relative-
» ment aux grains, les soins que son amour
» pour ses peuples lui a déjà dictés ; & que
» c'est pour entrer dans les vues de sa sagesse,
» & pour ne rien déranger des précautions que
» les circonstances présentes lui ont suggérées,

» que son parlement a pris la voie la moins
» éclatante, mais également sûre, vis-à-vis ledit
» seigneur Roi pour lui témoigner son inquiétude
» & son zele. »

« Ordonne en outre, &c. (comme à l'arrêté du
» 4 mai, rapporté précédemment).

12 *Mai*. On écrit de Beauvais que les officiers
de police de cette ville, qui jusques ici avoient
présidé au marché des grains, depuis les émeutes
dernieres avoient reçu ordre du commandant
des gardes-du-corps en quartier dans cette ville,
de s'abstenir de ces fonctions, & que ce sont ces
mêmes militaires qui, suivant le réglement de
la cour, ont dû s'en emparer & y présider.

12 *Mai*. On ne peut que rire du tour qu'on
a joué à M. de Biron, & de l'alarme puérile
que ce général a prise, au sujet d'un avis faux
& absurde que les mutins vouloient s'emparer
de la Bastille & de l'Arsenal. En conséquence il
a donné l'alerte à M. de Jumilhac, commandant du château. Dans la nuit du 8 au 9 on a
mis les mousquetaires sur pied ; on leur a fait
faire des rondes & des patrouilles autour de ces
deux endroits ; on a pointé les canons, & l'on
a fait des dispositions formidables, comme si
une armée ennemie devoit former le siege de ces
forteresses. Ces précautions extraordinaires ont
effrayé le peuple, mais ont amusé les gens sensés
& peu crédules.

12 *Mai*. Il s'est tenu à Versailles conseils sur
conseils pour décider quel parti sa majesté prendroit ; afin d'éteindre les troubles survenus dans
le royaume & sur-tout ceux de la capitale & des
environs. Comme il a été reconnu que le gros du
peuple avoit été induit en erreur par des ruses insi-

nales, telles que des billets anonymes, des imprimés affichés, & même des arrêts du conseil simulés, revêtus de toutes les formes apparentes, où l'on faisoit dire à sa majesté qu'elle vouloit & ordonnoit que le prix des grains fût mis à 12 livres le setier ; il paroît que l'avis dominant a été pour la clémence, d'autant mieux que l'on a rapporté que grand nombre de paysans effrayés des peines annoncées, n'avoient osé reparoître & s'étoient retirés dans les bois. En conséquence on assure que sa majesté a signé hier une amnistie générale, en en exceptant cependant les instigateurs, auteurs & fauteurs des émeutes. On veut même que cette ordonnance ait été affichée aujourd'hui, retirée tout de suite.

Quoi qu'il en soit, sa majesté avoit préalablement témoigné son mécontentement de ce que le sieur Papillon, chef de la commission prévôtale, tardoit à mettre la justice en activité & à faire exemple sur les plus coupables de plus de deux cents malheureux arrêtés & détenus dans les prisons. On ajoute que le duc de la Vrilliere lui avoit écrit dans cet esprit, & l'avoit menacé de perdre la confiance du Roi, s'il n'y répondoit pas mieux.

Le sieur Papillon n'a pu résister à des ordres si pressants & le onze de ce mois, assisté de onze de MM. du châtelet, du siege présidial, il a rendu en la chambre criminelle un jugement prévôtal, qui condamne un gazier & un perruquier chambrelan à être pendus en la place de Greve, pour avoir eu part à la sédition & émotion populaire, arrivée à Paris le 3 de ce mois.

Le même jour il a été élevé deux potences de dix-huit pieds de haut : plus de vingt mille hommes de troupes & même les mousquetaires ont été mis sur pied, & l'exécution s'est faite avec un appareil comme s'il eût été question de celle de quelque grand coupable. On voit cependant par le développement de la sentence, que ce sont deux victimes immolées à la sureté publique. On assure que les juges du Châtelet répugnoient à prononcer la peine de mort dans un cas aussi peu grave & qu'ils ont pleuré en signant le jugement.

Quant aux suppliciés, ils imploroient le secours du peuple & s'écrioient qu'ils mouroient pour lui.

14 *Mai.* Le parlement de Dauphiné a été rétabli le 2 de ce mois par M. le comte de Clermont-Tonnerre, assisté de M. Pajot de Marcheval. On en a reçu le procès-verbal, par lequel il conste que l'assemblée étoit composée de sept présidents, le premier compris, deux chevaliers d'honneur, & vingt-neuf conseillers seulement, deux avocats-généraux & un greffier en chef ; ce qui annonce une grande diminution dans cette compagnie, qui doit être composée de neuf présidents, le premier compris, & de cinquante-deux conseillers. Il paroîtroit en outre qu'il n'y auroit point de procureur-général. On ne sait à quoi attribuer un pareil délabrement.

C'est M. de Berulle qui a repris ses fonctions de premier président.

Le discours de M. de Clermont-Tonnerre n'est rempli que de lieux communs, ainsi que celui de M. de Marcheval. Le principal objet

de celui-ci eſt d'accorder la contradiction de ſa
conduite, en venant refaire aujourd'hui ce qu'il
avoit défait en 1771. Il s'excuſe ſur l'obéiſſance
paſſive qu'il devoit à la cour. En effet, on ſait
qu'on a comparé depuis long-temps un maître
des requêtes à la matiere premiere, que la cour
paîtrit comme elle veut.

Le diſcours de M. de Bérulle, le premier
préſident, n'a rien qui mérite d'être rapporté ;
mais, par celui de M. de la *Salcette*, avocat-
général, on remarque ſon embarras d'avoir paſſé
dans la nouvelle magiſtrature, & la honte qu'il
en éprouve aujourd'hui.

L'édit de rétabliſſement ne differe de ceux des
autres parlements, qu'en ce qu'il établit dans
celui-ci une diſtribution de chambres qui n'y
étoit pas, & qui lui donne le même régime
qu'aux autres.

14 *Mai.* Enfin, la clémence a prévalu abſolument, & l'ordonnance portant amniſtie eſt
affichée par-tout. Celle-ci porte plus de caracteres
d'authenticité que les précédentes : elle eſt ſignée
LOUIS, & plus bas, *Phelipeau* : elle eſt datée de
Verſailles le 11 mai ; en voici la teneur.

## DE PAR LE ROI.

» Il eſt ordonné que toutes perſonnes, de
» quelque qualité qu'elles ſoient, qui, étant
» entrées dans les attroupements par ſéduction
» ou par l'exemple des principaux ſéditieux,
» s'en ſépareront d'abord après la publication
» du préſent ban & ordonnance de ſa majeſté,
» ne pourront être arrêtées, pourſuivies ni priſes
» pour raiſon des attroupements, pourvu qu'elles

» rentrent sur le champ dans leurs paroisses, &
» qu'elles restituent en nature ou en argent,
» suivant la véritable valeur, les grains, farines
» ou pains qu'elles ont pillés, ou qu'elles se sont
» fait donner au-dessous du prix courant.

» Les seuls chefs & instigateurs de la sédition
» sont exceptés de la grace portée dans la pré-
» sente ordonnance.

» Ceux qui, après la publication du présent
» ban & ordonnance de sa majesté, continueront
» de s'attrouper, encourront la peine de mort,
» & seront les contrevenants arrêtés & jugés
» prévôtalement sur le champ.

» Tous ceux qui dorénavant quitteront leur
» paroisse sans être munis d'une attestation de
» bonne vie & mœurs, signée de leur curé &
» du syndic de leur communauté, seront pour-
» suivis & jugés prévôtalement comme vaga-
» bonds, suivant la rigueur des ordonnances.

» Donné à, &c.

14 *Mai.* A l'occasion de l'armement formidable actuel de l'Espagne contre les puissances
barbaresques, & des dépenses énormes qu'il en-
traîne, on observe que les finances de sa majesté
catholique sont en très-bon état ; qu'elle ne dépense rien pour sa personne en fait d'objets de
luxe, & qu'elle n'a encore pour habits de gala,
que ceux qu'elle portoit étant roi de Naples,
faits peut-être il y a vingt-cinq ou trente ans.

15 *Mai.* Le parlement de Metz a été créé en
1635 par Louis XIII sur le pied de cinquante-
deux offices seulement, pour servir par semestre.
Louis XIV se trouvant avoir besoin d'argent en
a augmenté le nombre jusqu'à cent & plus ; &
pour augmenter en même temps le ressort de

cette cour, il y joignoit les différentes conquêtes
qu'il faisoit de ce côté-là. Depuis en ayant rendu
une partie, & le conseil souverain d'Alsace ayant
été établi, ce parlement s'est trouvé resserré dans
un très-petit territoire. Il s'est plaint de la multiplicité de ses offices & de la diminution des
affaires. Pour l'indemniser le Roi a fait un fonds
de 10,000 l. par an, mais qui n'ont pas été payées
long-temps exactement ; cette rente s'est même
bientôt trouvée réduite à moitié ; cependant les
impôts sur ces offices ayant augmenté, cette
cour a obtenu qu'on feroit compensation des
arrérages de rentes qui lui étoient dus : du reste,
elle a continué ses plaintes & doléances sur sa
nullité ; elle a demandé à la mort du roi Sta-
nislas, que la Lorraine fût réunie à son ressort :
le conseil souverain de Nancy s'y est opposé, &
cela formoit une contestation entre les deux
tribunaux, lorsque M. de Maupeou a opéré sa
révolution. Le nom de parlement que portoit
celui de Metz, odieux au chancelier, suffisoit
pour le faire succomber. Un arrêté violent qu'il
avoit pris contre le sieur de Calonne, intendant
de cette ville, & le sieur de Flesselles, a servi de
prétexte à sa destruction, & son ressort a été
réuni à celui de Nancy ; savoir, comme parlement, au conseil souverain, & comme chambre
des comptes, à celle de cette ville. Quinze
membres ont demandé à être incorporés au premier tribunal pour remplir le nombre des offices
dont il a été augmenté, & cinq au second, dont
il a été augmenté d'autant.

Ce sont ces mêmes transfuges qui s'opposent
aujourd'hui le plus au rétablissement du parlement. Ils donnent pour raison qu'il ne faut point

ranger cette opération de M. de Maupeou dans la claffe des autres : qu'il étoit queftion de détruire l'un des deux tribunaux en conteftation, & que le parlement de Metz, en fe foumettant fur ce grand procès à la décifion du Roi, s'étoit en même temps foumis à fa propre deftruction, & l'avoit rendue légale, fi fa majefté la jugeoit néceffaire. Ils font valoir beaucoup d'autres motifs de convenance, & foutiennent leur caufe avec tant de chaleur, qu'ils ont mis des miniftres dans leur parti, & qu'on ignore qui l'empottera.

16 *Mai*. Un officier aux gardes, en faifant la patrouille, rencontre un grouppe d'hommes affemblés : il veut les arrêter, quelques-uns prennent la fuite, on en joint d'autres. On les interroge, &, par leurs réponfes, ils fe déclarent être marchands forains qui s'étoient réunis pour arranger leur départ en commun. L'officier ne trouvant point ces gens dans le cas d'être retenus, pour plus grande précaution les fait conduire chez le commiffaire Rolland : celui-ci ne les jugent pas plus coupables, les relâche, & ne voit rien à redire à leur conduite. Le lendemain l'officier rend compte du fait au maréchal de Biron, le général en fait de même à M. Turgot : le miniftre s'indigne, décide la conduite du commiffaire très-repréhenfible, veut que ces *quidams* fuffent précifément dans le cas de la détention, les regarde comme ces inftigateurs étrangers envoyés pour ameuter le peuple, & fait expédier une lettre de cachet au commiffaire, de fe défaire de fa charge. L'officier de de police étourdi obéit & perd fon état. Ses confreres, qui craignent un pareil exemple, blâment fort fa pufillanimité.

18 *Mai.* Hier 15 mai a été tenu la féance publique de l'académie françoife pour la réception de M. le maréchal duc de Duras.

Si toutes les efpeces de lauriers accumulées à la fois fur la tête d'un grand pouvoient feules la rendre plus illuftre, celle de M. le maréchal duc de Duras devroit rayonner d'une gloire immortelle. *Mars* & *Apollon* femblent avoir concouru à l'envi pour le décorer. A peine a-t-il obtenu le grade fuprême du mérite militaire, les portes du fanctuaire de la littérature s'ouvrent, & il eft invité à y prendre place. Ce n'eft point ici le lieu de difcuter fes droits au premier honneur; nous obferverons quant au fecond que fon nom eft le dix-feptieme fur la lifte de l'académie françoife, à côté duquel nous ne trouvions aucun titre littéraire. Il en convient lui-même dans fon difcours, & il attribue le choix de fes confreres à la feule amitié. Ce corps a-t-il donc été inftitué pour être transformé en une coterie de gens qui fe conviennent par des rapports de fociété? Les électeurs ne doivent-ils plus pefer fcrupuleufement aujourd'hui leurs fuffrages, & le nom dans la balance peut-il l'emporter fur les fublimes chef-d'œuvres du génie, ou les aimables productions de l'efprit? De cet abus principal il en a réfulté un fecond, c'eft que ces réceptions publiques, où n'affiftoient guere autrefois que des gens de lettres, les feuls en état d'apprécier, de louer, ou de critiquer les ouvrages qu'on y lit, font dégénérées en des cohues de cour; les feigneurs, les petites-maîtreffes fe font emparé des affemblées; le bon goût a déferté avec les connoiffeurs, & le mauvais a obfédé meffieurs de toutes parts.

On juge aisément que le concours n'a pas été moins grand cette fois que les deux précédentes. Le secretaire, fort empressé de voir augmenter la foule, s'y est prêté de son mieux par des arrangements intérieurs plus commodes pour le public.

On a déjà dit qu'on avoit transformé les anti-fauteuils auxquels l'académie étoit si fort attachée, en fauteuils moins volumineux : par une nouvelle métamorphose, on les a changés en cabriolets, petits sieges de boudoir qu'on trouve d'ordinaire dans les appartements de filles : les membres graves de la compagnie, & sur-tout les vieillards, en ont gémi. On a aussi substitué à la table immense autour de laquelle siégeoient messieurs, une table plus étroite & vraiment mesquine. On a gagné ainsi un rang de places de chaque côté. Du reste, on ne peut que rire de la puérile importance que le secretaire met à tout cela ; il s'en occupe essentiellement ; il avoit redoublé de précautions cette fois en faisant poster des sentinelles à tous les endroits par où la curiosité industrieuse des amateurs auroit pu pénétrer en fraude ; il a encore fait changer la couleur & la forme des billets pour prévenir l'adresse des faussaires.

On a été agréablement surpris au débit du discours du récipiendaire. Outre le mérite de la brieveté, il a celui d'une simplicité noble ; l'auteur n'y dit que ce qu'il faut, & passant légérement sur les points qu'il est obligé de traiter, il s'arrête sur le seul curieux pour les spectateurs, & susceptible de détails nouveaux & intéressants ; c'est-à-dire, sur l'éloge de M. de Belloy, son prédécesseur, qu'il enrichit d'anecdotes.

Le récipiendaire n'a cependant osé parler de celle par laquelle il est constaté que M. de Belloy a été comédien en Russie; ce qui l'auroit exclu de l'académie, si l'enthousiasme n'avoit forcé les suffrages de messieurs, & ce trait sans doute devenoit un des plus glorieux pour le défunt. On ne croit pas que M. le maréchal se soit donné la peine de composer lui-même cet écrit; mais il a choisi du moins un bon faiseur, & l'on ne peut qu'applaudir à son discernement.

Par une bizarrerie qui n'a point échappé aux spectateurs, la réponse du comte de Buffon, le directeur, étoit fort inférieure au discours du récipiendaire, & le grand seigneur, pour l'éloquence académique l'a emporté sur l'homme de lettres. De petites idées, une morgue déplacée, un ton précieux ont déparé le commencement du sien; il s'est trop appesanti sur l'ambassade de M. de Duras en Espagne, qui ne sera jamais une époque mémorable dans sa vie: sa digression sur la nécessité de la concorde parmi les gens de lettres étoit infiniment mieux placée; elle lui a servi de transition pour célébrer l'ame pacifique de l'académicien défunt; il a reconnu judicieusement que son vrai mérite étoit d'avoir choisi les sujets de ses tragédies parmi les héros de notre nation, mérite dont M. de Voltaire lui avoit donné l'exemple dans la Henriade; il observe même que c'étoit M. de Duras, son successeur actuel, qui avoit fourni à M. de Belloy l'idée du *Siege de Calais*; ce que le poëte avoit avoué à ses amis; obligation dont l'académie a cru ne pouvoir mieux acquitter la dette, qu'en priant M. le Maréchal de prendre la place vacante.

16 *Mai.* M. de Miromesnil ayant déclaré à
M.

M. Cœur de Roi, premier préſident du conſeil ſouverain de Nancy, & à M. de Riaucour, premier préſident de la chambre des comptes de la même ville, que les circonſtances ne lui permettoient pas de s'occuper en ce moment du procès élevé entre ces deux cours, d'une part, & les officiers du parlement de Metz, de l'autre, pour ſavoir s'il étoit expédient de rétablir cette compagnie; ces meſſieurs s'en ſont retournés chez eux, & tous ceux qui étoient à Paris pour le même objet en ont fait autant. Ce qui déſole la ville de Metz & ceux qui travailloient à lui faire rendre ſon parlement.

17 *Mai*. Ce qui a fait croire que M. Turgot avoit le département de Paris, c'eſt que depuis qu'on a établi une armée de la haute & baſſe Seine ſous le commandement du maréchal duc de Biron, c'eſt de ce miniſtre que le général reçoit l'ordre qu'il va prendre tous les jours; c'eſt à lui qu'il rend compte, & c'eſt lui qui eſt même miniſtre de la guerre en cette partie; du reſte, le ſervice ſe fait toujours avec la plus grande régularité : M. de Poyanne a ſous M. de Biron le département de la haute Seine, & M. le comte de Vaux celui de la baſſe. Les officiers ſont obligés d'être conſtamment en uniforme.

17 *Mai*. La nouvelle ordonnance concernant l'infanterie françoiſe fait un bruit du diable parmi les militaires, en ce qu'elle réforme cette quantité de colonels à la ſuite des régimens, dont le nombre s'étoit accru juſqu'à mille ou douze cents. C'étoit une invention du duc de Choiſeul, qui, pour ſe faire plus de créatures, avoit ainſi multipliés les graces. Ces meſſieurs s'étoient flattés que par leur multitude, leur

naiſſance & leurs entours, ils échapperoient à la réforme. Et ce coup en a été plus rude pour eux. Il eſt dit que leur ſervice, pour monter au grade ſupérieur & même pour celui de colonel, ne courra qu'autant qu'ils ſeront en activité, à raiſon de ſix ans en temps de paix, & de trois ans en temps de guerre.

M. de Choiſeul avoit introduit un autre abus à l'égard des majors, qu'il prenoit indiſtinctement parmi les officiers les moins expérimentés, & même qui, dans ſon ſyſtême, dévoient être choiſis parmi les plus jeunes. On ne pourra plus monter à ce grade qu'après vingt ans de ſervice.

En un mot, un eſprit de juſtice & de ſévérité paroît avoir été le principe de cette ordonnance, bien eſſentielle pour rétablir la diſcipline parmi notre nobleſſe énervée. M. le comte du Muy n'ayant de long-temps à répandre des graces, toutes épuiſées par ſes prédéceſſeurs, veut ſe diſtinguer par l'auſtérité de ſon miniſtere.

19 *Mai.* Il y a grande apparence que les ſieurs Saurin & Daumer n'ont été mis à la Baſtille que pour la forme, & faire voir au peuple qu'on s'occupoit à découvrir les auteurs des calamités publiques. On ne doute pas qu'ils ne ſoient relâchés inceſſamment.

Le ſieur Daumer, peu connu, eſt l'intendant & le prête-nom du ſieur le Rez de Chaumont, intendant des Invalides, grand économiſte, & cependant grand monopoleur.

19 *Mai.* Dans la ſéance publique de l'académie françoiſe du 15 de ce mois, M. l'abbé de Lille a lu la traduction en vers du quatrieme livre de l'Enéide. On connoît déjà celle qu'il a

faite des Georgiques du même auteur, & les enthousiastes de son ouvrage attendoient avec impatience la nouvelle esquisse annoncée depuis long-temps avec les éloges que prodiguent à outrance toutes les coteries modernes. A juger du ton de cette traduction par celui de l'académicien dans son récit, il n'a pas pris le ton de son modele. On sait que le chant en question est sur-tout en sentiment, qu'il en est la partie essentielle, & que le poëte semble s'y être oublié pour ne laisser dominer que le langage touchant de la passion tendre de l'infortuné Didon : pourquoi donc M. l'abbé de Lille, les yeux étincelants & précipitant sa voix rauque, a-t-il débité ses vers avec tout l'emportement d'un poëte forcené, au point que ne pouvant soutenir ces élans d'énergumene, il a été obligé de se reposer ? Cette déclamation trop emphatique a empêché de suivre la lecture & d'apprécier la production. On sait qu'en général il a beaucoup d'harmonie, qu'il entend à merveille le méchanisme du vers ; que dans ses Georgiques la partie technique, la plus difficile à rendre, est la mieux traitée ; & qu'au contraire, dans les morceaux d'onction, de sensibilité, il échoue, & ne sauroit lutter contre son original : autant qu'on en a pu juger, il n'est pas plus heureux dans l'Enéide. On ignore s'il se propose de la traduire toute entiere, mais on peut lui prédire d'avance qu'il ne sera pas lu, s'il veut avoir ainsi toujours à la bouche les éclats bruyants de la trompette. La *Henriade* est peut-être le seul poëme épique françois qui sera constamment admiré de nous, parce qu'il est le moins long des poëmes de cette espece, qu'il est très-intéressant pour les François,

L 2

& que fon auteur a une magie de ftyle dont on ne doit pas compter qu'il laiffe le fecret à perfonne.

19 *Mai*. Suivant ce qu'on écrit de Nancy, l'événement du coup d'éclat fait par l'enlevement fubit des membres de l'affociation myftérieufe fur laquelle on faifoit des conjectures à perte de vue, s'eft réduit à rien ; c'étoit tout bonnement une loge de franc-maçons, & la chofe n'a tourné qu'à la confufion des chefs qui auroient dû prendre avant de meilleures informations.

20 *Mai*. Il y a quelque temps qu'on a enrégiftré au parlement un édit portant création d'une *tournelle civile*, c'eft-à-dire, d'une nouvelle chambre compofée des membres de la tournelle criminelle préfidés par le premier préfident, pour fe tenir à des heures extraordinaires, & expédier les affaires fommaires de la grand' chambre. L'objet de cette inftitution eft d'accélérer la juftice, & eft fort approuvé. Elle ne doit durer que jufqu'au temps où l'on fera au courant.

20 *Mai*. Il y a certainement deux curés arrêtés; favoir, celui de Férol, & celui de Chévri, dans le pays de Brie. Leur grief eft d'avoir donné de l'argent à leurs ouailles pour aller chercher du bled à 12 livres le fetier, & de l'avoir recelé enfuite chez eux. L'un d'eux a près de quatre-vingts ans. Le curé de Noify-le-Grand, coupable du même délit, n'a point été arrêté ; il a prévenu l'orage, & en a été quitte pour une forte femonce.

Le fubftitut du procureur-fifcal de la dame Michel, à Villiers dans le même canton, accufé

d'avoir contribué à fomenter les émeutes en
difant qu'il avoit des ordres du Roi dans fa poche
pour faire donner le bled à 12 livres, eft en
fuite, & recherché avec foin. Le garde-chaffe
du fieur Bouret de Valroche, fermier-général.
eft arrêté pour le même délit ; celui-ci eft de
Croiffy, toujours dans le même canton.

21 *Mai.* L'*éloge de Boffuet* lu auffi par M. d'Alembert le jour de la réception de M. le maréchal
duc de Duras, eft plus généralement goûté que
le précédent. Le panégyrifte a paru s'élever avec
fon héros, & fe dégager de tous les défauts
qu'on lui reproche dans fes autres productions
du même genre. Il y a apporté une grande févérité, foit dans le choix des matériaux, foit dans
la maniere de les enchâffer & de les rendre. Il
a même épuré fon ftyle, moins haché, moins
trivial, moins difparate que de coutume. Eh !
qui en lifant ce modele des orateurs, en fe péné-
trant de fon éloquence, n'acquéreroit pas en
effet plus de nobleffe & d'énergie : fi des auteurs
ont perfectionné notre langue avant l'évêque de
Meaux, celui-ci y a porté une empreinte de
grandeur inconnue. C'eft fur-tout dans la chaire
qu'il a déployé fon génie, & quel éloge n'eft-ce
pas en faire en difant qu'il a formé Bourdaloue !
L'hiftorien fait grand cas des oraifons funebres
de Boffuet ; mais il donne la préférence au difcours fur l'hiftoire univefelle. Il difculpe ce grand
homme du reproche d'avoir tout ramené à la
petite horde des juifs ; ce qui au contraire rend
ce chef-d'œuvre plus admirable, par l'art avec
lequel il lie les événements à la religion, le principal objet de fon travail.

Les querelles élevées entre Boffuet & Fénélon,

L 3

devoient à coup sûr entrer pour beaucoup dans l'histoire de chacun. On a pressenti dans l'éloge du dernier que M. d'Alembert avoit pour lui une partialité secrete, & n'aimoit pas l'évêque de Meaux. Aujourd'hui il a fait valoir tout ce qui pouvoit disculper le persécuteur de l'archevêque de Cambray. Bossuet chérissoit personnellement son rival ; mais l'austérité de son caractere ne lui permettoit pas de ménager un homme dont les qualités séduisantes n'en rendoient les erreurs que plus dangereuses. Il cite une anecdote qui peint mieux que tous les discours l'ame inflexible de ce prélat. Comme il sembloit exiger encore davantage de Louis XIV : « Mais, lui dit le mo- » narque, qu'auriez-vous donc fait si j'eusse » décidé en faveur de Fénélon ? — SIRE, j'aurois » crié cent fois plus haut. »

Entre les obligations de la France envers Bossuet, il ne faut pas compter pour peu celle d'avoir présidé à l'assemblée du clergé, où furent signées en 1682 les fameuses propositions des- tructives du pouvoir usurpé des papes. M. d'Alem- bert prétend qu'Innocent XI fit offrir au prélat le chapeau de cardinal, à condition de rester fermement attaché aux prétentions de l'église romaine, & il observe que le monarque le plus magnifique, le plus grand prince du monde, ne fut pas le récompenser aussi généreusement de son zele pour l'autorité royale.

Le beau contraste que présente l'historien en peignant ce sublime orateur qui, après avoir étonné la cour & la ville par son éloquence, se faisoit un devoir d'aller catéchiser ses ouailles dans les villages de son diocese, de se mettre à la portée des plus simples, & apportoit autant de zele à leur instruction qu'il en avoit mis à celle de son auguste pupille (*).

On le défend de l'imputation du mariage secret dont certains critiques l'ont accusé avec Mlle. Desvieux : on fait voir l'absurdité d'un pareil bruit, l'incompatibilité de cet état avec la vie laborieuse du prélat. On rapporte à cette occasion une naïveté de son jardinier ; elle caractérise mieux que tous les discours son application & le genre de ses études. Un jour que Bossuet lui demandoit des nouvelles de son potager : *Pardi, vous vous en embarrassez bien*, lui réplique le rustre : *ce seroit bon si je plantions des saint Jérôme & des saint Augustin.* Ces deux pères de l'église étoient en effet ceux que Bossuet goûtoit le plus ; il défendoit sur-tout la doctrine du dernier, c'est ce qui le rendoit ennemi des jésuites : n'osant l'attaquer ouvertement, ils l'ont toujours décrié sourdement, autant qu'ils ont pu. Ce qui donne lieu à M. d'Alembert de faire une digression sur Maimbourg qu'il dénigre trop.

En voilà suffisamment pour donner une légère idée de cet éloge qu'il faut lire en entier : il est rempli de détails sur Louis XIV, sur ses ministres, sur sa cour & sur l'histoire littéraire de ce temps-là. Nous finirons par une anecdote à laquelle il a donné lieu. Le secrétaire en parlant du zele apostolique de Bossuet, a saisi cette occasion de louer celui de M. l'archevêque de Toulouse d'aujourd'hui, au sujet des charités abondantes de M. de Brienne dans son diocese, dont

---

(*) Il faut se rappeller que Bossuet avoit été précepteur de *Monseigneur.*

L 4

les papiers publics ont fait mention relativement à la maladie épizootique qui a dévasté cette province. Tous les spectateurs ont regardé le prélat académicien, & l'ont applaudi avec transport. Une noble confusion a couvert son visage, des larmes douces ont coulé de ses yeux, & les applaudissements de recommencer & de redoubler.

22 *Mai.* On a déjà élargi beaucoup de prisonniers, détenus pour raison des émeutes : on présume qu'on ne poussera pas plus loin les recherches. Il est cependant des gens obstinés à croire qu'il y a un plan de machination ourdi par des mains exercées à de pareilles manœuvres, & qui les attribuent aux jésuites ; parce que Mesdames & *Monsieur* favorisent cet ordre, ils veulent que ces boute-feux se prévalent de leurs augustes soutiens pour échapper aux recherches & aux punitions qu'ils mériteroient : calomnies si absurdes, qu'elles ne méritent pas qu'on les réfute, & se détruisent d'elles-mêmes.

22 *Mai.* Quoique M. le maréchal duc de Biron soit assez disposé à garder son commandement de l'armée de la haute & basse Seine pendant un an, on espere qu'après le sacre on licenciera les troupes dont la dépense est énorme. On l'évalue à près d'un million par mois. Cependant comme le bled renchérit, & le pain conséquemment, on fera peut-être envisager au Roi la nécessité d'épouvanter les peuples, & d'empêcher les malheureux d'occasionner de nouvelles émeutes.

23 *Mai.* M. le prince de Marsan & M. le comte de Montbarrey avoient depuis long-temps un procès au conseil : il a été jugé le 22. Le premier a gagné. Il auroit été ruiné s'il l'eût perdu.

C'est un objet pour lui de deux millions de la perte au gain.

25 *Mai.* Messieurs du grand-conseil ont enrégistré l'édit qui les concerne, fixant la finance de leurs charges dont sa majesté leur a fait présent, & les gages y attachés.

25 *Mai.* M. le garde-des-sceaux, sur les représentations des députés des états de Bretagne & du parlement, a déclaré en plein conseil qu'il avoit surpris la religion du Roi, en faisant donner par sa majesté des lettres-patentes qui attribuoient au grand-conseil la connoissance des affaires de certains membres du parlement intermédiaire de cette province : en conséquence il a supplié sa majesté de les retirer; ce qui a été fait. On loue beaucoup le courage de ce chef de la magistrature, sachant ainsi revenir sur ses pas; ce qu'ignoroient les ministres ce Louis XV.

28 *Mai.* Madame *Saurin* est allée voir tous les ministres depuis la détention de son mari à la Bastille, & a été mal reçue de tous, sans qu'aucun lui ait articulé des griefs contre le prisonnier. Elle assure que les comptes de cet accusé sont en bonne règle, entre les mains de M. *Albert*, qui auroit pu le justifier pleinement en les produisant; mais elle le regarde comme l'ennemi le plus capital du sieur Saurin. Quant au sieur Daumer, son sort dépend de celui du premier, dont il étoit l'associé. Il se confirme que ce Daumer avoit été précédemment attaché au sieur le Rez de Chaumont, & l'on ne seroit pas surpris que celui-ci, d'une réputation fort équivoque, se trouvât compromis.

29 *Mai.* L'édit concernant les charges du Châtelet paroît enfin, & a été enrégistré au parlement.

L 5

1 *Juin* 1775. Sur les représentations du Châtelet à M. le garde-des-sceaux concernant son édit plein d'irrégularités, d'inconséquences & d'inepties ; il a fait travailler à les réparer. En conséquence, après de longs délais, il a envoyé au parlement une déclaration donnée à Versailles le 8 avril. Elle a été enregistrée le 22 mai.

Les principaux vices de cet édit consistoient en ce qu'on avoit compris dans l'état y annexé des officiers décédés depuis 1771 ; d'autres revêtus d'offices incompatibles ; qu'on en avoit omis d'existants, & qu'on avoit oublié de faire faire partie des soixante-quatre offices de cette compagnie aux offices vacants.

En conséquence on a dressé un nouvel état des noms des conseillers existants au Châtelet, pour constater ceux qui sont aujourd'hui revêtus d'offices du nombre des cinquante-six anciens, donner aux pourvus d'offices de la création de mai 1771, qui y sont dénommés en remplacement de leurs susdits offices, tant les cinq offices du nombre des cinquante-six anciens remboursés, que les huit de la création de l'édit de décembre 1774, & assurer aux propriétaires des offices actuellement vacants du nombre des cinquante-six anciens la disposition d'iceux ; & comme par l'édit de décembre on a révoqué celui de mai 1771, contenant création de différents offices dans le Châtelet, & que les treize derniers dénommés audit état, ont levé aux parties casuelles les offices susdits, dont les quittances de finance ne doivent pas subsister au moyen de la révocation d'icelui, on a cru du bon ordre, & conforme aux principes d'administration des finances de changer cette forme, en éteignant lesdites

quittances , & en en faisant expédier de nouvelles
en remplacement , &c.

Cette déclaration , comme on en peut juger
par le résumé qu'on vient d'en donner , est encore très obscure , très-embrouillée & très-suscep-
tible conséquemment de difficultés. Les faits les
plus clairs qui en résultent , sont qu'il y a actuellement six offices vacants , que sur les treize de la
création de 1771 , les cinq premiers titulaires
sur offices d'ancienne création , ont été reconnus
légitimes membres de la compagnie ; que les huit
autres sont obligés de lever les huit nouvelles
charges , n'ayant été jusques-là regardés que
comme intrus.

Il en résulte encore qu'un nommé *Deffers*, l'un
des pourvus d'offices en 1771 , se trouve aussi
vacant , mais désigné pour remplacer le premier
desdits huit offices de la nouvelle création qui
viendra à vaquer.

Les officiers du Châtelet supprimés jouiront
de leurs gages pour tout le temps de leur desti-
tution , jusques au moment de leur réintégration , comme s'ils avoient exercé pendant cet
intervalle.

Désormais les gages de ces offices seront de
400 livres. Les pensions accordées par les lettres-
patentes du 22 novembre 1771 , aux doyens
de chacune des quatre colonnes , subsisteront &
seront , ainsi que les gages , assignées sur la recette
générale des finances de Paris.

*3 Juin.* Le sieur *Bourboulon*, ci-devant l'un
des aides-de-camp du sieur *le Clerc* au trésor
royal pour la partie des fonds dont ce commis
en chef avoit le département, vient d'être renvoyé ; dès le commencement du ministère de

M. *Turgot*, il en avoit reçu une injonction de réprimer son luxe insolent ; depuis y ayant eu des motifs de plaintes plus graves sans doute, il n'a pu prévenir l'orage. Il est remplacé par M. *Drouais de Santerre*, payeur des rentes réformé, placé au trésor royal en dédommagement, & dont les qualités essentielles ont prévenu le ministre au point qu'il lui a conféré cette place, non-seulement sans qu'il la sollicitât, mais à son insçu.

3 *Juin*, M. le prévôt de Paris, qui a beaucoup de morgue, s'est imaginé qu'on ne pouvoit examiner le procès de M. le comte de Guines sans lui, & qu'il lui convenoit de présider au jugement d'un ambassadeur. En conséquence, il n'a pas manqué de se trouver à toutes les séances depuis qu'il est question du rapport, & il ne fait qu'embrouiller la matiere par son ineptie, au lieu de l'accélérer ; ce qui est cause du retard. Il a fallu prolonger la colonne qui change tous les mois, par des lettres-patentes ; on espere pourtant que cela finira aujourd'hui. On sait que le prévôt de Paris, quoique chef du châtelet, ne prononce jamais ; c'est son lieutenant qui parle. Il n'a que sa voix comme les autres. La formule est seulement, *M. le prévôt de Paris dit, &c.*

*Tort* vient de faire paroître un dernier mémoire, dont le sieur *Goulard des Audrais* est le principal objet ; il y est traité avec un mépris bien humiliant pour ce capitaine d'infanterie, ci-devant chargé des affaires du Roi, résidant à Berlin.

4 *Juin*. L'opéra de *Céphale & Procris* se trouvant absolument abandonné, les directeurs de

l'académie royale de musique ont été obligés de donner *Orphée & Euricide*. Malheureusement il a fallu faire remplir le rôle d'*Orphée* par le sieur *Tirot*; ce qui a produit un très-mauvais effet.

4 *Juin*. L'édit du Roi qui fixe la finance des offices du grand-conseil, pensions & indemnités attachées auxdits offices, a été donné à Versailles au mois de mai dernier & enrégistré audit tribunal, les semestres assemblés le 24 dudit mois.

Le Roi fixe toujours le nombre des offices à 54; en conséquence supprime deux charges des 56 actuellement existantes, lorsqu'elles viendront à vaquer par mort seulement, dont la finance sera remboursée aux propriétaires desdits offices ou à leurs réprésentants.

Le premier président a 12,000 livres de gages, chacun des huit présidents a 3,000 livres, chacun des conseillers 450 livres, chacun des avocats-généraux 3,800 livres, dont 2,000 livres pour gages, & 1,800 livres pour pension; le procureur-général 5,325 livres, chacun des huit substituts 150 livres, le greffier en chef 900 livres, chacun des deux doyens de semestre aura 3,000 livres de pension, chacun des deux sous-doyens 1,500 livres, deux conseillers de chaque semestre au choix du Roi auront chacun 2,000 livres.

En outre sa majesté accorde annuellement auxdits officiers pour leur tenir lieu d'épices & de vacations les 75,000 livres d'indemnité, portées par les lettres-patentes du 28 janvier 1768, dont 6,800 livres à prélever pour les substituts du procureur-général, celle de 1,000 livres au profit de celui commis pour en faire la recette

& distribution, & enfin les gages du garde des archives, titres & de la bibliotheque du grand-conseil.

La finance des offices de présidents est fixée à 60,000 livres, celle des conseillers à 25,000 livres, celle des avocats-généraux à 50,000 livres, celle de greffier en chef à 30,000 livres, celle des substituts à 10,000 livres, & sa majesté fait don à chacun de cette finance pour en jouir, & vendre ensuite à volonté.

5 *Juin.* Il paroît un arrêt du conseil qui fixe la durée du temps pendant lequel la ville de Rheims aura ses entrées libres & exemptes de tous droits suivant le privilege dont elle jouit au sacre des Rois. Cet espace est d'environ trois semaines, & il doit être accordé une indemnité aux fermiers-généraux, suivant le relevé qu'on fera du montant ordinaire des droits à pareil espace de temps.

5 *Juin.* M. le contrôleur-général ne suit point le Roi à Compiegne, il reste à Paris pour veiller à l'approvisionnement de cette capitale. Ce qui indique combien il exige d'assiduité, de vigilance & de soin.

6 *Juin.* On écrit de Brest que M. de Querguelin en est parti à cinq heures du matin le 30 mai, accompagné de deux fourriers des troupes de la marine, & d'un exempt de la maréchaussée de la marine, pour se rendre au château de Saumur.

7 *Juin.* On a enfin une copie exacte de l'importante réponse du Roi à la cour des aides le 30 mai, au premier président assisté de deux présidents.

### RÉPONSE DU ROI

« Je me suis fait rendre compte de vos différentes remontrances.

» Sur les premieres, mon intention en rétablissant ma cour des aides, a été de maintenir le bon ordre dans les délibérations, sans gêner les suffrages, & mon ordonnance du mois de novembre 1774, ne contient dans la plus grande partie que le renouvellement des anciens réglements que je veux remettre en vigueur.

» Pour ce qui concerne spécialement l'article 28, *Monsieur* ira demain vous faire connoître mes intentions.

» Par les secondes remontrances, dans lesquelles vous traitez de tous les impôts & même de presque toutes les parties de l'administration, vous n'attendez pas que je vous fasse ma réponse détaillée sur chaque article. Je m'occuperai successivement à faire les réformes nécessaires sur tous les objets qui en seront susceptibles ; mais ce ne sera point l'ouvrage d'un moment, ce sera le travail de tout mon regne.

» Cependant, comme il y a quelques objets sur lesquels vous avez désiré de savoir promptement mes intentions, mon garde-des-sceaux va vous les faire connoître. »

M. le garde-des-sceaux a dit :

« Messieurs, le Roi sait toujours gré à ses cours du zele qu'elles lui témoignent, en lui donnant des avis fideles sur l'administration de son royaume & sur tous les objets de leur compétence.

» Sa majesté n'ignore pas que l'excès des impôts

est le plus grand malheur de ses sujets, & elle regardera comme un premier de ses devoirs, celui de soulager son peuple, soit par des diminutions d'impositions, soit en corrigeant les abus qui peuvent se trouver dans la répartition & dans la perception.

» Mais le Roi sait aussi que s'il existe réellement des abus, il ne faudroit les faire connoître au peuple que dans les moments où l'on peut y remédier, & qu'il est dangereux d'augmenter l'animosité des contribuables contre ceux dont le ministère est nécessaire pour la levée des impôts.

» Sa majesté ne doute pas que vous n'ayez fait les mêmes réflexions, & votre intention en faisant vos remontrances n'a certainement pas été de les rendre publiques, mais seulement d'instruire la religion de sa majesté.

» Vous ne serez donc pas étonné des mesures extraordinaires que le Roi a prises pour en empêcher la publicité. Ce que vous désirez est, que le Roi s'occupe de venir au secours du peuple, & à cet égard vous pouvez être certains que vos vœux seront remplis; mais vous ne désirez pas qu'il reste dans vos registres un monument propre à perpétuer le souvenir de ces malheurs que le Roi voudroit pouvoir faire oublier.

» Vous avez supplié le Roi de s'expliquer sur les défenses faites à la cour des aides en 1768 & 1770, de suivre différentes procédures, & sur les arrêts du conseil portant évocation. Ces actes n'ont eu pour objet que des affaires particulieres que le feu Roi a voulu terminer, & ne doivent apporter aucun changement à l'ordre judiciaire. Vous devez donc continuer de veiller au maintien des loix dont l'exécution vous est confiée.

» Tous les autres objets de vos remontrances méritent la plus longue & la plus parfaite discussion. »

*7 Juin.* Les dernieres séances des pairs au palais avoient été précédées de plusieurs mémoires pour les éclairer, entr'autres d'une *vue générale sur la procédure du Châtelet déclarée nulle & incompétente par les arrêts des 23 & 24 mai,* de la part de M. Vedel, pour faire sentir la nécessité de faire écrouler le surplus de cette procédure, & d'un *précis de l'affaire du maréchal duc de Richelieu, contre madame de Saint-Vincent,* pour qu'on ne lui accorde pas son élargissement.

*8 Juin.* Vendredi dernier 2 juin, sa majesté a nommé toutes les personnes qui doivent être auprès du futur enfant de madame la comtesse d'Artois.

*8 Juin.* M. le comte de Guines est parti pour son ambassade à Londres. La cour l'a regardé comme justifié suffisamment, quoique le jugement ne soit pas complet en sa faveur, & que l'opinion publique soit encore contre lui, on ne croit pas qu'il soit bien reçu en Angleterre. Mais on ne peut assez être surpris comment la chance a tourné en sa faveur.

*8 Juin.* Quoique M. Turgot eût arrêté de rester à Paris pendant l'absence de sa majesté, comme elle ne peut se passer de ce ministre, elle l'a déterminé à venir avec elle, d'autant que son séjour ici pourroit faire renaître des alarmes qu'il étoit bon de dissiper. Mais le maréchal duc de Biron demeure toujours pourvu du généralat de l'armée de la haute & basse Seine; il a pris les ordres de sa majesté avant qu'elle partît, & lui

a demandé la permission de ne point se trouver
à son sacre, pour remplir les fonctions plus
importantes dont elle le chargeoit dans la
capitale.

9 *Juin.* Me. *Bonichon*, procureur de Lyon, qui
n'a reçu que 189 livres pour les frais de seize
procès suivis de seize sentences, & cependant
condamné comme concussionnaire au conseil supérieur de Lyon à la requête du sieur Puligneux,
ci-devant procureur du Roi dudit conseil, qui
le fit arrêter, a trouvé accès au pied du trône;
il a démontré son innocence : il a été, par un
arrêt du premier avril, déchargé de l'accusation
& autorisé à se pourvoir en prise à partie au
Roi contre son accusateur : sa majesté a nommé
quatre conseillers d'état pour commissaires & un
maître des requêtes pour rapporteur. Une Lyon-
noise vient aussi d'obtenir un arrêt du même
mois, qui l'autorise à se pourvoir au Roi en
prise à partie pour avoir été mise au cachot,
flétrie, déshonorée, sans procédure légale, par
les manœuvres & vexations dudit Puligneux.
Cet inique magistrat avoit traité de la charge
de premier président de la cour des aides de
Montauban; mais on ne veut pas l'y recevoir.

10 *Juin.* Ce seroit une loi illusoire que celle
qui permet le commerce de grains de province
à province dans tout l'intérieur du royaume, si
l'on ne rendoit ce reversement praticable ou
moins frayeux par des communications, par des
chemins & sur-tout par des canaux; maniere la
moins dispendieuse de transporter : le gouvernement, très-attentif à cet objet, s'en occupe
essentiellement, & le canal de Bourgogne dont il
est question depuis long-temps, va enfin avoir
lieu.

10 *Juin.* La ville de Lyon, pour se rendre
l'abbé Terrai, alors contrôleur-général, plus
propice à l'égard de certains droits d'octrois &
autres impositions dont il la chargeoit injuste-
ment, avoit fait présent au sieur Destouches,
son ame damnée, d'une somme de 24,000 liv.
& de 9,000 de bijoux à sa femme. Les lettres-
patentes n'en furent pas plus favorables, & il
fallut payer. Depuis peu cette capitale a réclamé,
a fait entendre ses plaintes à M. Turgot, qui,
instruit de cette vilenie, a fait écrire au sieur
Destouches qu'il eût à restituer les 33,000 livres
en question, ou qu'il les feroit prendre sur les
fonds qu'il avoit dans plusieurs affaires.

Le sieur Barberie, premier commis de M. *Bertin,* secretaire d'état chargé du département de
cette province, ayant aussi reçu 20,000 liv. pour
le même objet, n'a pas été moins forcé de les
dégorger.

11 *Juin.* On peut se rappeller la discussion mue
à Versailles de la part du sieur Berthier, directeur
de l'imprimerie de la cour, qui répandit des
mémoires, où il compromettoit fort l'honneur
du sieur Duperron, directeur de l'imprimerie
royale à Paris, en démontrant que celle-ci coûtoit
infiniment plus cher : apparemment que le dernier s'est justifié, car il reste vainqueur. On a
décidé que l'autre imprimerie seroit supprimée,
& que le sieur Duperron rentreroit en possession
du tout, dont il auroit la direction exclusive.

12 *Juin.* On vient de publier le *procès verbal*
de ce qui s'est passé à la séance tenue en la cour
des aides de Paris, en présence de *Monsieur,*
frere du Roi, le mercredi 31 mai 1775.

Il est constaté par-là que *Monsieur* étoit assisté

de M. le maréchal de Clermont-Tonnerre & de
MM. d'Aguesseau , doyen des conseillers d'état ,
& Chaumont de la Galaisiere , aussi conseiller
d'état ; que dans le rang des conseillers siégeoient
trois des jeunes conseillers au Châtelet de la pro-
motion de Maupeou , que cette cour a bien voulu
admettre parmi ses membres.

La déclaration datée de Versailles le 28 mai ,
& enregistrée ce jour-là sans délibération libre ,
porte que le Roi a reconnu la légitimité du droit
réclamé par les officiers de la cour des aides ,
d'être jugés en matiere criminelle par ceux qui
ont séance en cette cour , & notamment par les
princes du sang & les pairs de France , membres
essentiels de toutes les cours supérieures ; & que
dans le cas où les officiers de la cour des aides
suspendroient l'administration de la justice , ou
donneroient leurs démissions par une délibération
combinée , & refuseroient de reprendre leurs
fonctions , au préjudice des ordres de sa majesté,
la forfaiture sera jugée par le Roi tenant sa cour
des aides , à laquelle il appellera les princes de
son sang , le chancelier , le garde-des-sceaux de
France , les pairs de France, les gens du conseil, &
autres personnes qui ont entrée & séance en ladite
cour des aides.

Le discours de M. de Malesherbes est adroit,
en ce qu'il parle des remontrances dont sa majesté s'est fait remettre la minute, & qu'en re-
traçant cet acte de despotisme , il rappelle le
tableau desdites remontrances , & donne à entendre combien il dévoiloit d'iniquités & d'hor-
reurs : ce magistrat gémit encore sur l'illégalité
de l'enregistrement qui va se faire , ainsi que sur
la connoissance qui a été enlevée à la cour de

presque toutes les opérations de l'administration.

Celui de l'avocat-général Bellanger voudroit être fort, mais ne l'est pas, en ce que gémissant sur les coups d'autorité multipliés sous le feu Roi, il semble applaudir à ceux suggérés au jeune monarque, qui, plus sages dans leurs fins, n'en sont pas moins des interversions, des infractions de l'ordre judiciaire.

12 *Juin*. M. de Brunoy a mis opposition à l'arrêt du premier de ce mois dont on a parlé.

13 *Juin*. Autrefois la cavalerie & les dragons étoient cantonnés dans l'intérieur du royaume; ils étoient répartis par divisions dans les villes, bourgs & bourgades, & l'on n'a point d'exemple d'aucunes émeutes arrivées dans lieux où ils étoient. Depuis quelques temps ces troupes sont répandues avec l'infanterie dans les villes de guerre, sous prétexte de leur approvisionnement dont le Roi est chargé, & qu'il confie à des munitionnaires intéressés à cet arrangement. Un militaire zélé (le baron de Houdan) a envoyé un mémoire à M. le comte du May pour lui rappeller cet ancien usage, l'utilité dont il étoit & dont il seroit dans le moment présent : il lui fait voir qu'en donnant aux officiers le même prix de la ration pour hommes & chevaux, suivant celui des denrées où ces troupes seroient distribuées, sa majesté n'y perdroit rien, & l'on préviendroit les désastres affreux arrivés depuis quelque temps dans diverses provinces, & tout récemment aux environs de la capitale & dans la capitale même.

13 *Juin*. On regarde le voyage de M. le comte de C..... à Londres, comme purement de pa..... pour y manifester son triomphe : on

aſſure même qu'il n'y ſera que trois ſemaines ; mais on craint que dans cet intervalle de temps il n'eſſuie quelque avanie du peuple Anglois, peu favorablement diſpoſé pour lui.

15 *Juin*. M. de Voltaire, toujours empreſſé à ſaiſir l'à-propos, n'a pas manqué de dire ſon avis ſur ce qui intéreſſe & partage aujourd'hui la France entière ; il vient de publier un petit écrit ſur l'arrêt du conſeil du mois de ſeptembre dernier concernant le commerce des grains, & il eſt pour l'affirmative, comme on le préſume.

15 *Juin*. Il y avoit une conteſtation ſur la *capitalité* entre la ville de Châlons & celle de Troies. Elle n'avoit pas été décidée en 1722, au dernier ſacre ; elle s'eſt renouvellée à l'occaſion de celui-ci, à raiſon du pas & de la prééance, ſoit pour haranguer ſa majeſté, ſoit pour la cérémonie, &c. Elle a été jugée en faveur de la ville de Troies.

15 *Juin*. On répare une fontaine au coin de la rue de l'Arbre-ſec, & au lieu de profiter de cette occaſion pour faire quelque monument digne de la capitale, il paroît que l'artiſte ne fera qu'un bâtiment médiocre & meſquin.

18 *Juin*. Meſſieurs du parlement ayant paru ſcandaliſés de la prétention de la cour des aides de vouloir être jugée pour le crime de forfaiture en cour plénière, & aſſimilée à cette première compagnie, elle a cru devoir prévenir la ſciſſion que cette demande pourroit faire naître & s'expliquer par un arrêté du 2 juin que voici.

« La Cour, toutes les chambres aſſemblées, délibérant ſur la ſéance tenue le 31 mai par *Monſieur*, frere du Roi, & ſur la déclaration qui a été pré-

giftrée, a protefté contre ledit enregiftrement, en
ce qu'il a été fait fans prendre les voix & fans
délibération libre.

» Et comme il eft néceffaire de fixer & conftater
quels font ceux qui ont féance en la cour &
& quel eft l'effet de cette féance, la cour a arrêté
que, fuivant les intentions du Roi confignées
dans ladite déclaration & dans les anciennes loix
dont elle eft explicative & conformément à la
conftitution des cours fupérieures & à l'effence
de la pairie, les princes du fang & les pairs
de France jouiront du droit qu'ils ont toujours
eu de fiéger en la cour, avec voix délibérative,
comme dans toutes les cours fupérieures, fans
qu'on en puiffe inférer que la cour veüille ou
puiffe procéder à la réception des pairs de France,
juger la perfonne des princes du fang, & des
pairs de France en matiere criminelle, n'connoître des affaires civiles qui intéreffteroient leur
état & leur dignité, ou l'honneur, les droits
& les prérogatives de la pairie, & en général
fans que la cour entende s'attribuer la connoiffance d'aucunes autres affaires que de celles qui
ont toujours été de fa compétence.

» Et quant aux gens du confeil, la cour a pareil-
lement arrêté que les maîtres de requêtes reçus
au parlement feront les feuls qui puiffent en
aucun cas fiéger en la cour avec voix délibérative,
& qu'ils ne pourront y prendre féance en plus
grand nombre que celui de quatre & en la même
forme que le parlement. »

On ne croit pas que cet arrêté de la cour des
aides foit fort agréable au parlement & le
fatisfaffe.

18 *Juin.* Des mouvements arrivés hier, jour

de marché, à différents endroits où les boulangers vendent leur pain, ont fait craindre quelque nouveau complot. Heureusement ils n'ont pas eu de suite, & ont été arrêtés à temps. Mais il est à craindre que cet esprit de fermentation qu'ils annoncent subsister encore, n'oblige de tenir sur pied l'armée de la haute & basse Seine, qu'on se proposoit de licencier. Une augmentation que les forains exigeoient sur leur denrée, a été cause des murmures du peuple. On assure qu'ils ont eu ordre de s'en tenir au prix de treize sous & demi les quatre livres, taux auquel le pain est resté depuis l'émeute. En outre de mauvaises farines, que les boulangers sont obligés d'acheter & d'employer par conséquent avec la bonne en certaine quantité, alarment quelques citoyens prévoyants : cette contrainte atteste du moins que le gouvernement craint que la denrée ne manque, pour avoir recours à une substance aussi pernicieuse.

19 *Juin.* L'édit concernant le Châtelet, publié en dernier lieu, n'a pas produit l'effet salutaire que s'en promettoit M. le garde-des-sceaux : tout cet amalgamé n'engendre que des divisions, & les anciens restés avec le lieutenant civil en petit nombre, & réduits aujourd'hui à cinq, ne pouvant résister aux avanies qu'ils essuient journellement, sont forcés de chercher acquéreur.

20 *Juin.* La reprise d'*Orphée & Euridice* dans cette saison n'a pas le même succès que l'été dernier. Sans doute que le sieur Tirot, faisant le rôle du sieur le Gros, a beaucoup de part à cet échec ; du moins c'est à quoi les partisans du chevalier Gluck l'attribuent. Quoi qu'il en soit, il est question de remettre le ballet de l'*Union*

*de*

*de l'Amour & des Arts* du sieur Floquet : ce qui fera
d'autant plus, d'honneur à ce musicien qu'il n'est
pas ici. Il voyage actuellement en Italie pour se
perfectionner.

20 *Juin.* L'infanterie françoise ne voit pas
avec plaisir M. le chevalier de la Motte, lieute-
nant-colonel du régiment Royal-Comtois, élevé
à la place de lieutenant de roi à Saint-Omer,
que beaucoup d'officiers plus anciens sollicitoient,
& même des officiers-généraux. On sait d'autant
plus mauvais gré au comte du Muy de cette
préférence, qu'elle ne semble accordée par ce
ministre que par opiniâtreté & pour soutenir son
ouvrage & son protégé. C'est M. de la Motte
qui est l'auteur du désastre de son régiment dont
on peut se rappeller l'histoire & le conseil de
guerre qui l'a suivie à l'occasion de la scission
survenue entre le corps des officiers, dont le
plus grand nombre a été cassé, &c. ; ce qui a
mis le corps en discrédit, au point que beaucoup ne sont remplacés que par des sergents.
C'est M. le comte du Muy qui présidoit à
ce conseil de guerre, pour lequel M. de la
Motte est devenu la bête noire de l'infanterie ; en sorte qu'il ne pourra qu'essuyer beaucoup de désagréments dans sa nouvelle place.

21 *Juin.* Louis XVI, étant dauphin, affec-
tionnoit beaucoup un de ses valets de garderobe,
nommé *Grau* : ce qui réjouissoit le jeune prince,
c'est que ce monstrueux personnage pour le
volume étoit en même temps très-chatouilleux
& susceptible conséquemment de toutes les con-
torsions qu'excite ce genre de titillation. Cette
aptitude à l'amusement du dauphin enfant avoit
valu à ce subalterne une pension de 1,500 livres,

*Tome XXX.*              M

qu'il lui a conservée depuis qu'il est monté sur le trône. Sans doute sa majesté, toujours bonne dans son intérieur pour ses domestiques, ne se livre plus à une telle familiarité, & goûte des amusements plus proportionnés à son âge. Cependant, par une adulation de courtisan, le fils du sieur Grau ayant été présenté au Roi en survivance du père, le maréchal duc de Duras, gentilhomme de la chambre en exercice, a fait sur lui l'expérience du chatouillement & a rendu compte à sa majesté qu'il n'y paroissoit pas sensible, mais que cela viendroit.

22 *Juin.* M. le comte du Muy, toujours fort occupé de ce qui concerne son département de la guerre, vient de faire publier une ordonnance très-volumineuse sur l'exercice de l'infanterie françoise, datée du 30 mai. On y a joint des cartes en grande quantité pour figurer les diverses évolutions des troupes dans toutes les circonstances. On ne peut encore asseoir aucun jugement sur les innovations qu'elle présente : on ne pourra prononcer pertinemment à cet égard qu'après qu'elle aura été méditée, digérée & mise en pratique par les militaires. Mais il s'ensuit très-évidemment que le ministre compte sur une profonde paix pour avoir le temps de perfectionner ces changements.

22 *Juin.* Les sieurs Saurin & Doumer sont sortis de la Bastille ; on n'a pu trouver aucune charge contre eux. Ce qui prouve que le gouvernement, en les faisant arrêter, a voulu seulement faire acte de bonne volonté, pour découvrir, s'il étoit possible, la cause & les auteurs de l'émeute ; mais qu'il n'étoit pas mieux instruit que les autres.

23 *Juin.* M. le comte de Guines écrit de Londres qu'il a été visité & complimenté, à son arrivée par tout le corps diplomatique, & par les ministres de sa majesté Britannique : il ajoute que le Roi & la Reine lui ont fait l'accueil le plus distingué & l'ont comblé de bontés. Mais il ne dit pas comment il a été reçu du peuple, qu'on sait être quelque chose & même tout dans ce pays-là.

23 *Juin.* On peut se rappeler le propos séditieux tenu en chaire par un curé de Gournay sur Marne. Il est parvenu aux oreilles du ministere, qui a ordonné au commissaire départi, c'est-à-dire, à l'intendant, de faire une information, & d'après le rapport qui en a vraisemblablement été fait au conseil, ledit curé a été enlevé mardi dernier 20 du mois en plein jour, sans qu'on sache encore ce qu'il est devenu. Le clergé & la magistrature s'accorderont sans doute pour crier contre cet acte illégal, d'après une procédure extrajudiciaire ; acte qui paroîtra d'autant plus despotique, que le propos tenu par cet étourdi, insultant les ministres principalement, ils se trouvent aujourd'hui juges & parties.

23 *Juin.* On a été scandalisé de voir au sacre parmi les douze maîtres de requêtes nommés par le garde-des-sceaux pour y assister, le sieur de Maupeou, fils du chancelier, & parmi les six secretaires du Roi députés à cet effet, le sieur *Mangot de Danzay,* un des membres du tripot, aujourd'hui du grand conseil. Ce peu de délicatesse dans la nomination des sujets annonce que ces personnages ne sont pas dans l'exécration où ils devroient être. Il sembleroit que les

représentants à une cérémonie aussi auguste auroient dû être choisis avec plus de soin ; qu'il
auroit fallu les prendre entre les membres les
plus distingués par des sentiments & par des actes
de patriotisme.

24 *Juin.* L'affaire du parlement de Pau est
toujours en suspens. Ce qui a retardé cette opération & ce qui l'a contrariée, c'est que les états
de Béarn se sont absolument refusés à toutes
sollicitations pour le rétablissement de cette compagnie sur l'ancien pied, quelque effort que l'on
ait tenté pour les exciter à cette démarche; bien
plus, lorsqu'on a voulu ouvrir cet avis dans l'assemblée, un des gentilshommes a opiné pour
qu'on ensevelît sous terre (ce sont ses expressions)
avec autant de soin, tout membre qui agiteroit
cette affaire, comme toute bête pestiférée, morte
de la maladie qui a dévasté le pays des bêtes
à cornes. La hauteur insupportable des magistrats
est cause de cette aversion. On sait qu'ils avoient
autrefois sérieusement agité de convenir entr'eux
du temps qu'ils feroient attendre dans leur anti-
chambre tout gentilhomme qui seroit dans le
cas de venir solliciter un procès.

Malgré cela, M. de Miromesnil, qui est naturellement disposé à réparer toutes les calamités
de la magistrature, qui sent d'ailleurs que cette
contradiction de laisser le parlement de Pau dans
son état d'abâtardissement résisteroit à ses principes & à ceux établis par sa majesté sur l'inamo-
vibilité des offices, ne se refuse point à la réintégration. Son projet seroit de rétablir les choses
ainsi qu'en Bretagne, c'est-à-dire, comme elles
étoient en mai 1765, lors de la démission du
grand nombre des officiers du parlement de Béarn.

Mais ceux actuels, & le premier président, l'auteur de tous les troubles, bataillent beaucoup pour empêcher la réunion. Ce dernier sur-tout est à Paris à cet effet, & représente que les supprimés étant à-peu-près en même nombre que les membres actuels, de cet amalgame il résulteroit dans le sein de la compagnie un schisme très-funeste à toutes les affaires & qui ne s'éteindroit de long-temps. M. le garde-des-sceaux qui, de son naturel, est très-tâtonneur, a peine à se décider & voudroit bien qu'on lui forçât la main d'une ou d'autre maniere, en sorte que le mal ne roulât pas sur lui.

25 *Juin.* La chambre des comptes depuis qu'elle est délivrée des inquiétudes que lui ont causées si long-temps, sur son existence & sur son état, le chancelier & le controleur-général successivement & ensemble, est en proie à des querelles intestines assoupies pour l'intérêt commun & qui se réveillent aujourd'hui. On sait que les présidents & maîtres des comptes voudroient se regarder comme les seules parties intégrantes de cette cour, & dégrader les correcteurs & auditeurs au point de ne les considérer que comme membres accessoires. C'est pourquoi il ne vont que par députés, en petit nombre, aux assemblées des semestres sur les matieres d'enrégistrement ou intéressant la compagnie. Ces deux derniers bureaux voudroient revenir sur leurs prétentions, & attaquent celles du bureau des maîtres. Jusqu'ici cette querelle renouvellée n'a pas encore beaucoup transpiré au-dehors. Les gens sages de la compagnie désireroient en arrêter les suites, & empêcher du moins le public, peu porté pour la cour, de s'en amuser & d'en rire. Il y a eu

à cet effet une assemblée des semestres le lundi 19 de ce mois, dont, suivant l'usage, il n'est rien résulté de décisif.

27 *Juin*. Dans le mémoire de M. Varenne de Beost le fils, on trouve un historique & des anecdotes qui rendent ce personnage intéressant, ainsi que son pere, & méritent d'être recueillis. On y apprend d'abord que le pere étoit un avocat distingué par les talents de sa profession à Dijon, puisqu'en 1719, n'ayant pas encore trente ans, il fut nommé conseiller des états de Bourgogne, & en 1751 on créa pour lui la charge de secretaire en chef des mêmes états, avec la survivance pour son fils aîné.

L'envie de se signaler dans sa nouvelle charge, excita M. de Beost pere à former un projet de réforme générale, en faisant agiter par les états des questions traitées pour la premiere fois. Il poussa l'audace jusqu'à employer sa plume foudroyante contre le parlement, aux décisions, arrêts & arrêtés, duquel il avoit juré, comme avocat, de rester soumis inviolablement. La distribution de ses mémoires faite à Paris, sous le nom d'un avocat aux conseils, ne remplit pas son projet de faire adopter son système à la province entiere : il fut fait en conséquence entre le libraire Desventes & lui un traité pour une nouvelle édition *in-*8°, à la tête de laquelle fut mis une préface au-dessus de toute expression.

Le parlement de Dijon qui vit ses droits, son honneur & ses prérogatives attaqués, fut le premier qui sévit contre cet ouvrage, qu'il fit lacérer & brûler au pied du grand escalier le 7 juin 1762, au milieu d'une populace attroupée ; témoignage de l'indignation publique contre l'écri-

vain , & de l'attachement général au corps in-
sulté.

Un arrêté solemnel interdit aux membres de
cette cour outragée , toute liaison avec aucun de
ceux qui portoient le nom de *Beost* : le grand
nombre des habitants distingués de la capitale
& de la province suivit cet exemple , & pendant
un an que durerent les troubles , la populace
continua de faire éclater son ressentiment par
des vers , des placards , des chants de triomphe
& des orgies. Le pere & le fils furent donc obligés
de s'expatrier.

La cour des aides de Paris prit aussi connoissance du mémoire , & décréta M. de Beost pere
de prise-de-corps ; il se réfugia à Versailles , & sa
majesté déclara par des lettres-patentes , du 25
juin 1763 , qu'elle entendoit que tout ce qui
s'étoit passé à l'occasion de cet écrit fût oublié ,
& le 29 août , les portes ouvertes de l'ordonnance de la cour, il fallut, le genou en terre, que
le sieur de Beost entendit la lecture de ces lettres
qualifiées d'abolition. Avant la fin de l'année ,
il fut obligé de se démettre de sa charge de secretaire en chef des états de Bourgogne , qui
fut supprimée. La cour qui le soutenoit, lui assigna
pour dédommagement , en attendant mieux , une
somme annuelle de 15,000 livres sur le trésor
royal. Enfin, le sieur de Varenne obtint en 1766,
l'agrément de la charge de receveur-général des
finances de Bretagne.

Le sieur de Beost , son fils , pensoit différemment : il avoit un attrait décidé pour les arts &
les sciences : il désapprouva la conduite de son
pere & ses écrits contre le parlement de Bourgogne , mais il suivit le sort de l'auteur de ses

M 4

jours ; il erra avec lui, lorfqu'il fut obligé de difparoître de la province ; il évita de dépofer contre lui, foit à Dijon, foit à Paris : il fut décrété d'ajournement perfonnel à la cour des aides, & il y accompagna, fans néceffité, ce même pere, à cette cour, pour y entendre la lecture des lettres d'abolition. C'eft à fon atta- chement au parlement que le fieur de Beoft attribue l'averfion que fon pere a conçue pour lui, & la préférence qu'il a donnée à fon cadet, imbu des mêmes préjugés, des mêmes princi- pes, du même dévouement au defpotifme : *inde ira.*

28 *Juin.* Loin qu'on fonge à licencier l'armée de la haute & baffe Seine, on prend des précau- tions qui fembleroient annoncer qu'on craint de nouveaux troubles. L'on a vu des officiers de ma- réchauffée, avec des dragons, vifiter & fouiller dans les maifons des payfans, & en enlever tous les fufils, piftolets, épées, fabres & autres armes qu'ils ont pu y rencontrer.

29 *Juin.* Le parlement, très-mécontent des prétentions de la cour des aides & des démarches qu'elle a faites, ainfi que de la déclaration y enrégiftrée derniérement, a profité de la circonf- tance des pairs réunis mardi au palais, pour en référer à cette augufte affemblée : il y a été formé en conféquence un grand & long arrêté pour y confirmer l'affertion de cette compagnie qu'elle eft feule & unique cour des pairs ; qu'elle en eft la cour effentielle, la cour permanente, la cour métropolitaine : elle eft entrée dans tous les détails des qualifications qui lui appartiennent, & l'on affure que la cour des aides, effrayée de voir un fchifme s'élever entre elle & le parlement,

s'est hâtée de prendre hier un second arrêté, où, en adhérant à celui de cette cour, elle lui rend tout l'hommage qui lui est dû.

30 *Juin.* L'arrêté du parlement mérite d'être rapporté en entier, & le voici :

« Extrait des registres du parlement du 27 juin 1775, du matin.

» La cour, toutes les chambres assemblées, les princes & les pairs y séants, délibérant sur le récit fait le jeudi premier juin, à l'occasion de la déclaration du Roi, du 28 mai dernier, ensemble sur ce qui s'est passé à la cour des aides le 31 dudit mois.

» Considérant 1°. que si l'ancienneté & l'universalité primitive de juridiction de la cour de France sur tous les objets de justice & sur tous les territoires du royaume, ont pu assurer à ses membres essentiels & primordiaux, la faculté de siéger & de donner leur suffrage dans les cours supérieures, dont les objets & les ressorts ont été ou peuvent être regardés comme avoir été distraits, à quelques égards, de l'étendue de la juridiction de la cour de France ; il n'en peut résulter que les matieres dont la connoissance appartient de tout temps à ladite cour de France, cour capitale & cour métropolitaine de nos Rois, & dont les affaires, concernant la personne des pairs ou leur dignité, font partie, aient jamais pu ou puissent jamais être distraites de la cour à laquelle, de toute ancienneté, elles ont dû être légitimement portées, ni que les princes du sang & les pairs de France, membres essentiels du parlement, depuis l'origine de la monarchie, aient jamais pu être ou puissent jamais être soumis à la discipline & aux jugements d'aucun

M 5

autre corps que de la cour de France, cour des pairs.

» 2°. Considérant aussi que les séances qu'aucuns princes ou pairs auroient prises par le passé en aucunes autres cours, & qu'aucuns actes émanés d'eux ou desdites cours, n'ont pu porter atteinte aux droits respectifs des pairs & de la cours des pairs.

» 3°. Considérant encore que cette dénomination de *membres essentiels de toutes les cours supérieures*, attribuée aux princes du sang royal & aux pairs de France dans la déclaration du Roi du 28 mai dernier, est une dénomination nouvelle qui pourroit, sous prétexte du droit de discipline, police & jugement que plusieurs corps prétendent sur leurs membres, donner lieu à vouloir établir dans la suite que les membres des autres cours pourroient en certains cas assister & voter dans les affaires concernant la personne des pairs & autres membres de la cour des pairs, les pairies ou autres matieres, causes & affaires majeures appartenantes au parlement.

» Ladite cour, après s'être fait représenter les arrêts des 30 décembre 1763, 20 mai 1764, 16 avril 1770, 30 décembre 1774, 20 janvier & 24 mars 1775, dont il est de son devoir de maintenir sans altération les principes, les dispositions & l'exécution, a arrêté qu'elle tiendra toujours pour principe inhérent aux principes & maximes de la monarchie & à la constitution de l'état, que les princes du sang qui, par leur naissance, & les pairs de France par leur dignité, & après leur réception en ladite cour, en sont de tout temps reconnus pour membres essentiels, ne peuvent, sous prétexte qu'ils auroient usé ou

useroient de ladite faculté de siéger, & donner
leurs suffrages en d'autres cours, être néanmoins
réputés membres d'aucune autre cour, que de la
cour de parlement, cour de France & cour des
pairs, en laquelle seule ils peuvent être convenus
& jugés pour ce qui concerne leur état, leur
dignité, leur honneur & leur personne : les pairs
duement & suffisamment appellés en icelle, sans
qu'aucuns membres de ladite cour puissent jamais, hors ladite cour, ou associés avec des
personnes qui, de droit ancien & légal, n'y
auroient pas séance & voix délibérative, être
censés juges compétents, légaux, ni légitimes
ès susdites matieres de pairie, ou ès causes &
autres matieres majeures appartenantes uniquement au parlement, ne pouvant ces séances
d'honneur, dont les membres de la cour useroient dans d'autres cours, donner caractere
pour y délibérer sur d'autres matieres que sur
celles légalement propres à ces cours, ni l'usage
des séances dans les susdites cours, rendre jamais
les princes & pairs dépendants de leur discipline,
soumis à leur jugement, ni en aucun cas, obligés, comme ils le sont par les convocations ré-
gulieres & préalables à l'instruction criminelle
d'un pair, d'user de ces séances, ce à quoi ils
ne peuvent être obligatoirement tenus qu'en
parlement seulement ès susdites affaires de pairie
ou autres affaires majeures, selon les formes
requises & que lesdites matieres peuvent com-
porter.

» Et attendu que les dispositions de la déclaration du 28 mai dernier, & ce qui s'est passé
le 31 du même mois à la cour des aides pourroient, d'une part, donner lieu à des systêmes

M 6

nouveaux & deſtructifs des droits de la pairie, & ſembleroient tendre, d'autre part, à renouveller & à étendre l'établiſſement d'un tribunal extraordinaire pour juger les cours elles-mêmes; établiſſement au ſujet duquel la cour s'eſt réſervé, par ſon arrêté du 20 janvier dernier, de réclamer en toute occaſion auprès du Roi contre toutes les innovations & diſpoſitions contraires aux loix, maximes & uſages de la monarchie.

Ladite cour a arrêté de faire au Roi de très-humbles & très-reſpectueuſes remontrances, à l'effet d'éclairer ſa religion ſur les deux derniers objets, & lui faire connoître combien les principes que ſon parlement ne peut ceſſer d'invoquer, ſont juſtes, fondés & inhérents eſſentiellement à la conſtitution de l'état, & combien les ſyſtêmes qui ſont préſentés audit ſeigneur Roi, comme utiles au maintien de ſon autorité, y ſont au contraire oppoſés, puiſqu'ils tendent à ébranler les principes & les maximes de la monarchie qui ſont les plus ſolides appuis des droits de la couronne, de ceux de toute la race royale, & des droits dudit ſeigneur Roi lui-même; leſquels objets deſdites remontrances ſeront fixés par les mêmes commiſſaires nommés pour fixer les objets de celles arrêtées le 24 mars 1775.

2 *Juillet* 1775. Le ſieur de Bougainville eſt un intrigant, un audacieux, qui, né dans un état obſcur, a voulu percer & ſe ſignaler. Il n'eſt point ſans mérite, mais il lui a fallu le perſuader aux autres, & uſer de charlatanerie pour le groſſir & l'exagérer. Il a ſervi en Canada; il s'eſt préſenté enſuite au miniſtre de la marine pour faire des découvertes, & a pris des grades dans cet autre ſervice : on ſait le réſultat.

de fes expéditions. Il s'eft fait donner depuis une miffion fecrete en Efpagne, & eft parti comme s'il devoit s'embarquer fur l'efcadre que fa majefté catholique faifoit armer depuis ce printemps.

3 *Juillet.* M. le comte d'Artois qui étoit allé voyager en Flandre par curiofité, & pour s'inftruire en même temps, en eft revenu depuis quelques jours. Il s'étoit propofé de faire la route à cheval & de courir à francs étriers; mais, malgré fa jeuneffe, fa vigueur, fon adreffe dans l'art de l'équitation, il n'a pu foutenir long-temps cette fatigue; & au bout de dix lieues a été obligé de fe mettre en voiture.

6 *Juillet.* On a parlé des fêtes données à Ferney en réjouiffance de la convalefcence de madame Denis. Voici les compliments enfantés à cette occafion, plus précieux par leur objet que par leur mérite intrinfeque : on les croit de M. de Florian, neveu de M. de Voltaire, & qui fe mêle un peu de littérature.

### *A M. de Voltaire.*

« La joie que votre colonie témoigne en ce jour, eft l'effet de la plus vive reconnoiffance de diverfes nations que la liberté & la renommée de vos bienfaits ont réunies pour fonder, fous votre protection, une fabrique que plufieurs Rois ont inutilement entrepris d'établir dans leurs états. Le préfent que vous en faites à la France eft la preuve de cette vérité, que pour commander aux hommes il faut parler aux cœurs. L'auteur de la nature qui s'eft plu à façonner votre efprit d'une maniere auffi éclatante pour le bonheur

de l'humanité , se refuseroit il aux vœux que
nous formons pour votre santé & la conservation
de vos précieux jours !

*A madame Denis.*

« Pendant que vous étiez malade , tous les cœurs
l'étoient avec vous ; on ne voyoit par-tout que
tristesse , alarmes & désolation , comme dans
l'approche du plus affreux malheur.

Enfin , le ciel favorable à nos vœux a éloigné
vos maux & nos dangers , en vous rendant à la
vie : il fait renaître par-tout la nature , les plaisirs
& la joie , & nos cœurs lui ont rendu de so-
lemnelles actions de graces.

L'alégresse nous a transformé en militaires :
cette décoration nouvelle convient à des hommes charmés de sacrifier leurs jours pour conserver les vôtres. Le bruit des canons relevera celui
de nos acclamations ; les feux que nous ferons
éclater , vous peindront l'ardeur de nos sentiments & la vivacité de nos transports.

Daignez , Madame , honorer toujours de vos
bontés cette colonie naissante , fondée sur l'immortel Voltaire : nous tâcherons de nous en
rendre toujours plus dignes par nos travaux &
notre industrie.

Puissiez-vous , Madame , puissiez-vous vivre
aussi long-temps que durera la gloire de notre
fondateur , & que votre nom brillera dans les
fastes de la bienfaisance. »

*6 Juillet.* Le bruit a couru que M. de Malesherbes
alloit entrer dans le ministere : il se renouvelle
aujourd'hui , & comme le duc de la Vrilliere
semble arriver à son terme , & qu'il ne peut plus

long-temps échapper au désir général de sa retraite, on donne le département de Paris à M. de Malesherbes : ce n'est pas assurément la place la plus convenable pour ce grand magistrat.

7 *Juillet.* Depuis que M. Turgot est contrôleur-général, ses partisans annoncent les plus belles choses du monde. L'événement des émeutes l'a forcé de s'occuper de remédier aux désordres les plus urgents : on assure que, plus libre aujourd'hui, il médite & digere une multitude d'édits consolants pour le peuple, tendants à améliorer son état, à prévenir ses besoins, & à les soulager par des diminutions considérables sur les matieres de premiere nécessité, par l'abolition des corvées, par la suppression de la mendicité, par l'encouragement de la population, par la liberté du commerce dégagé de ses entraves, &c.

8 *Juillet.* Quand il a été question d'aller complimenter le Roi à Versailles sur son sacre, les six corps des marchands de Paris ont réclamé leur privilege d'avoir cet honneur. Il a d'abord été fait refus de la part du ministere ; ce qui les a effrayés & leur a fait craindre que les projets de M. Turgot contre eux ne fussent sur le point de s'effectuer : mais depuis ils ont reçu cette permission, ce qui les a rassurés. Ils ont complimenté sa majesté à genoux, accompagnés du lieutenant-général de police, & présentés par le duc de Cossé, gouverneur de Paris.

8 *Juillet.* M. de Sartines, secrétaire d'état ayant le département de la marine, est entré hier au conseil d'état, & par cette introduction, est fait ministre. On dit que c'est à fiche de consolation pour le dédommager du département de

Paris confié à M. de Malesherbes ; car il paroît
sûr que ce dernier succede au duc de la Vrilliere ;
mais que celui-ci fera encore la semaine prochaine la demande du don gratuit au clergé,
pour en retirer les 24,000 livres que vaut cette
million, en qualité de commissaire du Roi.

8 *Juillet.* A la suite du nouveau conte de
M. de Voltaire sous le nom de M. de la Vis-
clede, est une lettre prétendue de ce secretaire de
l'académie de Marseille, à M. le secretaire de
l'académie de Pau : celle-ci est en prose ; & l'on
conçoit aisément, en la lisant, pourquoi le philosophe de Ferney y emprunte un masque étranger. On voit que son but est de prétendre faire
des contes mieux que la Fontaine, & de le déni-
grer, ainsi que son genre qu'il appelle *petit.* Il
y reffasse ses reproches cent fois répétés contre
le fabuliste, qu'il n'exalte que pour mieux le
rabaisser. Corneille n'est pas plus épargné dans
cette digreffion, où la critique, juste à bien des
égards, ne déplaît que parce qu'on voit l'envie
qui la produit & la guide. L'auteur termine par
une sortie vigoureuse contre l'éditeur des contes
en 1743 & sa préface, sous le nom de Londres.
Il ne peut lui pardonner d'avoir dit qu'un poëte
qui fait des tragédies, ne doit jamais écrire sur
l'histoire & la physique, & le traite en conséquence comme tous les cuistres qu'il injurie
depuis long-temps. Malgré le radotage de
cette épître, on la lit avec intérêt, à raison
des anecdotes qu'on y trouve, de la maniere
dont elles sont présentées, & de la malignité
secrete que l'on reffent à gémir à son tour sur les
écarts & le délire d'un grand homme gémiffant
fur ceux d'autres grands hommes, & pour tout

dire en un mot, parce que c'est du Voltaire.

*9 Juillet.* Les curés & vicaires du royaume à *portion congrue*, viennent de présenter un mémoire au Roi pour supplier sa majesté de l'augmenter; ils démontrent qu'il n'est aucune proportion entre 500 liv. qu'ont les premiers & 200 les seconds annuellement, & la cherté des vivres, depuis l'édit de 1768 qui les a fixés à ce revenu. Cette classe si essentielle au clergé, & si mal partagée du côté de la fortune, met sous les yeux du Roi ses besoins & sa misere; elle entre dans des détails bien propres à mériter l'attention d'un Roi, pere de ses sujets, & sur-tout d'un Roi très-chrétien qui favorise avec tant de zele la religion & ses ministres. Ils ont envoyé une copie de ce mémoire à tous les princes du sang, avec une lettre touchante pour implorer leur protection auprès du monarque. Il paroît qu'ils ont exprès choisi le temps de l'assemblée du clergé, pour forcer celle-ci à s'en occuper & à terminer plus promptement cette opération.

*9 Juillet.* Il passe pour constant que c'est M. de Barentin, le second avocat-général du Parlement, qui a traité avec M. de Malesherbes de la charge de premier président de la cour des aides, dont il a cependant fait encore hier les fonctions, en présence de plusieurs pairs venus pour siéger dans cette cour, suivant le droit que sa majesté leur en a reconnu dans sa derniere déclaration.

Un des magistrats ( M. le Duc, conseiller ) en rapportant une affaire, a fait venir l'éloge du chef de la compagnie, & a témoigné les regrets de celle-ci de le perdre : sur quoi la modestie de M. de Malesherbes a voulu l'arrêter

& le faire paſſer outre, ſans nier le fait ; ce qui a confirmé la nouvelle répandue depuis pluſieurs jours à cet égard.

10 *Juillet.* Le Roi, ſuivant l'uſage, a accordé pluſieurs graces à la ville de Rheims pour ſon embelliſſement & pour ſon utilité. Il eſt fâcheux que la diminution du prix du pain ne ſoit pas un bienfait généralement reſſenti : tenu à un taux modéré durant le temps du ſacre, il eſt devenu très-cher à Rheims depuis que ſa majeſté en eſt ſortie.

10 *Juillet.* Les grenadiers à cheval ſont depuis très-long-temps mécontents de M. le marquis de Lugeac, leur commandant. Ils lui reprochent non-ſeulement de la hauteur, de la dureté, de la férocité même; mais encore de retenir injuſtement ſur leur paye onze ſous par jour. Ils ont enfin éclaté & préſenté un mémoire à M. le comte du Muy, en lui déclarant que s'il ne leur rendoit pas juſtice, ils iroient au Roi : on attend la déciſion de cette importante démarche.

Ce commandant ayant fait metre en priſon un grenadier ſoupçonné l'auteur ou le rédacteur du mémoire, ils ſe ſont raſſemblés & ont été en corps chez lui demander l'élargiſſement de leur camarade, diſant que le mémoire étoit l'ouvrage de tous.

11 *Juillet.* Le ſieur de Muſſey, membre du grand-conſeil, & ci-devant du tripot Maupéou, vient de mourir en Lorraine, ſa patrie. C'eſt la premiere place vacante à ce tribunal, & l'on attend à voir s'il ſe trouvera quelqu'un d'honnête pour l'occuper.

11 *Juillet.* Il paroît un arrêt du conſeil d'état,

en date du 24 juin, qui donne un libre exercice
à l'art de polir l'acier. C'est un petit essai de
M. le contrôleur-général ; cependant il ne
motive cet affranchissement que sur les contes-
tations qu'occasionnoient entre différents corps
l'exercice de cet art, qu'ils vouloient s'attribuer
exclusivement, & sur les gênes que cela lui donnoit ; ce qui l'empêchoit de se perfectionner
comme chez nos voisins les Anglois. L'on juge
que c'est le seul point sur l'affranchissement des
maîtrises que M. Turgot ait jusques ici gagné
au conseil.

11 *Juillet.* L'enlevement du sieur Langlois,
ci-devant lieutenant-général d'Andely, & élevé
par M. le chancelier au grade de second président
au conseil supérieur de Rouen, ainsi que du
maître de poste, qu'on assure avoir été amené
avec lui à la Bastille, est la nouvelle du jour.
Il a, dit-on, été intercepté vers Mantes des
lettres anonymes en grand nombre, dont le
résultat sembloit être un complot de dévaster les
campagnes & la récolte prochaine : on veut que
les prisonniers dont il est parlé ci-dessus, en
fussent les instigateurs ; &, comme le sieur Langlois étoit fort attaché à M. de Maupeou, qu'il
vivoit familiérement chez lui & étoit tous les jours
au Thuy, on n'a pas manqué de faire remonter
le complot jusqu'à lui. Tout ceci n'est pas encore
très clair.

12 *Juillet.* Il y avoit dans les six pairs qui
ont été samedi à la cour des aides, un pair
ecclésiastique. Ces pairs étoient : l'évêque, duc
de Langres, le duc d'Aumont, le duc de Niver-
nois, le maréchal duc de Duras, le duc de la
Vauguyon, & le duc de la Rochefoucault. Ils

ont pris rang après le premier président à sa gauche, & avant les autres présidents , & ils ont opiné les derniers dans une cause de rapport importante, concernant les fermiers de M. le prince de Condé dans certaines parties de son apanage, où on les accusoit d'avoir introduit la fiscalité : ils ont perdu.

Le rapporteur , M. le Duc, avant de commencer , a fait un discours relatif à la présence des pairs qu'il a complimentés indirectement ; car il adressoit la parole seulement à sa compagnie. C'est après son rapport & avant qu'on allât aux voix, que ce même magistrat a gémi sur la perte que la compagnie alloit faire de son chef.

La cour des aides qui n'avoit peut-être jamais vu de pairs siéger chez elle qu'en lit de justice, auroit bien désiré que le public eût été témoin de son triomphe : malheureusement c'étoit un procès de rapport, conséquemment jugé à huis clos.

13 *Juillet.* On parle d'une commission nommée pour examiner les comptes des sieurs Saurin & Doumer, sortis depuis peu de la Bastille. Ces comptes étoient depuis long-temps entre les mains de M. Albert, aujourd'hui lieutenant-général de police , alors intendant du commerce , chargé de la partie des bleds : ils se plaignent que M. Albert n'ait jamais voulu les arrêter , quoiqu'ils fussent très en regle ; c'est ce qu'on va voir. Cette commission est composée de conseillers d'état, à la tête de laquelle sera M. de la Michaudiere, prévôt des marchands.

14 *Juillet.* MM. du grand-conseil, fatigués des lenteurs de M. le garde-des-sceaux qui ne termine

rien à leur égard, étoient difposés à fe fâcher ;
ils avoient en conféquence député les membres
d'ufage pour la derniere fois à ce chef fuprême de
la juftice, & mercredi ils s'étoient raffemblés
pour entendre leur rapport, pour faire un arrêté
& fe plaindre dans le cas où il n'auroit pas été
favorable. Mais M. le premier préfident a rendu
compte que l'édit concernant le grand-confeil
étoit revêtu de toutes les formalités, qu'il feroit
inceffamment expédié & adreffé à la compagnie.

14 *Juillet.* Voici le difcours de M. le Duc, confeiller à la cour des aides, rapporteur du procès
jugé, comme il eft énoncé dans l'arrêt, *les pairs
de France y féants :*

« MESSIEURS,

« Il feroit à fouhaiter qu'une audience impor-
» tante pût folemnifer la féance de MM. les
» pairs de France en cette cour. L'éloquence du
» barreau couvriroit de fleurs la fécherefle des
» affaires auxquelles vous confacrez tous vos mo-
» ments; & les pairs venant quelquefois partager
» nos travaux, deviendroient les défenfeurs de
» nos arrêts.

» Le Roi, toujours occupé du bonheur de
» fes peuples, feroit inftruit de la fageffe de
» vos décifions, par ceux qui y auroient parti-
» cipé, & fa majefté feroit intimement perfuadée
» que l'honneur eft le feul guide des magiftrats
» de la cour des aides. »

On a également confervé le fecond difcours
de M. le Duc fur la perte que la compagnie
alloit faire de M. de Malesherbes, & fur l'élé-
vation prochaine de ce chef au miniftere.

» Nous touchions au moment de perdre un ma-
» giftrat refpectable, dont la mémoire fera gravée
» dans les faftes de cette cour.

» Le cœur de notre illuftre chef vous eft connu:
» il fera plus fenfible à notre douleur qu'aux
» palmes qu'il a remportées aux yeux de l'Europe
» entiere. Permettez - moi, Meffieurs, d'être
» ici l'interprete de vos fentiments. Il eft
» glorieux pour le chef & les membres d'avoir
» les pairs de France pour témoins de notre
» fenfibilité.

» Ils applaudiront, Meffieurs, au tendre atta-
» chement pour notre premier préfident; & le
» Roi bienfaifant croira ne pouvoir mieux placer
» fa confiance que dans un magiftrat qui em-
» porte à fi jufte titre les regrets de fa com-
» pagnie. »

15 *Juillet.* Ce qui a fait dire qu'on fongeoit
à pouffer au miniftere M. l'archevêque de Touloufe, ainfi qu'en a couru le bruit, c'eft qu'effectivement ce prélat travaille à beaucoup de projets
relatifs au bien de l'état, qu'il eft fort lié avec
le comte de Maurepas & avec M. Turgot, & que
celui-ci s'aide de fes confeils & de fes plans. Il
paroît décidé aujourd'hui par le dernier de terminer irrévocablement le fort des *mendiants* &
de faire à cet égard une loi générale, uniforme,
où tous les cas poffibles foient prévus, toutes
les reffources imaginées, tous les expédients affu-
rés, & fur-tout qui s'exécute. Le prélat a donné
à cet égard un mémoire très-profond, très-éten-
du, plein d'ordre & de clarté, qui a été extrêmement goûté. Il s'occupe auffi des hôpitaux &
fur ce point il peut donner des avis d'autant
meilleurs, qu'ils font appuyés fur des expériences

qu'il a imaginées en petit dans fon diocefe, & qui prouvent la fageffe, la fureté & l'économie de fes vues. Il eft à efpérer qu'il réuffira, malgré les jaloux de l'afcendant qu'il prend; ils font en grand nombre & fur-tout dans fon corps.

16 *Juillet.* On célebre au commencement de juillet, fur la paroiffe de Saint-Roch, une fête particuliere, inftituée en l'honneur du *facré-cœur de Jefus.* Cette invention très-moderne eft due aux jéfuites, a été adoptée par leurs dévotes & leurs partifans, conféquemment eft réprouvée des janféniftes. Dans ce temps-là un eccléfiaftique étant entré dans l'églife comme on prêchoit fur cette inftitution, n'a pas paru content du prédicateur & de ce qu'il difoit, il a fait des geftes qui en ont été remarqués, & s'eft en allé peu après, & long-temps avant la fin d'une maniere méprifante. Le lendemain cet abbé s'étant préfenté pour communier à la fainte table des mains du célébrant, le même qui étoit en chaire la veille, celui-ci l'a reconnu, & foit fentiment de vengeance, foit zele de molinifte, l'a paffé fcandaleufement : on ajoute qu'il lui a même fait des interpellations fur fa créance. Il en a réfulté un grand tumulte. Le curé a blâmé le prêtre, & pour le fouftraire aux châtiments qu'il méritoit, l'a renvoyé. Conduite que défapprouve fort M. l'archevêque, toujours très-entêté dans fes décifions fchifmatiques.

16 *Juillet.* On n'eft pas mieux inftruit aujourd'hui fur les caufes de la détention du préfident Langlois & conforts; mais on a mis fur pied des troupes dans le canton de Mantes pour veiller aux moiffons, fur-tout pendant la nuit, & faire

avorter les desseins sinistres des gens mal intentionnés. Cet éveil a excité l'attention du gouvernement, qui a donné les mêmes ordres par-tout.
En sorte que les campagnes sont inondées de
patrouilles, comme si l'on étoit en temps de
guerre & dans un pays ennemi. Des seigneurs
écrivent de leurs terres, que ces soins ne suffi-
sent pas & qu'il faudroit songer sérieusement
à soulager la misere, qui est très-grande dans
les villages.

17 *Juillet.* On ne croit pas que M. Bertin, le dernier secretaire d'état du feu Roi, reste long-temps
en place. Il convoitoit fort la dépouille de M. le
duc de la Vrilliere pour s'arrondir dans son
petit département, créé par extraordinaire &
formé de diverses minuties écornées aux autres.
On assure qu'il avoit menacé de quitter, si son
désir à cet égard ne s'effectuoit pas. D'ailleurs
on est fort mécontent de ses bureaux, où
l'on n'expédie rien & où il regne beaucoup
d'ineptie.

18 *Juillet.* L'arrêté pris en la cour des aides
le 28 juin porte : « La cour délibérant à l'occasion
» de l'arrêté du parlement du 27 du présent mois,
» à elle connu par la copie collationnée apportée
» en icelle par le premier président, a reconnu,
» ladite cour, que les précautions prises par l'arrêté
» du parlement dudit jour 27 juin, contre les
» inductions qu'on pourroit tirer des dénomina-
» tions données aux princes du sang royal & aux
» pairs de France, dans la déclaration du 28
» mai dernier, sont conformes à ce qui a toujours
» été le vœu unanime de la cour : tous les
» principes contenus dans ledit arrêté sont égale-
» ment conformes à ceux dont ladite cour a
                                        » toujours

» toujours été pénétrée, & notamment qu'elle
» n'a jamais entendu ni n'entend pouvoir par-
» ticiper au titre & autorité de cour des pairs;
» sans néanmoins qu'il puisse y avoir aucun
» doute sur le droit de discipline, police &
» jugement que la cour a seulement sur les offi-
» ciers reçus & ayant serment en icelle, droit
» fondé sur les loix précises & enrégistrées au
» parlement; & comme il est important de
» conserver cette uniformité qui doit toujours
» se trouver entre les principes de toutes les
» cours, a arrêté ladite cour qu'à cet effet copie
» collationnée de l'arrêté du parlement du 27 du
» présent mois, sera annexé au procès-verbal de
» la présente déclaration. »

18 *Juillet.* On s'attend enfin au rétablissement d'une chambre des requêtes, & l'on
assure que l'édit est au palais : il y a apparence que les magistrats qui composoient avant
les deux supprimées, seront incorporés dans
celle-ci.

18 *Juillet.* Il paroît qu'un des foyers des
séditieux & auteurs des émeutes est à Mantes.
C'est de ce côté-là qu'il a été pillé des bateaux,
brûlé des granges, & que les deux intendants
de Paris & de Rouen ont été à la veille d'être
jetés à la riviere : enfin c'est tout récemment là
qu'on a intercepté des lettres anonymes annonçant un projet de dévastation combiné. Depuis
M. le comte de Flamarens, colonel du régiment
de la Reine dragons, qui est en quartier dans
ces cantons avec sa troupe & commandant plusieurs autres régiments répandus autour de lui,
a reçu des lettres anonymes encore, où on lui
dit qu'on se moque de lui & de ses dragons, &c.

On ajoute qu'on y a trouvé des pieces entieres de bled étêtées, c'est-à-dire dont on avoit coupé les épis.

*19 Juillet.* Des exempts de police ont été cette nuit chez tous les boulangers de Paris pour leur dire qu'ils eussent à ne pas mettre le pain au-dessus de 13 sous & demi les quatre livres. La communauté de ces artisans s'est assemblée en conséquence, & ils sont convenus malgré ces défenses de le laisser à quatorze sous, tant que le bled ne diminueroit pas au marché, ou du moins jusqu'à ce que cette défense leur fût notifiée légalement par une ordonnance de police.

On les avoit déjà fondés à cet égard & on leur avoit fait entendre qu'ils pouvoient donner tous le pain à meilleur marché, en prenant de ces mauvaises farines, dont on a parlé & en en employant davantage ; mais ils ont répondu qu'ils ne vouloient point en faire usage, & qu'ils craindroient de perdre leurs pratiques. Tout cela n'est point consolant & annonce des craintes de la part du gouvernement. On a remarqué qu'aussi les patrouilles étoient renforcées aujourd'hui.

*19 Juillet.* Le parlement, toutes les chambres assemblées, a enregistré le 30 juin un édit donné à Versailles audit mois, portant suppression des offices réunis de commissaires, contrôleurs, payeurs, commis & greffiers des saisies réelles. Sa majesté a reconnu que la multiplicité de ces offices par leur réunion a formé une finance totale, qui excede considérablement la juste proportion qui doit exister entr'elle & les émoluments desdits offices réunis. Cet inconvénient a paru mériter de fa part une attention d'autant plus particulière, que prefque tous les titulaires de ces différents offices ne trouvant dans leurs exercices que des émolutions très-modiques, ont pris fur les fonds des faifies réelles des fommes confidérables, dont eux ou leurs héritiers n'ont pu faire le remplacement, & qui, fi l'on ne s'empreffoit d'y remédier, parviendroient en affez peu de temps à affoiblir le gage des créanciers de la caiffe, au point de mettre la rentrée de ce qui leur eft légitimement dû dans le plus grand péril.

Le même jour, grand'chambre & tournelle affemblées feulement, il a été enrégiftré des lettres-patentes données à Verfailles le 8 mai, qui révoquent l'édit du mois de mars 1771, & ordonnent qu'en conféquence les fieges royaux y dénommés, enfemble les juftices y énoncées, continueront de reffortir à l'avenir où ils reffortiffoient au premier janvier 1771.

On voit par-là que bientôt on aura renverfé tout l'édifice ruineux du chancelier.

20 *Juillet.* Le marquis de Bethune a provoqué au châtelet l'interdiction de fon neveu le marquis de Brunoy, & a fait affigner les parents, tant paternels que maternels, pour y procéder. Les moyens qu'il emploie aujourd'hui font les mêmes que ceux qu'on faifoit valoir il y a deux ans, lorfque des intérêts différents le portoient à combattre le vœu des parents paternels qui les avoient adminiftrés : chofe à remarquer.

21 *Juillet.* On s'attend à voir inceffamment rétablir la jurifdiction de la table de marbre, ainfi que celle des eaux & forêts, &c. fupprimées par le chancelier Maupeou.

21 *Juillet.* Le président Langlois, le maître de postes d'Andely, & autres arrêtés avec eux, ont été relâchés après leur premier interrogatoire ; ils sont sortis de la Bastille, ce qui les justifie pleinement.

22 *Juillet.* Mercredi dernier il est venu beaucoup de mauvaises farines au marché, dont les boulangers n'ont pas voulu pour la plupart ; le peuple y répugne d'autant plus qu'on répand des histoires sinistres qui sembleroient annoncer les mauvais effets de cette nourriture ; en sorte que non-seulement il a refusé de s'en fournir, mais menaçoit de les jeter à la riviere ; ce qui a donné l'alarme & obligé de mettre sur pied plus de troupes que de coutume.

De son côté, M. le lieutenant-général de police, quoique très-grand partisan de la liberté, remarquant de l'humeur parmi les boulangers, qui préféroient de quitter & de ne point cuire, s'est trouvé forcé de menacer de faire pendre le premier qui effectueroit ce projet trop funeste dans les circonstances actuelles.

23 *Juillet.* M. de Malesherbes a prêté serment vendredi entre les mains du Roi, pour la charge de secrétaire d'état : il a contresigné en conséquence, & est entré en fonctions : il a pris place hier au conseil des dépêches : on dit même qu'il a dû être fait ministre par son admission au conseil d'état. En tout cas, il ne tardera pas à jouir de cet honneur, qui devient nécessaire pour le dédommager de la place qu'il quitte, regardée par la haute magistrature comme supérieure à celle de simple secrétaire d'état.

23 *Juillet.* Dans les divers projets que roule M. Turgot, il en est un concernant les voitures

publiques & les messageries : il a imaginé de
rendre ces entreprises libres, & il a proposé ses
idées au conseil ; mais M. Bertin, dans le département duquel est cette partie, s'est élevé,
dit-on, avec force contre l'empiétement du
contrôleur-général, ce qui fait une contestation ;
on croit cependant que M. Turgot l'emportera.

*23 Juillet.* On étoit surpris des voyages que
M. le comte d'Ar**** faisoit & fait presque
toutes les nuits de Versailles au Palais-Royal,
au point que souvent, après être venu à l'opéra,
être reparti pour souper avec le Roi, il revient
encore. On a d'abord cru que, dans cet âge
heureux où tout est amusement & jouissance,
il se plaisoit aux concerts & petites fêtes que
donnent alternativement chez eux des particuliers demeurant sur le jardin, ce qui attire
beaucoup de monde du voisinage, sur-tout des
filles & des jeunes gens, & rend cette promenade très-féconde en aventures galantes & même
libertines ; mais on sait aujourd'hui que son altesse
royale est vivement éprise d'une très-jolie dame
attachée à madame la duchesse de Chartres, &
qu'on assure avoir eu les bonnes graces du mari.
On ne sait point encore où en est le comte
d'Ar****, mais il y a peu de doute que par son
rang & par ses qualités aimables il ne réussisse.

*23 Juillet.* Mlle. Arnoux, malgré ses talents,
étant presque inutile aux directeurs de l'opéra,
ces messieurs, pour exciter son zèle, lui ont
proposé de ne plus l'appointer, & de ne lui payer
qu'une somme convenue chaque jour où elle
paroîtroit : elle s'est fâchée & menace de donner
sa *démission* ; c'est le terme devenu à la mode
parmi ces grands personnages de théâtre.

N 3

15 *Juillet.* On a vu précédemment dans la relation de ce qui s'est passé à Bordeaux à la réintégration du parlement, que des cinquante-deux membres du parlement intermédiaire, le président Pichard & trois conseillers seulement, après avoir refusé de se réunir aux exilés rentrés, s'ils n'avoient satisfaction des huées & injures qu'ils avoient éprouvées le jour de la réunion, avoient pris le parti de se détacher des mécontents & de se rendre au palais, dans la crainte d'être accusés du crime de forfaiture, encourue, suivant l'ordonnance de discipline, pour cessation de fonctions, ou démissions combinées. On n'a pas su si c'étoit de concert avec leurs confreres & dans le dessein d'épier les démarches, de connoître les délibérations des anciens, & de leur en rendre compte. Quoi qu'il en soit, les membres hués avoient persisté dans leur scission au nombre de quarante-huit, jusqu'à ce qu'ils eussent satisfaction de la cour, à laquelle ils avoient envoyé des mémoires.

Depuis le sieur Dominge, l'un d'eux, ayant eu des remords, & craignant les suites de la scission, avoit pris le parti de se détacher encore, & de rentrer purement & simplement, ce qui avoit très-fort aigri ses confreres, & l'avoit fait regarder comme un apostat & un traître.

Les choses étoient restées dans cet état, jusqu'au moment d'un *Te Deum* chanté à Bordeaux, comme ailleurs, en l'honneur du sacre & couronnement du Roi. Les cours, comme l'on sait, doivent assister à ces cérémonies publiques; les diffidents reçurent une invitation de se rendre à celle-ci avec le reste de la compagnie : ils ont refusé, & n'ont point paru.

La cour, instruite de cette résistance soutenue, sans leur donner aucune satisfaction sur leurs griefs, a voulu terminer ce schisme. Le garde-des-sceaux leur a écrit, au nom du Roi, qu'ils eussent à s'expliquer sérieusement sur leur intention de reprendre le service, ou de vendre leurs charges. Ces messieurs, pressés par cet ordre de sa majesté, se sont assemblés, & sans se départir de la poursuite de la justice & de la satisfaction qu'ils réclamoient, ont arrêté provisoirement d'obtempérer aux ordres du Roi, & de se rendre au palais.

Quatre ont été députés vers le premier président pour lui faire part de leur résignation aux volontés du monarque. Ce chef leur a répondu avec douleur, qu'ils lui auroient causé le plus grand plaisir de lui annoncer cette nouvelle huit jours seulement plutôt ; mais qu'il étoit forcé de leur déclarer au nom de la compagnie, qu'elle avoit pris un arrêté de ne plus communiquer avec eux, & de ne jamais les reconnoître pour confreres. Sur quoi, les députés retirés, & ayant rendu compte de la réponse aux schismatiques, ceux-ci sont convenus de n'y avoir aucun égard & de se présenter au palais, dont il a résulté trois actes de réprobation & de mépris, plus ou moins graves.

A la grand'chambre, quand, après une plaidoirie, il a été question de rendre arrêt, le premier président les a passés, & n'a pris les voix que des magistrats non schismatiques.

Aux enquêtes, lorsqu'il a fallu en venir aux voix, le président a remis à un autre jour, par la raison qu'on n'étoit pas en nombre compétent pour rendre arrêt ; ce qui étoit vrai, en ne comptant

N 4

que les membres non schismatiques, & ne pouvoit l'être, en comprenant tous les magistrats présents.

Enfin, aux requêtes, le président chargé de leur communiquer l'arrêté pris contre eux, au lieu de le lire, ayant voulu prendre des tournants pour adoucir une expulsion aussi humiliante, un des vrais magistrats s'est levé, a sommé M. le président de ne point tergiverser, & de lire aux schismatiques l'arrêté dans toute sa teneur.

Un des schismatiques alors prenant la parole a apostrophé cet orateur, a fait entendre qu'il n'avoit pas plus de droit de parler en ce moment qu'un autre, lui a dit qu'il eût à laisser s'expliquer le chef de la chambre : le conseiller a riposté, & il en a résulté une querelle si vive entre ces deux messieurs, qu'on croit qu'ils auront tous deux quitté leur robe pour se battre.

Tel étoit l'état des choses, lorsqu'il a été question d'envoyer à Bordeaux le maréchal de Mouchi pour rétablir une paix fort difficile à arranger, après les excès où l'on s'est porté des deux côtés.

26 *Juillet.* Quoique M. de Sartines affecte de dire qu'il se trouve bien au département de la marine, & qu'il compte fort le garder, on sait aujourd'hui parfaitement que, sentant son impuissance dans un genre auquel il n'a jamais travaillé, a fait l'impossible pour obtenir le département de Paris; qu'il a même redoublé d'assiduités auprès de la Reine, dans l'espoir de gagner le suffrage de la souveraine, intéressée à avoir sur-tout dans ce ministere un homme à elle, mais que malheureusement M. le comte de Maurepas & M. Turgot avoient joué au fin, & obtenu le bon du monarque avant que le renvoi du *Petit*-

point fût décidé ; que la Reine, instruite de cet événement prochain, effectivement portée pour M. de Sartines, avoit cherché à le seconder, & même parlé en sa faveur au comte de Maurepas; mais que ce vieux renard s'étoit excusé sur ce que le choix du Roi étoit fait, & qu'alors pour dédommagement on étoit convenu de faire entrer au conseil le secrétaire d'état de la marine ; chose à laquelle le parti adverse s'étoit d'autant mieux déterminé, qu'on vouloit y introduire d'emblée M. de Malesherbes, & qu'il étoit difficile, M. de Sartines étant son ancien depuis près d'un an, n'étant pas ministre, de le faire passer sur le corps de ce dernier, qui en effet a été admis dimanche au conseil d'état.

Telles sont, au défaut de plus grandes, les petites intrigues de cour dont s'occupent aujourd'hui les courtisans.

28 *Juillet.* Le grand-conseil a reçu enfin un édit qui fixe sa compétence. Il est du mois de juillet, & a été enrégistré par ce tribunal le 19, les semestres assemblés. « Sans préjudice de l'exé-
» cution des édits & déclarations du Roi con-
» cernant les présidiaux, des lettres-patentes
» du 10 avril 1750, enrégistrées au conseil le
» 6 mai de la même année, & de l'édit d'am-
» pliation du pouvoir des présidiaux, du mois
» de novembre 1774, pour le maintien des-
» quels le procureur-général du Roi continuera
» de requérir, & le conseil d'ordonner ce qu'il
» appartiendra ; & sera le seigneur Roi très-
» humblement supplié, en tout temps & en toute
» occasion, de rétablir la jurisdiction de son
» grand-conseil dans toute son intégrité, telle
» qu'elle a été établie par les Rois ses prédéces-
» seurs. »

N 5

31 *Juillet.* Des députés de la chambre des comptes de Dôle sont ici depuis plusieurs mois à solliciter le rétablissement de cette cour supprimée, & remplacée par un simple bureau des finances : le parlement les appuie & fait la même demande ; cependant rien ne finit par les lenteurs de M. le garde-des-sceaux, qui donne toujours des espérances & ne réalise rien.

31 *Juillet.* On ne conçoit pas grand'chose à l'édit concernant le grand conseil. Les dispositions les plus claires sont qu'il connoîtra des requêtes civiles présentées en cassation d'arrêts rendus, lorsque ce tribunal tenoit le parlement sur des matieres de sa compétence dans le cas où il auroit continué d'être grand-conseil ; que, lorsque le nombre des officiers de cette cour aura été réduit à cinquante-quatre, chacun des pourvus sera autorisé à traiter de son office, après néanmoins en avoir obtenu l'agrément du Roi, sous telles conditions qu'il jugera à propos ; que les huit premiers offices de conseillers-clers vacants ne pourront être remplis que par des laïques, &c.

2 *Août* 1775. M. le comte du Muy a fait enjoindre à tous les brigadiers, colonels, lieutenants-colonels & autres qui, sans être retirés, n'ont point de service, de se conformer à la nouvelle ordonnance, suivant laquelle ceux qui prétendent aux grades doivent reprendre leurs premieres fonctions, & rester en activité durant quelques années pour mériter les graces qu'on leur a accordées. Lille, Strasbourg & Metz sont les trois places où ils doivent se rendre. Le ministre de la guerre espere par-là se débarrasser de beaucoup de ces officiers qui, ne se conformant pas au réglement, renonceront ainsi d'eux-mêmes à leurs avantages.

2 *Août.* Le college des agents de change eſt fort étonné d'un arrêt du conſeil dont il a eu connoiſſance, ſuivant lequel M. le contrôleur-général leur fait ériger par le Roi dix nouveaux confreres ; en ſorte qu'au lieu de quarante, ils vont être cinquante. Cet arrangement eſt d'autant plus extraordinaire, que n'y ayant preſque plus d'effets au porteur, il y a infiniment moins de négociations, & il ſembleroit qu'au contraire au lieu de les augmenter, il faudroit les réduire, ſur-tout ſous un miniſtre des finances dont le ſyſtême eſt bien oppoſé à celui de l'agio.

4 *Août.* La premiere des pieces du recueil anti-voltairien qu'on n'a fait qu'annoncer, eſt une *épître à M. l'abbé Sabathier de Caſtres.* Elle eſt en vers, qui ne ſeroient pas méchants, venant d'une plume françoiſe, & ſont encore meilleurs par un étranger. Cette réflexion tombe ſur le rithme & la fabrique ; car cette épître ou plutôt cette ſatire, n'eſt pas neuve quant au fond. On y a joint des notes fort étendues, où la critique ſe développe plus à l'aiſe & avec plus d'amertume. Elle frappe principalement contre les auteurs dévoués au parti encyclopédique, & ſur tout au chef, M. de Voltaire.

La ſeconde eſt en proſe ; elle eſt intitulée : *A l'auteur de la lettre d'un théologien, adreſſée à M. l'abbé Sabathier de Caſtres.* On ſait que celle-ci eſt attribuée au marquis de Condorcet : ſon principal objet eſt de défendre les *Pompignan,* & ſur tout le poëte qu'on appelle le marquis de Pompignan, critiqué dans ſes écrits, & plaiſanté dans ſa perſonne par le prétendu théologien. Cette juſtification eſt décente & aſſez bien faite ; mais l'écrivain termine par une exploſion forte

N 6

contre les impiétés d'un ouvrage qui mériteroit d'être dénoncé au ministere public, & qui se vend, dit-il, publiquement chez un libraire de Paris. Il releve une note contre le parlement de Paris, dispersé lors de la composition de ce pamphlet, & où le président de Saint-Fargeau & M. Pasquier, conseillers, sont nommés & caractérisés comme deux fanatiques.

La troisieme est une *anecdote littéraire & philosophique*, où l'on fait intervenir chez un libraire l'abbé Sabathier de Castres, avec l'auteur d'un ouvrage intitulé : *Le Secretaire d'Apollon*, grand champion de M. de Voltaire & de toute la secte encyclopédique, & l'on se doute bien que ce dernier est terrassé & chassé par le libraire.

On ignore de qui sont ces productions. La prose paroît être de la même main qui a composé *les trois siecles de la Littérature*, c'est-à-dire, d'un certain abbé Martin, vicaire de Saint-André-des-Arts, qui, après avoir laissé l'abbé Sabathier recevoir toutes les huées, toutes les injures & tous les coups de bâton qu'il redoutoit pour son compte durant la premiere fermentation qu'a causé son livre, n'a pu résister au chatouillement de son amour-propre ensuite, & s'en est déclaré l'auteur, mais qui aujourd'hui le rend à son prête-nom, afin de pouvoir impudemment se parfumer de l'encens le plus puant qu'il se prodigue.

*5 Août.* Depuis la nouvelle discipline introduite par M. le comte du Muy dans les troupes, les colonels qui s'absentoient fort aisément de leur régiment, sont obligés d'y résider six mois de suite, & l'exemple de M. de Montausier leur a causé une frayeur salutaire, qui les empêche d'enfreindre ce réglement.

Ce seigneur, colonel du régiment de Chartres, avoit écrit au ministre de la guerre pour
lui demander un congé, & étoit arrivé presqu'aussi-tôt que la lettre de M. le comte du Muy.
Instruit de sa venue, il est allé trouver le Roi,
lui porter des plaintes contre cet officier. Sa majesté a sur le champ écrit de sa main à M. le duc
de Chartres pour qu'il eût à nommer un colonel
à son régiment, parce qu'elle venoit de demander
à M. de Montaufier la démission de cette place.

5 Août. M. Turgot avoit succombé dans sa
contestation avec M. Bertin, mais, depuis l'arrivée de M. de Malesherbes au conseil, se sentant
plus fort, il a remis de nouveau sur le tapis le
projet de mettre les coches, diligences, messageries, rouliers, &c. en régie, & l'a enfin emporté sur son rival, quoique ce soit une partie
du département de celui-ci. En conséquence, il
a été rendu arrêt du conseil qui ordonne aux
entrepreneurs actuels de remettre, sous un délai
fixé, au secretaire d'état ayant ce département,
un état fidele de leur administration, & toutes
les instructions nécessaires à leur comptabilité.

Par une lettre particuliere, le ministre les
instruit que sa majesté a décidé de retirer ses
droits domaniaux engagés, & de les mettre en
régie; leur enjoignant en même temps, sans
leur fixer aucun délai, de continuer leur service
sans interruption avec le même zele, la même
exactitude, jusqu'à ce qu'il en soit autrement
ordonné.

Il paroît que ce service se fera par les
postes; en conséquence M. Turgot est fait
surintendant-général des postes, pour que rien
ne puisse le contrarier ni le gêner dans l'exé-

cution de son plan ; mais il a généreusement refusé les gros émoluments attachés à cette place.

Les six chefs nommés pour la régie en question sont déja connus ; les sieurs Bernard, Querenai, Faur de Beaufort, Frémont, de Moramberr & Raguenai. Malheureusement ce sont presque tous gens tarés. Le premier surtout a été pendu en effigie en Prusse, & long-temps proclamé dans les gazettes comme un fugitif.

On prétend que le Roi doit gagner deux millions à ce changement, que le public sera mieux servi & à meilleur compte.

5 *Août.* Dans la derniere séance des pairs au palais, tenue le 2 de ce mois, il a été enregistré deux édits : le premier donné à Versailles au mois de juillet, portant *rétablissement des eaux & forêts à la table de marbre.* Sa majesté dit dans le préambule qu'elle a jugé à propos, pour le bien de la justice & celui de ses sujets, de rendre aux tribunaux le même état & la même consistance dont ils jouissoient avant 1771 ; qu'elle s'est déterminée d'autant plus volontiers au rétablissement de celui-ci, destiné à veiller au maintien des loix & des réglements émanés de la sagesse des Rois, ses prédécesseurs, pour la conservation des eaux & forêts, qu'elle a reconnu que sa suppression n'a produit que des inconvénients & des embarras dans l'administration qui lui étoit confiée.

Le second portant *rétablissement du siege des requêtes du palais,* donné à Versailles au mois de juillet, porte dans l'enrégistrement du 2 août, toutes les chambres assemblées ; les princes &

pairs y féant : « Pour être exécutée felon fa
» forme & teneur, fans préjudice des repréfen-
» tations faites par la cour audit feigneur roi,
» & des remontrances qu'elle a arrêté de lui
» faire en toutes occafions, ainfi que des
» arrêtés faits jufqu'à préfent par ladite cour,
» relativement à ce qui a été porté & s'eft
» paffé au lit de juftice du 12 novembre 1774. »

Du refte, le parlement eft fort mécontent
qu'en rétabliffant une feule chambre des requêtes, on n'ait rétabli aucun des quarante-quatre
offices fupprimés ; ce qui rendra le fervice très-
difficile & très-gênant, & l'on efpere que
M. le garde-des-fceaux fera de nouveau obligé
de revenir fur fes pas & de créer de nouveaux
offices.

*6 Août.* On fe peut rappeller que, fuivant
l'amniftie, les payfans qui ont été piller du bled,
pour y participer, doivent rendre la denrée en
nature ou en argent ; que beaucoup effrayés des
peines qu'ils craignoient d'encourir, s'étoient
réfugiés dans les bois : ils y reftent, ne pouvant
reftituer le bled qu'ils ont mangé, & faute
d'argent pour y fuppléer, au moyen de quoi
ils ne peuvent gagner leur fubfiftance. On craint
fort que ces malheureux ne deviennent enfin des
brigands déterminés & n'infeftent les campagnes
cet hiver, preffés par le befoin & par le défefpoir,
fi la fageffe du miniftere n'y pourvoit pas, en
accordant une nouvelle amniftie non condition-
nelle, & en fe chargeant d'indemnifer pour eux les
propriétaires plaignants.

*6 Août.* La confiance publique, malgré les
plaintes des frondeurs du gouvernement, devient
telle que l'argent, refferré depuis très-long-temps,

& sur-tout sous le ministere de M. l'abbé Terrai, sort & circule en abondance, au point que les financiers en bonne réputation trouvent aisément des emprunts à quatre pour cent, qu'on va même au-devant & qu'on leur en offre. On ne doute pas, si cela continue & qu'il ne survienne point de guerre, que l'intérêt ne se réduise incessamment de lui-même à ce taux-là, & sans aucune contrainte ou aucun effort du ministere.

7 *Août.* On mande de Bretagne que le chevalier de Foucault, major de Nantes, a gagné son procès contre le comte de Menou, lieutenant de roi de la même ville; que celui-ci est condamné à tous les dépens, dommages-intérêts & frais, même à ceux de l'impression de 300 exemplaires de l'arrêt du parlement de Bretagne. On a rendu dans le temps compte des mémoires qui contenoient le détail de cette singuliere affaire, intéressant sur-tout l'honneur du premier, puisqu'il s'agissoit au fond d'un vol de 40,000 livres fait au second.

On veut aujourd'hui par les faits éclaircir que cette accusation ne soit qu'une vengeance du comte de Menou contre le chevalier de Foucault, qui s'introduisoit en effet chez lui durant la nuit, mais pour aventure galante.

7 *Août.* Un sieur Chantier de Brainville, président en la cour des monnoies, qui devroit donner l'exemple de la modération, s'est livré à une diffamation outrageante dans un mémoire contre des laboureurs & principalement contre son avocat adverse. Il est si violent que plusieurs de messieurs on ont parlé à l'assemblée des chambres du 2 de ce mois, & qu'il est question au

parlement de faire un réglement pour arrêter la licence de ces écrits dégénérant en vrais libelles.

8 *Août.* M. Joli de Fleury, appellé *de Brionne*, qui passe à la place d'avocat-général, a eu l'humiliation de voir sa réception très contestée à l'assemblée des chambres tenue à ce sujet. Les jeunes gens des enquêtes, toujours plus zélés, plus jaloux de la pureté & de l'honneur de la compagnie, que les vieillards corrompus, ont représenté qu'outre le malheur qu'avoit le récipiendaire d'être frere d'un homme aussi diffamé que son aîné (le Fleury-Maubeuge, ci-devant procureur-général du parlement Maupeou), il n'avoit pas tenu une conduite bien nette durant l'exil; qu'il avoit eu la foiblesse de se séparer du parlement dans une occasion aussi critique, de passer au conseil, & que par une lâcheté d'autant moins excusable qu'elle n'étoit pas nécessaire, il s'étoit fait recevoir maître des requêtes au tripot, & avoit eu l'infamie d'y siéger en cette qualité. Malgré ces reproches graves, la grand'chambre qui n'a pas une façon de penser aussi délicate, a entraîné les suffrages, & le Brionne a été reçu.

9 *Août.* L'arrêt du conseil dont on a parlé concernant *l'exercice des priviléges & concessions des messageries, diligences, carrosses & autres voitures publiques*, paroît enfin; il est du 4 juin. Sans s'expliquer davantage, sa majesté dans le préambule donne pour motif de cet arrêt, l'importance de remédier à différents inconvénients qui se sont introduits dans cette partie du service public, tant à l'égard de la manutention desdits établissements, qu'au sujet des

conteftations qui y font relatives : pour y pourvoir plus efficacement, fa majefté a réfolu de prendre une connoiffance particuliere & approfondie de tout ce qui a rapport auxdits privileges & a leur exercice. En conféquence elle ordonne que tous les pourvus des conceffions, ou privileges, propriétaires, aliénataires ou entrepreneurs de carroffes, de voitures, diligences, meffageries, & autres voitures publiques, leurs fermiers, fous-fermiers, ou prépofés, feront tenus d'envoyer dans le délai de fix mois, à compter de la date du préfent, copie de leurs titres, baux, tarifs, pancartes & réglements particuliers, au fecretaire d'état ayant dans fon département la police des carroffes, diligences & meffageries, pour, fur le compte qui en fera rendu au Roi en fon confeil, y être ftatué ce que fa majefté jugera convenable.

fa majefté ordonne en outre, par provifion, que toutes les conteftations qui furviendront entre lefdits fermiers ou entrepreneurs, leurs procureurs, commis ou prépofés, concernant l'exercice des droits réfultants de leurs baux, circonftances & dépendances, & les marchands, voituriers, voyageurs & tous autres, feront portés pardevant le lieutenant général de police de Paris, ou pardevant les intendants, commiffaires départis, &c.

10 *Août.* On a dit qu'il avoir été défendu aux boulangers furtivement de mettre le pain à plus de treize fous & demi les quatre livres, ce dont ils n'ont pas tenu compte & en conféquence ils ont été mis à l'amende, c'eft-à-dire, ceux qui ont contrevenu auxdits ordres, mais ils ont refufé de la payer : ils ont été en corps

chez le maréchal duc de Biron, comme ayant le
commandement des troupes, & lui ont représenté
l'extrême injustice de les obliger à vendre le
pain moins cher qu'ils n'achetent la farine ;
ils l'ont supplié de prendre fait & cause
pour eux ; & , quoique cette démarche soit
irréguliere de toute façon , on a craint qu'il
n'en résultât plus d'éclat, & l'amende n'a pas
eu lieu.

L'objet de cette injonction étoit de forcer indirectement les boulangers à prendre tous de ces
mauvaises farines dont on a parlé, qui, se
vendant à meilleur compte , auroient pu leur
donner la facilité de diminuer le pain. Mais les
bons n'ont pas voulu s'assujettir à ce mélange
détestable , & ont craint de perdre leurs pratiques.
Il est à présumer que l'appréhension de la disette
de la denrée obligeant vraisemblablement à se
ménager cette ressource, on n'en usera plus,
aujourd'hui qu'une récolte abondante met la
France dans le cas de ne plus redouter la
famine.

On sait cependant que la cherté des grains,
malgré cette excellente récolte, a occasionné à
Tours une fermentation qui auroit dégénéré en
sédition, si l'on n'avoit fait baisser le taux du
bled au marché ; car M. Turgot ne voulant déro-
ger en aucune maniere par écrit à ses dispositions de liberté, est obligé de donner sous
main des ordres qui les contrarient tous les
jours. Mais il espere que ce n'est que pour
le moment , & jusqu'à ce que la bonté de
son système bien reconnue l'ait mis en pleine
vigueur.

11 *Août.* Messieurs des requêtes de l'hôtel

ayant peine à désemparer de la seconde chambre
des requêtes, où ils tenoient leurs séances depuis
la suppression de cette chambre, le président Hoc-
quart leur a fait enjoindre très-expressément de
déguerpir, sinon qu'on les délogeroit de force. En
conséquence ils ont enfin cédé les lieux, &
avant-hier cette jurisdiction rétablie a ouvert
son tribunal.

11 *Août.* On commence à parler d'une
nouvelle brochure intitulée *lettre de l'hermite
Jean.*

12 *Août.* On avoit proposé de former en Languedoc un cordon de troupes pour empêcher
la communication des bêtes à cornes des provinces voisines où a régné la maladie épizootique. On a négligé de remplir cette précaution
qu'exigeoit la prudence; on n'a point envoyé
aussi promptement qu'il le falloit les troupes
demandées, & la contagion commence à gagner
les bestiaux de cette province; ce qui alarme le
ministere.

13 *Août.* Un sieur le Blanc, fils d'un petit
joaillier, ci-devant avocat, & qui, durant les
troubles survenus dans l'ordre de la magistrature,
avoit profité de la confusion pour passer au châtelet & se faire conseiller à cette jurisdiction
abâtardie par M. de Maupeou, qui, au moyen
de l'amalgame fait des divers membres du châtelet, anciens, nouveaux, exilés, restés, intrus, &c. avoit conservé son état, est à la veille
de le perdre pour une cause très-grave : il s'agit
d'un extrait infidele dans un procès, ou même
d'une soustraction de pieces dont on l'accuse, &
qu'il voudroit rejeter sur son secretaire : mais,
dans l'un ou l'autre cas, il est coupable, & l'on pro-

étera fans doute de cette circonftance majeure
pour l'expulfer.

13 *Août.* Les curés de Chevri & de Ferol font
relâchés & fortis de la Baftille ; mais celui de
Gournay y refte. On prétend que dans fon interrogatoire il a répondu qu'il n'avoit de compte à
rendre de fa conduite à l'égard ce ce qu'il difoit
en chaire , qu'à Dieu , ou à fes fupérieurs dans
l'hiérarchie eccléfiaftique.

D'ailleurs on fait aujourd'hui que ce curé a
été dénoncé au miniftere par fon propre feigneur,
par l'abbé le Noir , homme de la même robe
& en outre confeiller de grand chambre. Sans
doute il eft bien fingulier de voir un magiftrat
provoquer lui-même une lettre de cachet, contre
laquelle les magiftrats réclament tous les jours.
L'abbé le Noir , qui ne s'en cache pas & a
lui-même conté fon efpiéglerie, prétend qu'il a
profité de cette occafion pour mûrir la tête de
fon curé encore trop verte ; que c'eft un fervice
qu'il a voulu lui rendre ; & , dans le fait, l'abbé
le Noir eft incapable de perfidie ou de méchanceté.

Le curé de la Queue en Brie, auffi arrêté
depuis beaucoup moins de temps que fes autres
confreres, a lutté avec opiniâtreté contre le
gouvernement. Son grief eft d'avoir été acheter
du bled lui-même, pour fon propre compte,
& de l'avoir taxé, de fon chef , à 15 livres. Il
s'eft débattu fur cette conduite , il l'a prétendu
honnête & raifonnable, le fermier pouvant fe
retirer à pareil prix, & , par cette apologie, il
a irrité le miniftere au point de s'être fait arrêter, il n'y a pas un mois, & l'on affure qu'il eft
au cachot.

14 *Août.* La *Lettre de l'hermite Jean* est une brochure médiocre, roulant sur des matieres rebattues & dont le public commence à être dégoûté. Ce qui la rend plus rare, c'est qu'elle attaque l'opération du 12 novembre dernier, en y rendant justice au fond. Le point que l'auteur en critique, c'est d'avoir restitué au parlement tout son ressort. Il voudroit qu'on établît deux conseils supérieurs, l'un à Lyon, & l'autre à Poitiers, pour la commodité & la satisfaction des plaideurs. Il réfute en conséquence les pitoyables raisonnements de l'auteur du *maire du palais*, pour répondre aux reproches faits depuis long-temps au gouvernement de forcer la moitié du royaume à venir chercher la justice à Paris.

14 *Août.* M. de Miromesnil cherchant à pallier de mieux qu'il peut l'inconséquence de supprimer le 12 novembre deux chambres des requêtes & toute cette jurisdiction, & de la rétablir ensuite à moitié le 2 août, prend dans le préambule une tournure qui n'est pas satisfaisante pour tout le monde.

« Cette disposition ( la suppression des deux
» chambres des requêtes du palais) a été dictée
» par le désir que nous avons eu, dès les pre-
» miers moments de notre regne, de renfermer
» les privileges dans de justes bornes, & de
» conserver le plus qu'il est possible les diffé-
» rentes jurisdictions de notre royaume dans
» l'ordre qui leur est naturel. C'étoit entrer de
» notre part dans les vues du feu Roi, notre
» très-honoré seigneur & aïeul, qui a voulu
» supprimer les abus considérables qui s'étoient
» glissés dans l'exercice de *committimus*. Les
» supplications qui nous ont été faites par notre

» parlement de Paris , nous ont déterminé à
» approfondir & peser de nouveau dans notre
» conseil les différents motifs de ses représen-
» tations ; & , par l'examen que nous en aurions
» fait , nous aurions reconnu que le siege des
» gens tenant les requêtes du palais à Paris , à
» de toute ancienneté fait partie de notredite
» cour , & qu'il étoit juste de conserver à ceux
» de nos sujets que leur service appelle près de
» notre personne ou dans nos cours , la facilité
» d'obtenir justice dans les lieux mêmes où leurs
» fonctions les attachent, &c. »

15 *Août*. Le bled est heureusement diminué
dans quelques marchés , mais pas autant sans
doute qu'il le sera & qu'il le faudroit pour appai-
ser les murmures des gens de la campagne. On
ne sait quel esprit de vertige s'est répandu sur
ces malheureux ; mais on en entend qui semblent
désirer une révolution , qui parlent de guerre
civile & n'attendent que par-là un changement
de sort. Il seroit bien à souhaiter qu'on pût découvrir quel démon souffle ainsi la discorde , & qu'il
fût puni d'une maniere éclatante pour en arrêter
les progrès.

*Fin du trentieme Volume.*